U0108781

英漢翻譯
*100*心法

蘇紹興

商務印書館

英漢翻譯*100*心法

作　　　者：蘇紹興
責任編輯：黃家麗
封面設計：張　毅
出　　　版：商務印書館 (香港) 有限公司
　　　　　　香港筲箕灣耀興道 3 號東滙廣場 8 樓
　　　　　　http://www.commercialpress.com.hk
發　　　行：香港聯合書刊物流有限公司
　　　　　　香港新界大埔汀麗路 36 號中華商務印刷大廈 3 字樓
印　　　刷：美雅印刷製本有限公司
　　　　　　九龍觀塘榮業街 6 號海濱工業大廈 4 樓 A
版　　　次：2008 年 12 月第 1 版第 1 次印刷
　　　　　　© 2008 商務印書館 (香港) 有限公司
　　　　　　ISBN 978 962 07 0288 4
　　　　　　Printed in Hong Kong
　　　　　　版權所有　不得翻印

目　錄

第三部分： 翻譯技巧

第四部分： 應用實踐

第五部分： 翻譯要點

附　　錄：　史實資料

代序：入門而不必流淚

溫室效應導致全球暖化，叫人覺得，真正可愛的夏天，已經一去不返。

這是公元二十一世紀初給我們的感覺。公元二十世紀八十年代，至少就加拿大多倫多而言，夏季是一年之中最美麗的季節。一九八七年初夏的某一天，多倫多的涼風輕拂着滿城的樺樹和顫楊，爽潔的陽光在葉間盪漾，如一海的金漪泛向天邊……

回港十五年了，那天的景象仍常在記憶中如白鷗飛入藍天，叫我駐足遠望，不忍離去。

一直懷念十八年前多倫多初夏的一天，有兩大原因。第一，在地球暖化轉劇之前，多倫多的初夏實在美，美得叫人難忘。第二，這一天，蘇紹興教授和我首次在多倫多市的士嘉堡區教翻譯。

翻譯課程是由蘇教授和馮國強先生策劃。第一屆畢業生之中，不乏優秀的高材生。

蘇教授和馮先生見第一屆翻譯班辦得成功，決定繼續辦下去；後來更與喬治布朗學院（George Brown College）合作，把翻譯班的規模擴大。不久，各屆畢業生還成立了加拿大安大略省中英翻譯學會，邀蘇教授和我任顧問。

在多倫多六年，叫我懷念的經驗極多，與蘇教授一起翻譯是其一。多年後的今日，我還記得，深冬之夜，教完翻譯課從佐治布朗學院出來，冒着紛飛的大雪回家而不以為苦的感覺。

一九九二年，也就是我離開多倫多返港工作的一年，蘇教授和馮先生策劃的翻譯課程，已有長足進展，上課地點已改為多倫多大學。

與蘇教授在多倫多一起教翻譯，是我們第二次合作。第一次合作始於七十年代，當時我在中文大學英文系任助教，蘇教授是中文大學考試組主任。有一個時期，我負責大學入學試英文科作文的統籌工作，經常有機會與蘇教授接觸，十分佩服他的工作態度和效率。七十年代，中文大學的考試組負責統籌規模龐大、影響全港中六學生的大學入學試。考試組主管的責任如何重大，有主持或參加香港公開試經驗的人都不難想像。可是，面對這樣的壓力，蘇教授始終氣定神閑，有目送歸鴻、手揮五弦的從容。當時我心中覺得，蘇教授是天生的行政人才。

　　在多倫多與蘇教授合教翻譯課，除了繼續見證他手揮目送，善治棼絲的長才，還得睹他論翻譯、教翻譯、從事實際翻譯的技藝。

　　先說實際翻譯。蘇教授是香港大學中文系博士，又是報刊的專欄作家，中文的功力深厚，自不待言；加以多年來一直在中、英兩種語言浸淫，翻譯時出手不凡，也是意料中事。次說教翻譯、論翻譯。蘇教授教翻譯、論翻譯時，不但條理井然，而且娓娓道來，深深吸引學生、聽眾、讀者。能做到條理井然，是因為蘇教授有豐富的行政經驗，其辦事能力施諸課程的策劃和編寫，自然游刃有餘；能娓娓道來，深深吸引學生、聽眾、讀者，是因為蘇教授具備學者的博識和作家的文采。這樣的條件，加上多年來的教授翻譯、研究翻譯以及博覽羣書後所得的資料，一本深入淺出、包羅極廣的《英漢翻譯100心法》自然會水到渠成。

　　談翻譯、論翻譯的書可以分為三種。第一種偏重理論或專談理論；第二種偏重實踐或專談實踐；第三種既談實踐，也談理論，設法在兩者之間取得平衡。三種論著各有優點，也各有不同的讀者羣。就英漢翻譯入門而言，第三種論著對初涉譯道的讀者幫助最大。二十一世紀，各科知識都以爆炸的高速發展，初學者一旦入門，就希望在理論和實踐兩方面同時獲益。只懂理論，不懂實際翻譯，會見笑於翻譯界的孫武；長於實際翻譯而理論知識不足，要進研究院會欠缺可用的工具。因此，翻譯的入門書籍，能兩者兼顧應該最理想，蘇教授的《英漢翻譯 100 心法》，正是這樣的一本好書。

細讀《英漢翻譯 100 心法》，我可以看見蘇教授做事的一貫作風：一絲不苟，有條不紊。在書中，蘇教授就基本知識、方法探討、技巧研究、譯作實踐、翻譯要點、史實資料六大範圍循序漸進，向讀者介紹與英漢翻譯有關的重要知識。讀者問完一百個問題，聽完蘇教授一百個回答，對英漢翻譯就會有頗全面的認識：不但懂得理論和實踐，而且知道中英文的大別，知道如何避免寫西化中文……到了最後，更會看到中國翻譯史的脈絡。由於本書的編排有條理、有系統，加以資料豐富，討論範圍遍及古今中外，讀者可以視為翻譯課本，也可以視為不可多得的參考書、工具書。

在《自序》裏，蘇教授說"本書中的文章大半是編者年來擔任翻譯教席時陸續搜集起來，在堂上發給學生，以為講室中討論的材料。另一部分是本人曾在報刊發表過有關翻譯的文章……十多年來日積月累，不覺已有半百之數，以之成書，略嫌不足，便索性多費兩三載時間，博參羣書，遍搜材料，卒成百篇。"

這幾句話，最少有三點值得注意：第一，書中材料，已經在堂上經過驗證，適合有志英漢翻譯的學子。第二，此書是"十多年"再加"兩三載"搜羅、研究、整理的成果。第三，"文章……半百之數"，一般說來，已經足夠成書，蘇教授卻認為"略嫌不足"，可見他對自己的要求如何嚴格。"編寫一本簡易通俗、題材廣泛的翻譯參考書"，是蘇教授"多年翻譯教學的願望"（《自序》）。現在，《英漢翻譯 100 心法》出版，跟蘇教授當日的藍圖吻合，今日的蘇教授，可以跟當年許下宏願的蘇教授相視而笑了。

英語有一個短語，叫"without tears"，用來形容某些艱深課程的入門書籍，諸如 *Physics without Tears*；*Accounting without Tears*；*Astronomy without Tears*……意譯可以是《輕輕鬆鬆學物理》、《輕輕鬆鬆學會計》、《輕輕鬆鬆學天文》……。直譯是《不必流淚學物理》、《不必流淚學會計》、《不必流淚學天文》……。就個人的經驗而言，翻譯沒有物理、會計、天文艱深，但也不是輕易就可以掌握的科目；要有進境，往往要花不少時間和精神，甚至要流幾滴眼淚。不過，看完蘇教授的《英漢翻譯100心法》，我可以對讀者說：這是一本好書，能幫助你們進入翻譯之門，卻不會叫你們流淚。

黃國彬

2008 年 6 月 18 日

自　序

　　編寫一本簡易通俗，題材廣泛的翻譯參考書是我多年翻譯教學的願望。本人編這本書，是因為在教授翻譯的過程中，發現初學者亟需要有多方面的翻譯知識，但要達到這個地步，非要參考閱讀許多本不同範圍種類的翻譯書籍不可。如能提供一本涵蓋全面的翻譯參考書，對這些初學者來說，肯定會是極大的方便。但目前市面上的這類書籍少而又少，希望本書可以滿足這方面的需求。

　　本書中的材料大半是編者年來擔任翻譯教席時陸續搜集起來，在堂上發給學生，以為講室中討論之用。另一部分是本人曾在報刊上發表過有關翻譯的文章，略加修改，使符合本書編寫的形式和風格。十多年來日積月累，不覺已有半百之數，以之成書，略嫌不足，便索性多費兩三載時間，博參羣書，遍搜材料，一方面寫作新文，一方面整理舊稿，卒成百篇。因為每篇寫成的時間不一，目的也有異，所以字數相差有時頗大，有洋洋數千言，也有寥寥數百字。各文都以英譯漢為主，對象是初學翻譯的各界人士，利用問題形式傳達基本知識或解釋疑難。

　　本書既不着意研究理論原則，也不深入探求方法技巧。資料務求廣泛搜羅，陳列一起以作參考。在論述方法和技巧時，主要是通過例句來說明問題，盡量避免呆板的敍述，希求通俗易懂，便於吸收。例句不求其多，但求解釋清楚。例句的選用有相當多的數量是來自自己教學用的材料，一些實例是參考過很多出版了的翻譯書刊，襲取其他翻譯前輩的心血，謹先聲明，不敢掠美。

　　本書旨在介紹翻譯的各方面而未有評論，僅在必要時根據本人的理解作一些簡要的正面敍述。故此不是一本學術性的書，而是一本較全面的資料性書籍。希望讀者閱後，對於翻譯的標準、原則、方法、技巧、歷史過程、各種詞類、術語、文體的翻譯，都有個全盤的初步認識，因而在技術的訓練上，間接可以得到一些有益的幫助。

如前所述，本書特為工作上需翻譯的非翻譯專業人士、對翻譯有興趣但缺乏基本認識的人士而寫的，可作為常用應急參考書。有志於從事翻譯工作的人士也可用作基礎的入門書。書中的內容談不上有甚麼獨得之秘，不敢吹噓說讀者讀後會大大地提高其翻譯寫作的水平。但如能加深讀者對翻譯各方面的認識，那就已達成了此書編寫的目的。

承蒙香港中文大學翻譯系講座教授黃國彬博士不嫌本書淺陋，惠賜序文推介。本書的部分資料亦曾經黃教授過目，並予指正更改，但自知錯失之處必仍頗多，誤人子弟的責任應由本人全部擔負。如能得譯界先進、各方人士不吝指教，以便於再版時修正，不勝企盼之至。

蘇紹興

2008 年 8 月

第一部分：基本知識

1 甚麼是翻譯？

翻譯一詞可以有幾個概念，一是指一般的學科範圍；二是翻譯後的成果（譯文）和三是翻譯中的運用過程。

要數人類的交往活動，翻譯可算是最早之一。翻譯活動首見於中國歷史，應遠溯至西周早期之"越裳氏重譯來朝"。說翻譯始於周代，看來不會有錯。那時黃河一帶華夷集處，還包括若干白種部落，因此無論在政治上和商業上都有口語交流。

以翻譯方式發生先後而言，口譯先於筆譯，應是無可置疑的。中國古書《周禮》的《秋官》篇記載周朝設有專司翻譯的人員，名曰象胥，"掌傳王之言而論說也"。還把"譯"的這個詞語解為"譯即易，謂換易言語，使相解也"。東漢許慎所作的《說文解字》則說"譯"是"傳達四夷之言"。

以上古代的翻譯釋義，和現在詞典上所提供的，沒有怎樣基本上的分別。漢語方面的《現代漢語詞典》解作"把一種語言文字的意義用另一種語言文字表達出來"。英語方面的詞典亦幾乎是同一意思，例如 *The Oxford Dictionary of English* 把之定義為 "written or spoken rendering of the meaning of a word, speech, book or other text, in another language"。

翻譯學者對上述詞典粗糙簡單的釋義當然並不滿足，因此就提出了各種比較全面深入的說法。黃宣範以為"翻譯是一種透過甲語言改寫乙語言的創造能力"（《中英翻譯：理論與實踐》，譯林出版社，1979 年版）。張培基說"翻譯是運用一種語言把另一種語言所表達的思維內容準確而完整地重新表達出來的語言活動"（《英漢翻譯教程》，上海外語教育出版社，1983 年版）。賀麟認為 “翻譯乃是譯者與原本之間的一種交往活動，其中包括理解、解讀、領會、移譯等諸多環節。譯文是譯者與原本之間交往活動的凝結和完成，而譯文與原本的關係亦即言與意，文與道之間的關係”。

在西方翻譯家的意見中，美國的翻譯理論家尤金‧奈達（Eugene Nida）說 得 好：“translating consists in reproducing in the receptor language the closest natural equivalent of the source language message, first in terms of meaning, and secondly in terms of style”（*The Theory and Practice of Translation*, Leiden： Brill, 1969）。英國翻譯家彼德‧紐馬克（Peter Newmark）則說：“translation is a craft consisting in the attempt to replace a written message and/or statement in one language by the same message and/or statement in another language. Each exercise involves some kind of loss of meaning, due to a number of factors”。（*Approaches to Translation*, Oxford：Pergamon, 1981）。

這些都是幾十年前中西各家對翻譯的見解了，可是歷久不衰，並未為時代所淘汰。

綜觀他們的看法，大可歸納出如下的翻譯定義概念：

1. 翻譯是兩種或多種語言或語文的溝通，在溝通的過程中包括了來源（source）和受體（receptor）。在翻譯上，則稱為被譯 / 譯出語文原文（source language）和譯入語文譯文（receptor/target language）。

2. 翻譯是一種創造能力，對原文可以增刪改寫，但要盡量保持內容和意思不變。

3. 翻譯是一種語言運用過程，其中的主要階段包括理解和表達。

4. 翻譯要求對原文內容和意義保持全部準確完整，假若不可能，至少也要達到最接近原文所要傳達的信息。

5. 翻譯要表達的不只是原文的內容意義，還要顧及風格和其他各方面。

我們通常所見的翻譯多是兩種不同國族語文之間的翻譯（interlingual translation），譬如中譯英或英譯法。但翻譯應該還得包括同一國族內兩種方言的溝通（intralingual translation），例如把廣州話轉成普通話。或同一語文因時代而產生不同的體裁，以中國文體為例，把文言文轉成現代的白話文。除此之外，翻譯的範圍也應包括以非文字的符號系統代替文字的符號系統，稱作 "intersemiotic translation"。

翻譯不一定是見諸文字的筆譯（written translation），口譯（oral translation/interpretation）也應計算在內，雖然兩者的工作性質大有分別。從事筆譯的，通稱為翻譯員（translator），以別於從事口譯的傳譯員（interpreter）。

專門研究翻譯的學科，稱為翻譯學。翻譯學是各種理論構成的知識體系，是揭示翻譯過程的客觀規律，探求翻譯問題，給實際的翻譯工作提供行動的指南。

翻譯屬於哪類學科？

翻譯的活動，由來已久，但人們至今對它還沒有一個全面的、本質的、科學的認識。翻譯到底是甚麼？是科學、藝術還是技藝？這麼多年來，可說是人言人殊。

有人把翻譯當成一種學科，認為是屬比較語言學（comparative linguistics）一類，其中主要有語文學（philology）、社會語言學（social linguistics）、傳播理論（communication theory）、信息理論（information theory）等。在進行翻譯時，須運用多種學科，只因在翻譯上單靠語言的知識是不夠的，需要有其他輔助的知識，這些知識可以包括有關國家的人情風俗、政治制度、宗教習慣、地理歷史與獨特的國情和民族性等。

自第二次世界大戰以來，西方的許多翻譯理論家如美國的奈達（Eugene Nida）、英國的紐馬克（P. Newmark）、法國的穆南（Mounin）、德國的威爾斯（Wilss）、蘇聯的費道羅夫（Fedorov）等都提出過"翻譯是一門科學"的觀點，其論據是：

翻譯是一門科學的論據：
1. 翻譯是一項有客觀規律可循的活動，並不完全靠天才或靈感。
2. 可以像描寫語言一樣，對翻譯程序和方法進行客觀的、科學的描寫，並使之公式化、模式化。

但有不少人卻持相反的意見，英國名翻譯家芬尼（Ian F. Finlay）只認為翻譯為技藝，同時又為藝術，間接指出與科學無關。他提到"creativeness"一詞，這和法國文學家紀德（Andre Gide）將翻譯定義為"recreation"的見解異曲同工。意大利哲學家克勞斯（Benedetto Croce）的名著 *Aesthetic* 在論及翻譯時認為優秀的譯文，是有其獨創的藝術作品價值（original value as a work of art）。捷克翻譯家列維（J. Levy）和中國的許多學者都和上述意見相近，認為翻譯決不是科學，原因是：

翻譯不是科學的原因：
1. 翻譯中活動的東西太多，不可能公式化。
2. 翻譯家的再創造才能是天賦的，不是後天學習得來的。

還有不少人對這問題根本沒有明確的態度，科學也可、藝術也可，反正他們還是一樣的去譯作，並未因翻譯是科學或藝術而受到影響。

要解決這個問題，首先便須找出科學的定義。所謂科學，指的是"關於自然、社會和思維的知識體系。……科學的任務是揭示事物發展的客觀規律，探求客觀真理。"在這個定義中，有兩點值得注意：

科學的定義：
1. 科學是一個知識體系。
2. 科學的任務是揭示事物發展的客觀規律。

有了這兩點，便排除翻譯作為科學的可能性。

嚴格來說，翻譯只是一種語際轉換過程，而非知識體系；它的任務也只涉及兩種語言或語文的理解、使用和相關的問題，而不是揭示客觀規律、探求客觀真理的。因此，翻譯本身不可能是科學，而只能是技藝或藝術。這一點，現代最偉大的翻譯理論家之一的奈達後來也得承認。奈達從上世紀的四十年代到七十年代一直都把翻譯當為科學，但到了八十年代就一改過去的看法，強調翻譯是一種藝術，並確定認為譯者的才能是天賦的。

翻譯是一門藝術，已為人所公認。在以原文為本再創作的過程中，除了內容表達無誤外，文字也要寫得雅醇。優秀的翻譯家必然會將自己的工作看做一種藝術，尤其是文藝作品，其中字句的去取，往往由譯者自出心裁，嘔心瀝血，典雅秀麗，足與原文媲美。至於翻譯是以藝術為尚還是以技藝為主，就要看各種各類的因素而定，如文體因素（是哪類的作品）、讀者因素（為甚麼人而譯）和實用因素（為了甚麼目的而譯）等等。

目前有些文學翻譯家，奉行一種名叫社會語言理論（sociolinguistic theory）的文學翻譯形式，即在翻譯過程中除包括作品的內容和文字外，更進一步研討作者的生平、其他的著作、所處的時代、成書的背景、內容的含意與人類的行為等。例如著名翻譯家張谷若在翻譯英國作家哈代（Thomas Hardy）的作品時，就曾對原文的文學特徵、歷史傳統、自然背景、社會風貌等作過廣泛而深入的研究。張氏把他的研究所得以腳註的形式出現在他的譯文中，大大加深了讀者對原作的了解，和對整個英國社會的認識。當代翻譯家黃國彬譯但丁《神曲》，亦對原著作了詳盡的考證和註釋，加以精闢的解說和評論，集翻譯與研究於一身。這樣看來，翻譯也算是學術的一類，是種需要花費相當研究性功夫的學科。

3 翻譯有甚麼作用？

翻譯除了起到語言活動中的溝通作用外，還因涉及到多種領域和學科，因而擁有另外許多不同的作用。具體而言，這些作用表現在下列幾個方面：

（一）在思想方面

一個思想體系如適合當時社會的需要，為一般人們所接受，就會不分國界和族界，通過翻譯廣泛傳播。例如文化中儒家思想從中國輸出，宗教中佛教思想的來華，政治中各種主義在各國互爭雄長，主要都是經由翻譯的渠道而發展滋長。

（二）在經濟方面

經濟的發展和生產力的發展息息相關，而生產力的發展是要依靠科學和技術的。科學或技術落後的國家為了發展經濟便不能不向先進國家汲取和學習他們的科學技術、管理技能和生產經驗。最有效而直接的方法就是大量翻譯科技書籍，引入先進的科學技術。日本富強一部分的主要原因即是以翻譯作為學習西方科技的手段，以科技推動經濟，又以經濟提升科技，循環不已，終於一躍而成經濟大國。

（三）在文化方面

每個民族都有他們獨特的文化，但如不懂得與外地文化交流，沒有汲取其他文化的精華作為己用，那麼其本身的文化就會停滯不前，甚至漸漸沒落。翻譯便是交流和吸納外來文化成果的主要工具。現在中國的文化無論在宗教、文學、藝術方面都攙雜了印度、中東、西方的優秀文化，大大豐富了本身的文化寶庫，這都是拜翻譯之賜。

（四）在語言方面

要數翻譯的影響，無過於在語言方面。世界上各民族的語言都或多或少有外族語言的成分，最顯而易見的是在詞彙。在翻譯過程之中，還會出現新的語法形式。例如中文倒裝句和長句的應用，都是原有語法規律所未有的。翻譯的作用在語言方面非常巨大，如果沒有通過翻譯來引進新的詞彙、或創造新的語法形式，有時是無法溝通，更不要說翻譯對語言起到豐富和發展的作用。

如上所說，翻譯對於發展思想、經濟、文化和語言等各方面所起的作用是無與倫比的。可以這樣說，如果沒有翻譯，沒有通過翻譯來吸收外來的優越思想、先進科技、文化精華、嶄新詞彙，一個國家或民族就不能提升本身的經濟科技、豐富本身的文化語言，結果就會停頓和倒退，長期處於落後狀態。

4 翻譯有哪些標準？

譯文好壞，如何衡量，有甚麼標準可以採用？從古到今，爭論不已，各有各的看法。在中國方面，早在佛經翻譯時期，譯者之間，就有"文"與"質"之爭。主張以"文"作標準的如鳩摩羅什等人，強調譯文的可讀性，注重通順典雅。主張以"質"來做標準的如釋道安等人，就強調譯文的忠實性，注重內容信實。當然也有折衷派如釋慧遠等，主張"質文有體，義無所越"。唐代玄奘也提出了質文並重的翻譯標準"既須求真，又須喻俗"。意思即是又要"忠實"，又需"通俗"，這標準直到今天仍有很大的參考價值。

無論以"質"或"文"或兼顧"質文"來作標準，都是片面性的。比較全面性的標準要到清末民初的翻譯家嚴復才出現。他所提出的"信"、"達"、"雅"三個標準，為近百年來奉為翻譯佳臬。

十九世紀末，馬建忠提出了"善譯"的準則，綜論翻譯標準、方法和態度，兼及譯者的內外條件與修養。嚴復之

嚴復的翻譯論說可參閱 94 "中國有過甚麼翻譯理論？"和 99 "嚴復對中國的翻譯和思想有甚麼貢獻？"。

後，五四時期的作家大都兼事翻譯的工作。魯迅對翻譯標準的主要觀點雖主張"寧信而不順"，但仍覺得"凡是翻譯，必須兼顧着兩方面，一當然力求其易解，一則保存着原作的豐姿"。

林語堂舉出三個翻譯的標準是：	1. 忠實的標準，指譯者對原文而言，即對作者的責任。
	2. 通順的標準，指譯者對譯文而言，即對讀者的責任。
	3. 美的標準，指譯者對藝術文而言，即對藝術的責任。

在文學翻譯方面，傅雷認為應該有更高的標準。他提出"神似"說，追求譯文和原文在形式上和精神上的一致。比"神似"說更進一步的是錢鍾書提出的"化境"說，即是把原文的思想、感情、風格、神韻等都準確適當地轉到譯文中去，不留翻譯痕跡。但這個文學翻譯的最高目標，就連錢鍾書本人都認為"徹底和全部的"化"是不可實現的理想"。到了近代，宋淇（林以亮）還有"心靈契合"的說法，呼應了傅、錢對文學翻譯最高標準的主張。

西方的翻譯家最早提出翻譯標準的是英國的 Alexander Fraser Tytler，他的三個標準是：	1. A translation should give a complete transcript of the ideas of the original work.
	2. The style and manner of writing should be of the same character with that of the original.
	3. A translation should have all the ease of the original composition.

近代翻譯學大師奈達 (Eugene Nida) 在他的翻譯代表著作 *Towards a Science of Translating* 中訂立了四個標準，那就是：	1. true to the original
	2. vivid
	3. smooth and natural
	4. equivalence of response

歸納看來，最先三點忠於原文、生動傳神和順暢自然都脫不開信、達、雅的範圍，只是第四點同等效應才是關鍵所在，是翻譯所有不同體裁文章中都要奉行的標準。

　　上述的各種翻譯標準說法，大都以文學為主。但在目前的社會中，非文學的或稱為實用的文章，應用更多，如果只套用以文學為中心的翻譯觀點來作為這些實用譯文的優劣尺度，而不顧及原文文體間的差異和翻譯目的之不同，那是不實際而沒有意義的。

　　撇開文學翻譯的標準不談，普通的翻譯能夠對原文表達得忠實通順就夠了。所謂忠實，即是沒有歪曲原文內容的事實、事理、敍述，保持原作的思想、觀點、立場、感情和風格。所謂通順，就是譯文明白曉暢，沒有文理不通、結構混亂或邏輯不清的現象。

　　總而言之，翻譯沒有絕對的標準，不同的文體自有不同的翻譯目的，因而就必須有個別的標準。同時翻譯標準訂得太高太玄妙，只是不切實際的空談，對提高翻譯的水準絕無幫助。

5　翻譯要經過哪些程序？

　　翻譯和別的工作一樣，需要有個首尾相貫，互相聯繫的完整過程。在整個翻譯過程中，譯者必須按照程序一步一步地去完成，才能翻譯得好。

　　一般來說，整個過程是由五個先後程序組成，即選材、理解、傳達、修改和審校。

（一）選材
　　選材可以根據以下幾個原則：

譯者的專業、能力和興趣：	1. 譯者應以自己的所學專業、能力和興趣來選擇翻譯材料。這樣便能保證譯文的質素，加快翻譯的速度。
讀者的水平：	2. 翻譯前要明確了解譯文或譯書的對象，根據讀者的文化水平決定譯甚麼書或文章。
選材的需要性：	3. 哪類材料符合當前的需要，無論是學術上、經濟上或政治上的，都要善於選擇和衡量。還要注意時間上的緩急，以決定翻譯先後。譯材的選擇有時並不全由譯者的決定，但譯者仍須考慮自己是否符合上面的第一個原則。

（二）理解

翻譯首重理解，理解是指正確地體會原文的整個思想內容和語言風格，這是最關鍵的一步。

對譯者的要求有如下各點：	1. 譯者對原文的性質、內容與思想，要有充分認識。
	2. 譯者必須把原文細讀，一次不夠，要多幾次。
	3. 譯者必須分析原文的特色，如原文涉及的事物、文章的語法、修辭、邏輯關係、風格，作者個人的特徵等。
	4. 譯者必須解決原文字詞上或意義上的疑難。除各種必備工具書外，有時亦須請教專家。

（三）傳達

傳達是理解的結果，譯者把原文理解透徹後，跟着便要正確充分把自己理解的內容傳達與讀者。這是個執筆翻譯的階段。傳達的優劣水準直接和理解的深度與翻譯的技巧有關。傳達時既要保存原文的思想內容，又要通順明確，沒有違背譯文的行文規範。

要傳達到完整無誤，以下幾點要注意：	1. 準確表達原文各詞彙及句子的本意和涵意。
	2. 盡量保持原文各句的意思、形象和色彩。
	3. 選詞造句要根據上下文和全篇意思。
	4. 選詞造句符合譯文的語法習慣和表達方式。
	5. 盡量接近原文的句式和語氣。

傳達和理解通常是緊密聯繫的，在傳達的過程中會加強理解，而在理解深入後便會影響傳達的手段。

（四）修改

修改可以說是傳達階段的繼續，是對初譯好了的譯文一個必需的步驟。通過一改兩改甚至多改才能使譯文在內容上和文字上完善。故此，修改可包括兩方面：一是全面檢查譯文的內容，二是檢查並修飾譯文的文字。

修改階段的步驟是：	1. 與原文對照，細心檢查譯文是否準確地表達了原文的內容、思想和風格，有沒有漏譯、錯譯或曲解的地方。表達的效果與原文的效果是否一致。
	2. 脫離原文，單獨反復閱讀譯文並進行修飾，着重檢查譯文的用詞造句，是否通順明白，有無與譯文的語法習慣違背，上下文是否配合，有無前後矛盾等等。

（五）審校

在翻譯工作中，最後一個工序是審校。

審校包括以下內容：	1. 全面覆查譯文內容、思想和風格是否與原文符合。
	2. 全面覆查譯文的文字用詞是否通順流暢，符合譯文語言的語法規範。
	3. 譯文所用的名詞術語等是否前後統一。
	4. 譯文的標點符號是否用得正確。

5. 譯文的註釋是否齊備，位置是否妥當。

6. 如為書冊，書名、封面、插圖、頁碼等是否
   已經設計或安排處理完善。

只有經過審校之後，翻譯的整個過程才算全部完成。

6 翻譯可採用哪些方式？

以譯文和原文的關係來說，翻譯可以作不同的處理。
這是因為在目前的社會中，知識的劃分很精細，一般人除了
要有專業的知識外，還需有普通的知識，對事物有豐富的常
識。因此，在知識的需求上，就有精研和淺嘗之分。屬於本
身專業範圍的，就會精心研討，不厭求詳。屬於一般常識範
圍的，大可無須多費時間，只求簡略。因應不同需要，翻譯
時便可將原文的長度、體裁、專門程度、文化特式等作出改
動，譯文因而便有種種不同的方式。

大致來說，譯文可以有全譯、節譯和併譯三種主要的方
式：

（一）全譯（Full Translation）

全譯是根據原文的長度作逐字逐句，毫不遺漏的翻譯。
主要目的是盡量保留原文的價值，呈現原文固有的形式，使
讀者領略原文的全盤意思。遇到原文內容充實，結構嚴密，
信息傳達貫通全文，偶一刪削，便會失去原意，非要整體表
達，無以完成翻譯的使命。宗教的經典（如《聖經》）、文學的
傑構（如《莎翁劇集》）、法律的條文（如國家憲法）、有些歷
史的記載等等都特別適合用全譯的方式。

（二）節譯（Partial Translation）

節譯又稱部分譯，包括所有非全譯的譯文。

為甚麼要節譯，下列舉出一些原因：

1. 節譯本有其市場學術上或娛樂上．需要，可供一般閱讀用途，而又省去印刷紙張費用，使得售價廉宜，擴大銷量。

2. 節譯本可精簡原文，減少內容重複或不重要的情節，或刪削繁詞冗句，增加可讀性。

3. 節譯本較原本篇幅短、內容簡、詞句淺、讀者易於明白，不必多費腦筋，大大減少閱讀時間。

節譯的方式可分兩種如下：

（一）摘要式（Abridged）

其法是將原文內容或詞句有重複、繁雜或不太重要、不起作用者刪除，但保留原文內容的次序和重點。某些世界小說名著節為中小學教本用書，便屬此類。

（二）縮寫式／濃縮式（Summarized/Condensed）

其法是將原文加以濃縮，集其精華，將主旨明確表達。

表達時可以不理會原文的次序，對原文內容或詞句作更多刪削，故譯文比前式會有更多改動，更為簡短。《讀者文摘》裏的許多文章，便是用這方式。

以下是摘要式和縮寫式／濃縮式譯文的例子：

英文原文

In 1968, a number of concerned Chinese students volunteered to provide information and interpreting services to Chinese residents in downtown Toronto. Later on, with short-term fundings from the government, the project, then under the University Settlement Recreation Centre, expanded to cover three other languages and began to operate on a full-time basis.

In 1974, the Chinese component of the service became independent and Chinese Interpreter and Information Services (CIIS) was formed. In 1975, CIIS was incorporated as a charitable organization. Since then, the agency's services grew consistently. In 1978, CIIS moved to the Cecil Community Centre and was admitted into the United Way in the same year. Noting a steady growth in Chinese population in Scarborough, CIIS began to operate special projects there as early as 1979. By 1982, a branch office was established in Scarborough.

Through the years, CIIS's services have expanded to include self-help and interest groups, language training classes, family services, race relations and volunteer development activities, etc. In 1988, the agency was renamed the Chinese Information and Community Services (CICS)to better reflect its wide range of services. In the same year, the agency purchased a new program/office in Scarborough to accommodate service expansion in both Scarborough and downtown Toronto. From the two offices, the agency strive to serve the rapidly growing population in Metro Toronto.

摘要式

1968 年 開始向多倫多市中心華人居民提供中文諮詢及傳譯服務，由嘉蘭中心推行。

1974 年 中文傳譯諮詢服務處成立，翌年，成為一慈善機構，此後不斷發展服務。

1978 年 服務處遷至思豪中心，同年成為公益金的成員機構。

1979 年 特在士嘉堡市向當地居民提供服務。

1982 年 在士嘉堡市成立分區辦事處。

1988 年 中文傳譯諮詢處改名為華人諮詢社區服務處，同時購置士嘉堡市辦事處單位，加強提供服務。

縮寫式

華人諮詢社區服務處原名為中文傳譯諮詢服務處,於 1974 年成立,1988 年改現名。自 1968 年起即向華人提供服務。1978 年遷到思豪中心,並成為公益金成員。1982 年在士嘉堡市購置辦事處,改名後繼續為大多市華人提供各種服務。

至於節譯的文章在篇幅長度上應比原文節省多少為合,大概是摘要式約為原文的三分一,縮寫式約為四分一。

(三)併譯

第三種的方式姑且稱為併譯,但未嘗不可以當成節譯的一種,因為它是取材式的節譯,即是素材選取於多處來源資料加以整理,使成系統後,方才譯出。新聞翻譯便多屬此類,稿件的取材來自各通訊社有關的同一消息報導,保留各社的獨有消息,捨去重複的部分,合併翻譯,成為"外電綜合報導",使讀者得一比較完整的報導。但亦可不必併合,而將各社消息獨立譯出,刊於一總題之下,供讀者一併覽閱。

7 翻譯為甚麼要有目的和對象?

做甚麼事都有個目的,有個對象,翻譯工作也不例外。在執筆翻譯前,所要考慮的是:(1)為了甚麼用途而譯?和(2)為了甚麼人而譯?

第一點相當重要,因為有些文章翻譯來是給人消閑的、或是供作參考的、或是提供資料的、或是依據法律的、或是發出命令的。這些不同的用途便要有不同的譯法。第二點也是先要弄明，譯文如果是給兒童看，當然會跟給成人看的不一樣。專家與外行、高級知識分子與略識之無的普羅大眾、教內人士與教外人士等人之間，他們看的譯本自然會有分別，有時分別還會相當大。

某些文化機構、商業公司、政府部門等各有其需要、背景、立場和計劃，翻譯時是必須因應個別情況來提供適當的譯本。

試看下段有關紅十字會的英語原文

The Red Cross Society is a non-political, non-profit organization that is dedicated to preventing and alleviating human suffering throughout the world.

譯文的其中之一

"紅十字會為一與政治無關，與利益無涉之團體，希求普世間圓顧方趾之悲愁困苦，得以預防，可使減輕，此其所盡力而為者也。"

上段譯文要商榷的地方很多。這篇是宣傳的文字，目的是要求普及，普及的對象是大眾，一般人們會不接受這種咬文嚼字的文體，非要採用如下簡樸易明的文字不可。

"紅十字會是一個非政治性和非牟利的機構，致力於預防和減輕世人痛苦。"

實在文章種類繁多，用途各有不同。譯文中措詞的雅俗、內容的取捨、敍述的先後等等都須視目的和對象而定。

文章大抵可分為三大類：實用、應用和文藝類。

實用文字包括法律文件、科技文章、調查報告、使用說明書、資料單等。這些文字在內容、事實、數據各方面都要力求準確，一有錯誤，茲事體大，文筆是否流暢則尚在其次。

應用文字如公共通知、公司章程、董事會年報、商業來往書信等。此等文字都會有約定的措詞和格式，尤須注意要符合社會的慣例。

翻譯商業廣告則更要匠心獨運，善於運用想像及詞藻，以求增加吸引力。

藝術文字的翻譯目的和對象，又和以上的兩類大不相同。詩詞注重意境風格、修辭音韻，譯者目的是力求保持原作的寫作手法、感情色彩，以至結構形式、韻律安排，以求滿足其心目中的讀者對象。即使小說和散文的翻譯亦須保持原作風韻，不失其真。

翻譯的形式除了全譯外，還有節譯、擇譯、編譯各種。形式的採用應該隨着翻譯的目的、原文的性質和譯文的讀者而有所不同。在目前知識爆炸時代，科技、醫學、社會科學等的翻譯大可以靈活一些，利用各種翻譯形式以適應不同讀者的需要。即便是文學著述，也可以效法如《讀者文摘》中之扼要概譯，減省讀者閱讀時間。

 # 8　怎樣學習翻譯？

翻譯現在已是相當熱門的學科，許多大學或高等學院都為之設立了課程甚至學系。他們各按所需，選擇施教重點，有系統地編定教材，使學生可以循序漸進地學習。

　　無論教材教法甚至教師有多好，學好翻譯還是靠學生本人的努力。但是學生仍需要接受一些基本上的指導，吸收他人的學習經驗，才能事半功倍。在初學翻譯時，沒有方法條理，徒然摸索瞎幹，進步不會很大。萬一誤入歧途，想擺脫陋習，再入正軌，便很花費工夫了。此所以學習翻譯要受正規的訓練，其理在此。

　　那麼，應該怎樣學習翻譯才可以獲致良好的效果呢？這裏有些建議。首先，學生要注意提高語文程度，加深對外文的認識，改進譯文寫作的能力。最少不會誤解原文的意思，又能把譯文寫得通達流暢。

　　除了運用語文外，進行翻譯時會涉及到廣泛的題材。如果能夠博覽不同學科的羣書，增廣多方面的知識，在翻譯時所遇到的困難內容、資料或術語，也許因而即時得到解決。

　　個人所得到的和記得的知識總是有限的，這就不能不靠參考書籍。以中英對譯方面來說，這種書籍包括中英、英中、英英字典、讀音字典、同義詞詞典、專業術語詞彙，甚至百科全書等。各種談論翻譯或提供如何翻譯實例的出版物，對學習翻譯的人也是有助的。

　　我們翻譯時往往遇到在語文上或內容上有疑難，甚麼參考書籍也幫不了忙，唯一的辦法就只好請教於人。為了學問請教人並不是羞愧之事，初學翻譯的更要養成請教人的習慣。

　　現在各學科的翻譯書籍有如恆河沙數，其中不乏著名翻譯者的翻譯精品。學翻譯的如能擇取自己所需和感到興趣的譯本來細細琢磨，對提高本身的翻譯水準，自有莫大的益處。

　　研讀他人的譯作固然對翻譯有益，但親身研討翻譯的各種問題更能體會得深刻。我們如能積極地參與有關翻譯的活動和討論，出席翻譯的研討會，參加翻譯學會為會員，通過學會與他人共同切磋，把大家對翻譯的心得和經驗，融會交流，這樣對於加強加快提高翻譯水準，成效當會更著。

互見參考　參閱 9 "英漢翻譯要有甚麼工具書？" 和 10 "怎樣活用詞典？"

翻譯重在實踐，實踐多了便累積了經驗，經驗多了自然錯誤減少、行文暢達。至於理論對翻譯的實踐有多重要，在初學者來說，相信一些膚淺的理論，對他們的翻譯寫作方面，不會有很大的幫助，最多是增加一點翻譯的知識而已。

總的來說，要學好翻譯，提高語文水準是最重要的，甚麼翻譯理論、方法、技術或是技巧等等，也只是輔助而已。

9 英漢翻譯要有甚麼工具書？

諺云："工欲善其事，必先利其器"。如其事是翻譯，其器則是工具書籍。在今天這個知識爆炸的時代，譯者碰到難以解答的問題，何止萬千，如沒有足夠的有分量的參考書，是無法進行翻譯工作的。

現把英漢譯者需用的參考書分類列出如下：

（一）英漢詞典

為英漢譯者必備書籍，現在中、港、台三地都出版了不少編譯嚴謹的英漢詞典，附有詞義和例句，比如《麥克米倫高階英漢雙解詞典》、《Collins Cobuild 高階英漢詞典》等，譯者可各按需要購買。

（二）英英詞典

加深對英文詞義的了解，宜備英國和美國出版的各一冊 *Oxford English Dictionary* 和 *Webster's Dictionary*，這兩本詞典都各有幾種版本。

（三）英語發音字典

查考人名、地名及其他專有名詞發音，音譯時最有用。Daniel Jones 的 *An English Pronouncing Dictionary* 涵蓋所有英語發音，用途最廣。如只查人名，英國人名可用 *B.B.C. Pronouncing Dictionary of British Names*，美國方面則可用 *Webster Biographical Dictionary*。

（四）英語語法書

幫助對原文的認識，可分三類：

1. 關於用法，例如 *The King's English*（H.W. Fowler and F.G. Fowler）即屬此類。

2. 關於慣用語，例如 *English Verbal Idioms*（F.T. Wood）、《劍橋英語慣用語》即屬此類。

3. 關於同義語，例如 *Thesaurus of English Words and Phrases*（P.M. Roget）便屬此類。

（五）英語縮寫詞典

幫助找出縮寫或首字母縮略詞，例如 *Everyman's Dictionary of Abbreviations*。

（六）英語俚語詞典

幫助明瞭非正式、非傳統性用語的意義，尤以翻譯美國小說為最有用。例如 *A Dictionary of Slang and Unconventional English* 等。

（七）專門名詞中譯書

幫助找出各類學科術語的意思和漢譯。近代科技一日千里，此類書籍以最近出版的為宜。

（八）百科全書

幫助詳盡了解世界重要的人和事，英美各有百科全書 *Encyclopedia Britannica* 和 *Encyclopedia Americana*。

（九）文學參考書

幫助找出文學作品的各種資料。大致可分類為：

1. 聖經資料可參考 G. Buttrick：*The Interpreter's Dictionary of the Bible* 等。

2. 神話資料可參考 J.H. Croon：*The Encyclopedia of the Classical World* 等。

3. 引文資料可參考 B. Evans：*Dictionary of Quotations* 等。

4. 作家、作品及作品中的主要人物可參考 W.R. Benet：*The Reader's Encyclopedia* 等。

（十）理論研討書

譯者如對研究翻譯的心得和觀點感興趣，可以閱覽各種翻譯論著。這些論著有歷史性的、技巧性的、漫談性的、專業性的，不一而足。還有翻譯期刊、學報、雜誌等介紹中外翻譯理論、譯壇動態、譯著評介等。

現今查考資料，已不限出版書籍，譯者大可利用上網之便，縱橫搜索。網址可有

http：//www.wikipedia.org

http：//hk.dictionary.yahoo.com

http：//www.Chinapage.com

http：//www.goodmood.cn

http：//www.m-w.com

http：//www.google.com.hk/ 等。

10 怎樣活用詞典？

既然翻譯工作非有工具書不可，而最基本的工具書就是詞典，所以善用和活用詞典是很重要的。詞典完全可靠真確嗎？英國最有名的詞典編輯家 Samuel Johnson 認為：

"Dictionaries are like watches, the worst is better than none and the best can not be expected to be quite true."

至於用來翻譯又怎樣？美國一位語言學家 Mario Pei 就指出：

"Dictionaries are of limited help, because most words in one language have a dozen possible translation in another."

但無論如何，學習語文的、學習翻譯的，手裏仍然需要有本詞典。初學翻譯者對於使用詞典可能有一個錯誤的想法，以為有本像樣的詞典就足以應付翻譯的難題。

在英漢翻譯中，這種想法尤其危險，原因是賴以為翻譯的英漢詞典無論編得多好，都會有下列的毛病：

1. 詞典版本不夠新，追不上英語變遷的速度。因而有些新詞沒有收錄，或有收錄但以舊義解釋，引致錯誤。

2. 詞典收錄條目不夠多，只有一般詞條，缺乏專門術語。目前英語大約有六十萬條目，但英漢詞典大多只有二十萬條，其他要查專門詞典。

3. 詞典並非百科全書，有些譯詞是只知其義而不知其詳。例如漢譯 "autism" 為 "我向思考"，"ideal" 為 "理想數"，譯者需要採用其他譯法方不致令讀者望詞猜義。

4. 詞典的漢語譯詞無法涵蓋英詞的全部意義，需要參考英語方面的釋義。

5. 詞典的漢語譯詞無論如何精確，也不能供翻譯之用。有些譯例亦意思錯誤，表達生硬。

英漢詞典的編製雖有或多或少的缺陷，但卻仍然是翻譯時必備的參考書籍，因為詞典的作用在（1）幫助檢查詞義；（2）啟發思考；(3)作出更佳的詞義選擇。在應用詞典時，譯者必須了解到詞典並非萬能，更不能盲目依賴。

以下是一些使用詞典的建議：

1. 詞典不怕嫌多，各家兼備亦不妨。多查幾本詞典的好處是可以挑選最正確的解釋和最適合翻譯所用的詞句。

2. 詞典宜有大型版本，即是收錄詞條越多越好。英語的難字或特殊術語，中型詞典未必登載。有了大型詞典，檢字時便可省時省事。

3. 詞典版次宜用最新，最好不超過五年。以英語發展的速度來看，新詞或新義在舊詞典中多會查不到。

4. 英漢和英英兩種詞典應該配合使用，一些詞義不能全靠英漢詞典，必須查考英語釋義，才可減少意義上的錯誤。

5. 英漢詞典中的漢語釋義可能與時代脫節，如把 "portfolio" 翻做 "有價證券" 而非現代常用的 "投資組合"。又或與時代衝突，如把 "common law couple" 翻做舊時常見有貶義的 "姘夫婦、姘頭"，而非現代的 "未婚同居者"。

6. 詞典的漢語例句翻譯味道太濃，有時更不合漢語句法，如下句："Our firm offers you competitive prices" 就給翻成 "本店向你提出競爭性的價格"。

7. 詞典中的哪個譯詞在譯文中最適合，這個應該根據原文的含義或上下文來決定。

8. 詞典中的譯詞未必都能滿意地表達原文中的意思，遇到這種情況，譯者便須自創新詞或新意，不必為詞典譯詞所拘囿。例如："His father's parting words caused him to philosophize."。詞典上的 "philosophize" 有譯為 "推究哲理"、"進行哲學探討"、"從事膚淺的說理"、"賣弄大道理" 甚至 "使哲學化"、"從哲學觀點思考" 等等都不能拿來譯上句，譯者便須別出心裁運用其他貼切相關的詞語來作表達："他父親的臨別贈言使他想得通透。"

從以上 5 至 8 項可知譯詞的詞義和選擇以至譯句都不能完全依靠詞典所提供的作準，翻譯的優劣要靠譯者本人苦心經營，盲從詞典不會產生優異的譯作，而詞典只可作翻譯時的參謀，頂多是顧問而已，並非是要言聽計從的主人。

11 翻譯者要具備甚麼樣的條件？

在怎樣學習翻譯一題中，已經提及一些翻譯者的基本條件。但這些都是有關提升翻譯水平的一些方法，沒有涉及翻譯者個人的內在修養和其他因素，故對作為翻譯者的條件，還是不全面的。

距今一千多年前，隋朝僧人彥琮在佛經翻譯之餘，寫了一篇《辯正論》，專講翻譯。他認為譯事不易，為求譯本至善圓滿，提出了翻譯者要有八個條件，或稱"譯者八備"：

"譯者八備"原文	簡單解述
誠心愛法，志願益人，不憚久時，其備一也。	有誠心、愛心、善心和恆心
將踐覺場，先牢戒足，不染譏惡，其備二也。	有敬意和警惕之心，不染惡習
荃曉三藏，義貫兩乘，不諳苦滯，其備三也。	理解原文內容，通曉其中思想和精神，那才不會誤譯
旁涉墳史，三綴典詞，不過魯拙，其備四也。	旁及其他學問，運用文字嫻熟，文筆便自然典雅
襟抱平恕，器量虛融，不好專執，其備五也。	胸襟平和，大量寬宏，虛懷若谷，不會剛愎執着
沉於道術，澹於名利，不欲高衒，其備六也。	對學術用功，不汲汲於名利，也不自逞才華
要識梵言，乃嫻正譯，不墮彼學，其備七也。	對原著文字透徹了解，而後可以傳達原著的真正意義
薄閱倉雅，粗諳篆隸，不昧此文，其備八也。	對譯出語的文字粗通，便不會用字錯誤，傳達不出原意

上面八條中，第一、二、五、六條是就譯者的人格修養來說的，第三、四、七、八條是有關譯者的學問修養。

彥琮以上的理論有很多地方對現代仍有參考價值。實在，學問和道德對於翻譯者而言，確是缺一不可的。只有學問而無道德，譯者會對譯事草率從事，漫不經心，甚或捨難就易，欺己欺人。如果只有道德而學養不足，雖對譯事盡力而為，但仍免不了力不從心，處處犯錯。

　　以彥琮的"譯者八備"所舉為基礎，我們試列出現代譯者所必備的各種內外條件。

有關學問修養的外在條件，最基本的有：

1. 語文知識 —— 對原文能透徹了解，譯文的表達方能通順準確。

2. 文字能力 —— 能夠熟練運用文字，使譯文讀來生動流暢。

3. 文化知識 —— 最困難的地方不在文字，而在文化。如能通曉別國民族的歷史、地理、風土人情、文化傳統，對翻譯的準確性大有幫助。

4. 廣博見聞 —— 廣知博聞對多種不同性質的翻譯範圍肯定有利。如能兼有專業知識，善於使用專業詞彙，更是勝人一籌。

5. 富創作力 —— 原文的語言有其本身特有的表現方法，在譯文中如加以沿用，可能使讀譯文的看不懂。因而譯者就要設法去改動某些句子，甚或改寫某一大段，使得譯文通順易懂，又不失原作精神。翻譯雖非獨立創作，但沒有豐富的創作力，是做不好翻譯的。

6. 豐富經驗 —— 有經驗的翻譯者可以避免翻譯中的許多錯誤，加強保存原作精神。

有關人格修養的內在條件，最基本的有：

1. 誠意負責 —— 有誠意，才能用心翻譯，一絲不苟，追求至善。有責任感，方可鞭策自己，避免不必要的錯誤，以求自己的譯文對原作者和讀者都負上責任。

2. 勤奮不懈 —— 翻譯是件相當艱苦的文字工作，往往需要花費不少時間、精神才能滿意完成。而在這過程中，必須表現勤勞的精神，耐心求成，堅持不達到翻譯目標，就決不罷休的決心。

3. 喜愛同情 —— 對所翻譯的作品喜愛，才能在艱辛的翻譯過程中不以為苦。對原文抱有同情態度，與原作者情感共鳴，精神一致，才能發揮理想的譯作潛能，獲得最佳效果。

4. 誠實守秘 —— 有誠實的品格，在必要時對所翻譯的資料嚴守秘密，是翻譯者應具備的操守。

5. 謹慎精細 —— 翻譯工作要求一字不苟，不容有錯失遺漏情況，核對審閱最後譯本，尤需格外小心。

6. 不斷求進 —— 翻譯有如追求學問，永無止境，切忌自滿，應該時時利用各種機會和方法，力求獲得更進一步的進展。

翻譯者如擁有以上所有的條件，應該是十全十美了吧。可是在翻譯大家傅雷的眼中看來，如果譯者譯的是文學作品，還是有所未足。他認為文學的譯者必須有良好的藝術感受能力，才能稱職。傅雷寫道："譯事雖近舌人，要以藝術修養為根本：無敏感之心靈，無熱烈之同情，無適當之鑒賞能力，無相當之社會經驗，無充分之常識，勢難徹底理解原作，即或理解，亦未必能深切領悟"。（傅雷《讀書》：《論文學翻譯書》，1979 年 3 月號）

12 甚麼是自動翻譯？

自動翻譯（automatic translation）也稱機器翻譯（machine translation），那是使用機器把一種語言翻譯為另一種語言，以代替傳統的人為翻譯方式，以求革新翻譯的技術，快速地完成翻譯工作。這對於現時浩如煙海的文獻和資料來說，無疑是迫切的需要。

自動翻譯是在語言學、數學和計算技術學這三門學科基礎上發展的一門邊緣學科。要建立一個自動翻譯系統，便需以上各學科專家的共同努力。

　　自動翻譯的構思源於上世紀 30 年代，比電腦的發明還要早。以後幾十年來世界各國如英、美、德、俄、意、日本甚至中國都陸續開發自動翻譯的工作，取得了不少進展。

　　迄今存在的自動翻譯系統可以分為三個代：第一代以詞彙為主，着重研究詞的形態，進行詞與詞的對譯，很少有句法的分析，因而譯文質量極其低劣，可讀性很差。第二代從 60 年代開始以句法為主，分析句法結構，根據上下文選擇恰當詞義，在譯文的質量上和使用上都比第一代系統進步。第三代以語義為主，在 80 年代開始建立，超出句子考慮問題，深入研究語義學，制定語義加工的算法和按語義加工的特點設計電腦程序，不過到現在語義研究仍未成熟，離普遍應用之途還遙遠得很。

　　自動翻譯的過程和用人翻譯的過程相似，略可分為五個步驟，列表如下：

步　驟	用人翻譯的過程	自動翻譯的過程
1	閱讀原文	原文輸入
2	識別單詞、分析句子	原文分析
3	找出原文譯文對應	原文譯文轉換
4	確定恰當譯法	譯文生成
5	譯文最後定稿	譯文輸出

　　以上步驟 2 至 4 是屬於理解方面的，而自動翻譯的困難，恰恰就在理解過程的方面，而這方面卻是極端複雜的。翻譯者在翻譯前必須透徹了解全文，他所運用的不單是文字的知識，還需有豐富的背景知識。機器翻譯要做到這點，不僅要有一部詞典提供支持，而且更要有一部包羅萬象的百科全書。即使在電腦中儲存這些詞書，還是不能像人的大腦一

般進行思維。而人的思維又要通過語言來實現，這就導致了語言結構和理解方面的極端複雜性。另外，還有語義學上的問題。在語言中，一個詞或詞組甚至句子都會含有一個以上的意義，選擇適當與否都會影響到自動翻譯的譯文質素。還有，程序設計的能力、電腦的速度和儲存容量都是有限制的。翻譯者除了有他的知識背景來進行翻譯外，還有他本身的生活知識、社會知識、專業知識，還要看談話時的環境和氣氛，這些都是電腦所無法模擬的。

全部自動翻譯既無法達成滿意的翻譯成果，只好退而求其次，一是容忍譯文的較低質量，二是用人手來補機器之不足。前者的譯文"機器味"很重，不求優雅通達，只求略通其意，如果要求不高，某些科技性的文章是可以採用這種所謂"機器洋涇濱"（mechanical pidgin translation）翻譯的。另一是機助翻譯（machine-aid translation），由人來參與自動翻譯過程，人與機器互相配合。人與機器之間的合作不僅限於譯前譯後的編輯，還可在補詞、選詞、加減譯文方面提供援助，克服機器翻譯許多重大的障礙。

自動翻譯仍是世界各國競相研究開發的尖端課題，被國際權威機構列為二十一世紀世界十大高科技產品之首。中國的中科院雖在機器翻譯的理論方面作出可觀的突破，也在機譯翻譯的實用化方面取得不少成就，發展了智能型英漢機譯系統，但距離理想的自動翻譯目標，尤其在文學翻譯的範圍裏，還有一段很長的路途要走。

13 在譯文中如何運用標點符號？

現代的中文文章無一不採用西方傳來的標點符號。標點符號是現今書面語中不可缺少的部分，用於表示停頓、語氣和詞語性質及作用的符號。

標點符號既是西方傳來的，在譯文中照抄原文就是了，那還有甚麼問題？可是，漢文和英文究竟是不同的文字，轉換起來在表達的形式上不免會有分別，就在這些分別上，英文有些標點符號在漢文裏會不合用，而漢文本身也會有需要而自創新的標點符號。

本文的目的不在研究漢英兩語標點符號的作用（要知道他們的種類和作用大可參考有關的專著），而在討論英漢翻譯之中，哪些標點符號會隨漢文的寫作或應用習慣而有不同的形狀和運用。大概而言，標點符號可分為兩個大家族，那是點號和標號。

中文現時採用的點號有七種：

名稱	句中點號				句末點號		
	句號	問號	歎號	逗號	頓號	分號	冒號
形狀	。	？	！	，	、	；	：

中文現時通用的標號有下列多種：

名稱	引號	括號	破折	省略	着重	連接	間隔	劃號	書名	專名
形狀	" " ' ' 『 』 「 」	（ ） 〔 〕 【 】 ｛ ｝	——	……	．	—	‧	／	《 》 〈 〉 ～～	＿＿

比較以上兩表中文的標點符號和英文常用的符號，就可發現兩者有下列不同之處：

（1）英文有而中文無：連字號 hyphen（‐）；省字號或稱撇號或所有格號 apostrophe（'）。

【解說】英文用字母組成，中文為形義字。

（2）中文有而英文無：頓號（、）；曲尺形引號或稱提引號（" "／「」）；着重號（．）；間隔號（‧）；書名號（《 》／〈 〉／～～）；專名號（＿）。

【解說】以上標號皆為中文創設以適應本身需要。

（3）中英文皆有，但形狀不同：句號在英文為 . 中文為。；省
略號在英文為 ...，中文長度加倍為 ⋯⋯。

【解說】為清楚起見，中文之句號有圓點；省略號佔字位兩格。

如上所述，本文不擬舉出各標點符號的用法，以下只是
解釋翻譯中常見的標點符號問題：

問題（一）為甚麼中文會加多一種引號形式？

中文是沿用英文引號 ' ' 或 " " 的，但由於中文文章可以
橫排，也可以直排。直排的文章用 " " 或 ' ' 很不方便，不
得不創造另一種引號形式，即是曲尺形的『 』和「 」。這兩種
新創的引號現時已越來越通行，即在橫排的文章中也會應用。

問題（二）標點應放在引號之內還是之外？

這問題頗使人困擾，英國和美國的文章也有不同的使用
方法。英國英語是先用單引號 ' '，後用雙引號 " "。標點放
在引號內或外取決於邏輯關係，即屬於引文的放在內，屬於
全句的放在外。美國人則先用雙引號 " "，後用單引號 ' '，
把標點全放在引號內。

例如：

英國英語： 'Mary said "right", not "wrong".'

美國英語： "Mary said 'right,' not 'wrong.'"

漢語有關這方面的用法與英語一樣，如： '瑪麗説 "對"，
不是 "錯"。'

如用曲尺形引號，上句就寫成：

「瑪麗説『對』，不是『錯』。」

凡是原文單獨引用，不論是說話、格言、詩文、俗語
等，標點就都應該放在引號之內。

例如：

"Give me liberty, or give me death." How attractive a
substance liberty is !

"不自由，毋寧死。" 自由是多麼吸引人的東西啊！

問題（三）括號應放在標點之前，還是之後？

這要視乎括號的作用，如果括號只是註釋或補充句子裏某些詞語，括號就應緊貼該詞語，放在正文標點之前。

例如：（括號在句中）

The three of us (Peter, David and I) returned home after a year's travelling around the world.

我們三人（彼得、大衛和我）在環遊世界一年之後回家了。

例如：（括號在句後）

I have in front of me the *Bahamas Handbook* (547 pages! Would you believe it?).

我面前有本《巴哈馬羣島手冊》（547頁！你會相信嗎？）。

如果是註釋說明全句的，括號就放在正文標點之後。

例如：

The winter houses of the Eskimos are the snow domes we called igloos. (Igloo in Eskimo means simply 'house'.)

愛斯基摩人的冬季房子是圓頂的雪屋，我們叫做 igloos。（Igloo 在愛斯基摩語中只是"屋"的意思。）

問題（四）括號內可以應用標點嗎？

括號內的註釋文字如果像短語那麼簡短，自然可以不加標點。

例如：

The city of Qingdao (in northern China) is a beautiful city.

青島市（在中國北部）是個美麗的城市。

倘若文字過長，加標點是不可免的話，用逗號、頓號、分號都可以，只是不能用句號。

例如：

The city of Qingdao (located in the province of Shandong in the northern part of China, beside the East China Sea) is a beautiful city.

青島市（位於中國北部的山東省，瀕東海之濱）是個美
麗的城市。

問題（五）英文斜體字怎樣處理？

英文的斜體字大概有兩種用途：強調一部分文字的重要
意義和用於外來語。中文雖也有斜體，但屬美術字範圍，在
文章中一般不用。如有強調意義或重要性的，大可用黑體字
或在文字下面加黑圓點，即用着重號來表示。變換字體甚至
用斜體漢字也是另一處理方法。斜體字如為外來語（即不是
英語），無特別意思，可不須理會。

例如：

I can't speak *langue d oil.*
我不懂説法語。

斜體字也可用作書名或書中之一章或一篇名，在中文方
面，可用書名號來應付。（見問題六：例2）

問題（六）間隔號如何應用？可在哪些地方應用？

間隔號，又稱音界號，是1990年才增加的一個標點符
號，以實心小圓點表示，點在兩字之中。間隔號主要用於下
列情況：

（1）隔開單一外族人的姓與名，如：

Winston Leonard Spencer Churchill
溫斯頓‧倫納德‧斯賓塞‧邱吉爾

（2）用於書名和同書中篇章名的分界，如：

"Midsummer Night's Dream", **The Complete Work of
Shakepeare**
《莎士比亞全集‧仲夏夜之夢》

（3）表示月份和日期之間的分界，如：

September 11 incident
九‧一一事件

問題（七）英文文章中的逗號為甚麼要用頓號來代替？

答案是基於漢語習慣性用法和使文中意思更清楚。 在隔開同類詞方面，英語用的是逗點，如：

Some Canadians are very fond of Chinese culture:
literature, music, art, theatre, fashion, food, etc.

漢語文章如照用逗點，中國的讀者就不會習慣，而且也混淆了意思，不得不改用漢語才有的頓號，如：

有些加拿大人很喜愛中國的文化：文學、音樂、藝術、戲劇、時裝、食品等等。

問題（八）中文文章中可用連字號嗎？

漢語既非用字母構成，連字號應該無用武之地。唯一可以應用的是在翻譯專有名詞如人名、地名時用。人地等名稱如有複姓或雙名，則需要照英文原名用連字號，因為沒有任何的標點適合。

例如：

Anne-Marie Saint-Pierre, daughter of Jean-Marc, duke of
Basses-Pyrenees

安妮 - 瑪麗 · 森 - 皮埃爾，巴塞 - 比利牛斯公爵尚 - 馬克的女兒

第二部分：翻譯方法

14 翻譯有甚麼方法可用？

我們在翻譯時，可以使用下列各種不同的方法：

（1）按照原文，逐字翻譯，句法次序全照原文。

例如：

The boy was riding on his father's shoulders.
這男孩正跨坐在父親的肩上。

（2）按照原文，逐字翻譯，但句法次序不依原文。

例如：

Where did life come from?
生命是從哪兒來的？

（3）按照原文意思翻譯，但字面和句法都不依原文。

例如：

Many nobles lost their heads during the French Revolution.
法國大革命期間，很多貴族斷送了性命。

（4）按照原文的大意來譯，不計較原字原句，隨意大量增減。

例如：

I have no problem with freedom of speech as far as its delivery by our elected representatives does not implicate insensitivity and lack of respect to other cultures.
我向來支持言論自由，只要我們那些民選議員所發的言論，不要對其他文化不負責任地攻擊、鄙視或對之麻木不仁，我是不會反對他們的。

（5）按照原文意思，採取本國相等或相當意思的表達用語譯出。

例如：

Man proposes, God disposes.
謀事在人，成事在天。

（6）按照原文的發音，以本國文字譯出其音。

例如：

England　　　　　　　　英格蘭
trust　　　　　　　　　　托勒斯
cookie　　　　　　　　　曲奇（餅）

（7）按照原文的意思，以漢字結構或物體的形象來表達。

例如：

pyramid　　　　　　　　金字塔
sphinx　　　　　　　　　獅身人像
bold type　　　　　　　　黑體

例子（1）是極端的直譯（literal translation），譯文與原文的字句次序排列得好像比翼雙飛一般，字字對譯，故此又稱為"比譯"。這樣字比句次的翻譯方法有時可用，但多有不可能的情況，只可當為直譯的一種。

例子（2）是典型的直譯，雖則仍照字面來翻譯，卻把原文的字句改動前後的次序，使能符合譯文中的文法和結構，增加可讀性。

例子（3）擺脫原文字詞和語法的束縛，以真正的意義為重，為了譯文的通順，不妨增減原文字句。這種譯法，就稱為意譯（free translation）。

例子（4）是意譯的極端，其結果可能使原文的面目，在譯文中意思不可復識。如有任意穿鑿附會，妄加己意的，就變成意而不譯了。

例子（5）有人稱為借譯（loan translation），在慣用語中經常應用。如果雙方語言中有慣用語具相同的意義或隱義，而且還有相同或極相似的形象和比喻，那就可以彼此交換借用。

例子（6）稱為音譯（transliteration），凡屬專有地名，如人名、地名、科技與其他專業術語與普通名詞中，其事物為本國所無或不知其詳而不可意譯的，都可用音譯。

例子（7）稱為象譯（graphic translation）是個非音非意的譯法，主要是通過具體形象來表達原意。雖不及意譯的正確或音譯的保持原音，但卻描寫生動，使人印象深刻。

在實際翻譯時，最多採用的方法，不是上述的任何一種，而是部分直譯、部分意譯的方法。其實用甚麼方法也不要緊，最重要是能夠表達完整、清楚和準確。

15 甚麼是直譯？

直譯 word-for-word translation，通稱 literal translation 或 metaphrase，是翻譯的一種主要方法。詞典中的釋義是：

"following the original closely, or even word for word."（*The New Webster Dictionary*）。

簡單地說，就是按照原文結構次序，逐字逐句，無一遺漏或更改來對譯。例如把 "Who invented gunpowder？" 譯作 "誰發明火藥？"，這就是直譯。又如把這句譯作 "火藥是誰發明的？"，也算是直譯。前者完全依着字詞次序，是極端的直譯，稱作比譯，有如比翼雙飛一般的對等位置。後者是一般的直譯，譯文不太拘泥於原句的字詞次序，絕大多數的直譯句子都是這樣。

英語的簡單句子結構和漢語有相同之處，次序都是主語（subject）到動詞（verb）到述語（predicate），因此很多這樣結構的句子，都可以用直譯去翻。例如 "They have many difficult problems to solve" 漢譯的 "他們有許多困難的問題要解決" 就是亦步亦趨的直譯法。

提倡直譯法的翻譯者說直譯"即忠實正確的翻譯，而不主張拘泥於語法與結構的歐化。"又認為"直譯也有條件，便是必須達意、盡譯文的能力所及的範圍內，保存原文的風格，表現原文的意義。換句話說就是信與達。"

反對直譯法的就說"直譯者初欲不失原意，故字句對照以此就彼，往往失之機械，不可卒讀。"又說"直譯即是拘泥於原文字句之構造，並不計及譯文之通順或自然與否。"

的確直譯法有利，也有弊。所謂利是能夠保存原文的形式結構，又可忠實地譯出原文的內容，而所費的翻譯時間和精力都因而減少。不過，在運用直譯法時，還要注意到譯文通順的問題。如果譯文內容確實，行文流利，那無疑是很理想的。因此主張直譯的翻譯者就認為只有直譯才是忠實正確的翻譯。那麼，倘若信實和通順兩者不能兼得又如何取捨呢？我國文學家兼翻譯家的魯迅便主張"寧信而不順"，即是把內容的正確表達放在第一位。

直譯法的弊端是，由於譯者太着重形式，太想保存原文的語法結構，往往作機械式的翻譯，不理會本國的行文語法、思維習慣，弄至譯文佶屈聱牙，不堪卒讀。試以直譯法來譯下句：

The thought that he might not see his family again during his long and dangerous exile almost made him mad.

逐字對譯法 這個思想，他也許再見不到他的家了，在他漫長而危險的流放生涯中，幾乎使他發瘋了。

很明顯地，上述的逐字逐句去譯是行不通的，中文是沒有這樣寫法的。

一般直譯法 在他漫長而危險的流放生涯中也許再見不到他的家的這個思想幾乎使他發瘋。

這樣的譯句用的是典型的歐化句式，文理缺乏通暢自然，當然不是理想的譯句（試比較在 16 中用意譯法的句子）。

總之，如果用直譯法譯成的句子能兼顧 "信" 與 "順"，擺脫過分的歐化句式，當然是可以在翻譯中常常應用的。

16 甚麼是意譯？

意譯 sense-for-sense translation，通稱 free translation 或稱 liberal translation 又稱 paraphrase. 詞典中的釋義是 "a restatement in different words or free rendering of a text, passage, etc."（*The New Webster Dictionary*）。意譯是翻譯的另一種主要方法。

顧名思義，意譯就是總括原文大意的翻譯。 其法是譯者擺脫原文結構的束縛，按照原文真正的意思，用自己的語法和文字，改變敍述次序，可減則減，可加則加，以圖更貼切地表達原義。

提倡意譯法的人說 "能達原文大意，而不失其真詮者，謂之意譯。" 對於反對者斥為隨便伸縮，易於作偽的批評，意譯派便申辯為 "意譯者，至少須融會貫通⋯⋯。"

意譯法最大的好處是使得譯文讀來更達意，更暢順。在 "甚麼是直譯？" 一題中所舉出的英語句子，如改用意譯法，譯文可得如下：

"他一想到自己在流亡途中，既漫長又危險，也許再見不到家，難過得幾乎發瘋了。"

以上譯句把次序顛倒了，詞類改變了，也增加了字詞，但卻沒有逸出原意的範圍。與直譯比較，行文通暢自然得多。

在翻譯過程中運用意譯是無法避免的，因為原文和譯文是兩種不同的語言文字，中間有許多不同的表達形式來體現同樣的內容，用直譯就會產生不到同樣的效果。

由於按照原文字句對譯的方式行不通，或者勉強譯起來使人了解得非常吃力，譯者就不得不運用本國語文的寫作習

直譯法雖是省時省力，但其最大弊端是太重內容的信實或原文語法的結構而忽略了譯文的通順，因而流於硬譯、死譯。若覺直譯行不通，可改用別法。

慣來加以表達。例如有以下一句英文："He bent solely upon profit"，直譯是"他只屈身於利潤之前"。這句的意思尚可，但不合漢語的思維用法，如把"屈身"改為"低頭"，那便可在意思和用法中兩全其美。意譯的"只有利潤才使他低頭"是否比直譯的好些？如果能把意思融會，進一步意譯為"他唯利是圖"，那就更得意譯的真諦。

需用意譯的情況不少集中在文化方面，例如譯"black sheep"一詞，中國人總會譯成"害羣之馬"，以"馬"代"羊"。在翻譯與歷史背景、風俗習慣有密切關係的慣用語尤其如是。例如以下各條慣用語，如用直譯，在字面意義上根本無法表達原文：

英　諺	直　譯	意　譯
Helen of Troy	特洛城的海倫	傾國傾城
To carry coal to Newcastle	運煤到紐卡素	多此一舉

又或即使可以理解，但卻與本國表達習慣有違，亦必須轉成意譯，例如：

英　諺	直　譯	意　譯
To cry wine and sell vinegar	叫酒賣醋	掛羊頭賣狗肉
To put a fifth wheel to the coach	在馬車上加添第五條車輪	畫蛇添足

還有許多句子是不得不用意譯的，不用意譯根本就表達不到真正的意義。例如：

He is brave like anything.

直譯：他勇敢得像任何東西。

意譯：他非常勇敢。

上例只是作文字表達上的改善，有些帶有慣用語用法的句子不用意譯就根本說不通，如：

He has got out on the wrong side of the bed today.

直譯：他今天是從牀錯誤的那一邊爬起來的。

意譯：他今天很不高興。

　　可見把原文意義先行融會貫通，是實施意譯的首要條件。不正當的意譯，是在原意之外，妄用己意，隨便伸縮增刪。

　　The longest day must have an end 這一句，有人直譯，也有人意譯，舉例如下：

　　　直譯：最長的日子總有盡時。

　　　意譯：天下無不散之筵席。

　　直譯貼切原意，意譯則善用中國諺語，無翻譯斧鑿痕跡，何者為佳，乃屬見仁見智之談。

　　意譯和直譯之爭可說是沒有意義的，只因兩者都同是翻譯中最常用的方法。直譯可說是基礎，而意譯則是對直譯作必不可少的輔助和補充。在譯文中，兩者常常並用也混合着用，正確的翻譯是分不出意譯或直譯的。🐾

17 甚麼是音譯？

　　音譯（transliteration）就是按照原文的發音和音節用同音或近似音的譯文文字譯出，全無顧及字面上的意義。

　　音譯是除直譯和意譯之外翻譯外來語的一種主要方法，可用於專有名詞的人名、地名等，還有某些科技術語和普通名詞的外來物品以至一般事物。

　　為甚麼要音譯？千多年前中國唐代名僧兼佛經翻譯家玄奘在他的《翻譯名義序》提出"五種不翻"理論就已說得很詳盡：

　　　"五種不翻：一，秘密故，如 Dharani"陀羅尼"。二，含多義故，如 Bhagavat"薄加梵"，具六義。三，此無故，如 Yenbu tree"閻浮樹"，中夏實無此木。四，順古故，如 Ayobodhi"阿耨菩提"，非不可翻，而摩騰以來，常存梵音。五，生善故，如 Prajna"般若"，尊重智慧……皆掩而不翻。"

運用意譯前須充分了解原文才可下筆翻譯。過分意譯的弊端是胡亂增刪，妄用己意，使原文面目全非。

解釋上文五種不翻的原因，便是：秘密故，即不明；含多義故，即不全；此無故，即不存；順古故，即不改；生善故，即不便或不可說 。

音譯有其優點和缺點。優點是無須完全了解原文意思便可照音翻譯，勝在快捷。例如 democracy 音譯"德謨克拉西"，telephone 音譯"德律風"等。另一優點是在表達方面能大大縮短所需的字詞，例如 disco，可譯"迪斯科"或"的士高"，只需三字而可代替"放送流行歌曲唱片供人跳舞的夜總會"。

但漢字究竟是標義的文字，一音多字，一字多義。如只用標音之法，日久會隨着時間的推移，地域的差異而失真失義。何況選用何字去合音，主要是根據當地的方言，亦無標準訂立，使人無所適從，往往造成無限的紛擾。所以許多音譯名稱，到頭來還是轉用意譯 ，上述的"民主"和"電話"便是。或音譯名稱用得久了，而且寓意不錯，如 "index" 音譯的 "引得"，"vitamin" "維他命"就與意譯的"索引"、"維生素"一併應用。

有學者指出，語言的學習是離不開它的文化環境和社會情況的，翻譯也是如此。舉例來說，香港在經過百多年外人統治下與頻繁地和西方文化交往，其發展翻譯的過程自然與中國內地的不同。在音譯方面，香港人用的自然以粵語為準，舉凡人名、地名的音譯都與國語的標準音不同。

除專有名詞之外，外來的事物在起初進入中國各地時，因未明其底蘊通常都會採用音譯的。在這方面，香港把外語音譯移作己用的情況也比其他各地的多得多，主要是採用"替代"的方式，未經意義上的消化便大量從英語借字來代替本地原有的詞彙，如以"的士"taxi 替代了"計程車"，或以"燕梳"insurance 代替了"保險"，成為粵語方言的一部分，外地人單從字面上推敲永遠無法知曉其意思。中國本土的情況與香港有異，主要是在音譯方式上利用"移借"的手段，即是未知意義前先音譯，懂得意義後便改用意譯，如 parliament 初

參考 58 "怎樣翻譯人名？" 和 59 "怎樣翻譯地名？"。

音譯"巴力門"，後改譯"國會"，camera 初音譯"開麥拉"，後改稱"攝像機／照相機"等便是其例。

　　音譯雖有很多缺點，但還是不會廢用的，最少在翻譯專有名詞時就不能沒有它。大部分的人名、地名無意義可言，翻譯時標音即足夠。翻譯既以標音為準，原文的發音和音節就很重要了。在英譯中方面，英文的讀音尤應注意。不幸英文的發音法變幻莫測，不能以常理測度，非借重有關的讀音字典不可。Daniel Jones 的 *English Pronouncing Dictionary* 是這方面數十年來權威之作，為翻譯者必備的書籍。

18 甚麼是象譯？

　　象譯法（graphic translation）是一種既非意譯，又非音譯，而是通過具體形象來表達原意的翻譯方法。舉一個顯淺又著名的例，pyramid 之所以譯作金字塔，就是因為這些埃及古帝王墓的建築物，其外形似漢文的"金"字。

　　象譯法大概有四種。一是像漢字的結構，二是像生物的形態，三是像自然的現象，四是像物體的形狀。

　　第一種最常用，因為漢字的結構提供給象譯很大的便利。例如：

（1）丁字，活像英文的大寫 T，所以 T-beam 譯丁字樑；T-square 譯丁字尺。

（2）工字，就像英文的大寫 I，所以 I-bar 譯工字鐵；I- shaped 譯工字形。

（3）十字，所有橫豎交叉的形狀都可用，如 cross 十字架；crusade 十字軍。

（4）人字，所有鋸齒的形狀都可用，如 gable roof 人字屋頂；herring-bone bond 人字砌合。

（5）凹凸，有此形狀任一都可用，如 heligravure 凹版照相；raised type 凸字。

可參閱 82 "方言對翻譯有甚麼影響？"。

（6）乙字，似英文之 Z 形，或似其形狀的都可用，如 Z-iron 乙字鐵。

（7）叉字，似英文之 Y 形，如 Y-pipe 叉形管。

第二種，取材於動植物的種種形態，例如：

（1）取自鳥類的：hunting cap 鴨舌帽

（2）取自獸類的：sphinx 人面獅身像

（3）取白昆蟲的：bow 蝴蝶結

（4）取自植物的：ruby ball 橄欖球

第三種，取材於自然現象，例如：

gable	山牆
tabby	波紋絹
vanishing cream	雪花膏

第四種，取材於物體外形，例如：

barrel	琵琶桶
mitre valve	錐形活閥
U-shaped core	馬鐵心
clamp	弓形卡

還有一些雜例，像用數字表達的 staff 五線譜和 set square 三角板，都屬象譯法。

象譯的正確性不及意譯，也沒能像音譯能夠保持原名的特色和簡潔，但卻可給讀者一個明確深刻的生動印象。象譯在譯名方面獨樹一幟，頗能補意譯和音譯之不足。

19 甚麼是借詞和借譯？

翻譯的主要作用是溝通說不同語言民族之間彼此的思想、交流彼此的經驗。在這些交往之中，語言的互相滲透和互相借用是不可避免的。例如中國的茶、絲、瓷器等，都以音譯或意譯進入了很多國家的語言文字。同樣，在現代漢語中，大量的外來詞多是通過翻譯吸收進來的。隨着人類交往日益頻繁，科學科技日益發展，語言互相滲透、互相借用的作用也就日見廣泛。

在闡述一個新概念或一件新事物，民族語沒有確切的詞可以譯，急切之間就多用音譯應付，例如：logic（邏輯），sofa（沙發）。

用意譯或註譯是可以的，但會使篇章過於冗長，甚至使人難於理解以至誤解，或者有時雖有對應的詞可譯，如 logic 也可譯為"名學"或"推理"。但在具體的語言環境裏，借用外來詞更合適，更為大眾易於理解和接受的時候，就應該借用外來詞。這種情況，觀察中日兩民族在借詞的歷史過程中也許得到一點啟發。從古以來，日本就從中國古漢語中借用了大量的詞語來充實和豐富它自己的語文，而中國則在近代的從西方翻譯的外來詞中，卻借用了不少日本的譯詞，如 science 科學（中國舊稱"格致"），economy 經濟，society 社會等新名詞都是從日本借來的。

從英漢翻譯方面來看，英原文與漢譯文相比較，就發現大量借用的例子，有的從字面上直譯借用的，有的從意義上意譯借用的。這兩種都可稱為借譯（loan translation），是翻譯上的一種方法。

從文字上借譯的例子，大多是直譯的，如：to break the record（打破紀錄），sour grape（酸葡萄）；trump card（王牌）等，已成為漢文的新詞彙，雖屬外來語，但幾已成為漢文不可分割的部分。

借譯法在諺語、成語、俗語等慣用語中應用極多，在以下的幾個情形中，都是它大展所長的機會：

（1）如果漢英慣用語在文字、意義和形式都相符合，且有相同的或極相似的形象或比喻。遇此情形，不妨直截了當地借用漢語中的同義慣用語。例如：

Walls have ears　　　　　　　　隔牆有耳

To add fuel to the flame　　　火上加油

（2）如果漢英慣用語只是意義相符，文字、形象或比喻全不相關。遇此情形，不妨大膽借用漢語中的同義慣用語，以保持民族表達的特性。例如：
Pay one back in his own coin　　以其人之道還治其人之身
Stuff and nonsense　　　　　　胡説八道

（3）如果漢英慣用語雙方所用的比喻頗有出入，但所引申的意義是完全一樣的。在這情形下，往往仍以直譯為主。不過假如直譯效果很差，或不可理解，或雖可理解而不合國情，則可結合具體情況，採用同義慣用語，例如：To sit on thorns. 直譯為"坐在荊棘上"，不可理解，倒不如借用中文成語"如坐針氈"。Neither fish nor flesh 直譯為"非魚非肉"，不合漢語固有表達形象，可借用"非驢非馬"。

20 怎樣翻譯名詞？

（一）概説

英語名詞可分兩大類：普通名詞（common noun）和專有名詞（proper noun）。普通名詞又可分為個體名詞（individual noun）、集體名詞（collective noun）、物質名詞（material noun）和抽象名詞（abstract noun）。

前兩類可用數目計算，稱為可數名詞（countable noun）和不可數名詞（uncountable noun）。

按照英語語法，名詞可表示性（gender）、數（number）和所有格（possessive case）。

漢語又怎樣呢？從理論上說，漢語的名詞也是用來表示人、地和事物的名稱，也可進行像英語名詞那樣的分類，只是在複數方面不存在詞形的變化，專有名詞也沒有大寫的問題。漢語名詞的"性"和英語以自然性別的區分相同，"數"則是以數詞和量詞表達，而"格"就一律以"的"來表示。

了解英漢兩語名詞特性的異同，尤其是知道英語傾向於用名詞行文和表意，而漢語卻喜歡用動詞的情況，對把英語翻譯為漢語的準確性和可讀性都大有幫助。

名詞翻譯的範圍廣泛，本書各有專題詳細論述，本文只簡略提出翻譯各類名詞的方法要點，藉作初步參考。

（二）普通名詞

普通名詞最常見的翻譯方法，當為譯義，即說明該名詞的性質、外表、特色或用途等，如 iron 鐵、cross 十字架、news 新聞、type-writer 打字機等。

如果說明名詞的特性過長，可用音譯，如 Aids 愛滋病、nicotine 尼古丁。如音譯之不足，便加上說明字詞，如 ballet 芭蕾舞，leghorn 力康 / 來亨雞。也有部分取音，部分取義的譯法，如 kilogram 千克，decibel 分貝。如譯時能兼顧音義，則屬上選，如 club 俱樂部，model 模特兒。按照物體形狀特色翻譯，即是象譯，也是別出生面的譯法，如 T-bandage 丁字形繃帶，gable 三角牆。

如係新發現的事物，則可創新名表達，如氣體的 helium 氦，非金屬的 silicon 矽等。

總括翻譯普通名詞的方法可用意譯、音譯、音後加意譯、半音半意譯、音義兼譯、象譯和起新名等。

（三）專有名詞

專有名詞是用以指某一特定的人物、事物、地方、機構等名稱。

人名大致全用音譯，如 Alexander 亞歷山大，除非人名前

有關普通名詞的專題包括：18 "甚麼是象譯？"、23 "怎樣翻譯複數詞？"、61 "怎樣翻譯物名？"、63 "怎樣翻譯政、商、教機構名稱？"、64 "怎樣翻譯政、商、教職位名稱？"、65 "怎樣翻譯科技術語？"、84 "翻譯食品名稱有甚麼困難？"

後有意義，方用意譯，如 Alexander the Great 亞歷山大大帝，或 Alexander III 亞歷山大三世。[1]

地名如沒有特殊意義，可採音譯，如 Berlin 柏林。地名前後有意義，則可音義並用，如 North York 北約克、Charlottown 莎樂鎮。

地名每字均有意義，則可逐字譯義，如 Ivory Coast 象牙海岸、Red Sea 紅海等。[2]

機構專名，譯法與地名相同，即無義譯音，有義譯字。[3]

（四）物質名詞

這類名詞是普通名詞的一支，指沒有生命的事物或不具備確定形狀的物體，例如天上的雲，地上的石，地下的鐵，流動的氣體，以至人類發明和製造的物材，都包括在內。[4]

（五）抽象名詞

英語所謂抽象名詞是指狀態、品質、活動等抽象概念，如說 health"健康"，kindness"仁慈"，reading "閱讀"都分屬狀態、品質和活動的範圍。意譯抽象名詞是最好的方法，也幾乎是惟一的方法。以前也有音譯的，如 inspiration"煙士比里純"，但不久便由意譯的"靈感"所取代。

（六）集體名詞

顧名思義，集體名詞是一切同類型事物（包括生物、無生命物體）組合的總稱。[5]

名詞種類繁多，翻譯方式也多。詞典所載，有時多過一個譯名，便要善加選擇。在遇到英語句子常用的抽象名詞時，如用漢語的動詞取代之，通常會對譯文的表達能力有所提高，使文氣更通順。

1. 人名詳細譯法，可參考 58 "怎樣翻譯人名？"。
2. 地名詳細譯法，可參考 59 "怎樣翻譯地名？"。
3. 機構詳細譯法，可參考 63 "怎樣翻譯政商教機構名稱？"。其他有關專有名詞翻譯，請參考 60 "怎樣翻譯書名？"和 62 "怎樣翻譯商品名？"。
4. 另見 61 "怎樣翻譯物名？"
5. 集體名詞的翻譯方法，另見 21 "怎樣翻譯集體名詞？"。

21 怎樣翻譯集體名詞？

集體名詞是普通名詞屬下四種名詞之一，和個體名詞相反，它所指的是個體事物組合的總稱，而這些組合是同一類型的。集體名詞在英語中的數量相當多，其特色是雖有複數意義，但詞的形式則是單數，如 group，mob，team 等。應用時與普通名詞相合，其結構是 collective noun + of + common noun，有介詞的 "of" 置於其間。

準確地運用英語的集體名詞並不容易，只因這些名詞大都是習用語，沒有準則，就拿一羣動物舉個例子，動物不同種類，所用的集體名詞也有異，如：

an ambush of tigers

a colony of rabbits

a drove of hare

a flock of sheep/lamb

a herd of deer/horses/swine/zebra

a pack of dogs/wolves

a troop of lions/monkeys

英語的集體名詞以其作用而言，可分三種：

第一種表示事物的形狀、性質等，如：

英　語	漢　譯
a blade of grass	一葉 / 根草
a blanket of snow	一層雪
a blast of wind	一陣風
a bolt of cloth	一匹布
a cloud of smoke	一團煙

第二種表示事物的數量，如：

英　　語	漢　譯
an article of food	一種食品
a chain of thought	一串想法
an item of news	一則新聞
a movement of symphony	一章交響樂
a round of applause	一陣掌聲

第三種表示事物集合的概念，如：

英　　語	漢　譯
an army of workers	一隊工人
a file of soldiers	一列士兵
a galaxy of beauties	一羣美女
a mob of gangsters	一夥歹徒
a throng of fans	一批影迷

　　上文提過準確運用英語的集體名詞會有困難，同樣在翻譯中使用適當的漢語也不容易，研究以上三種漢譯的例子大概可以約略知道。有時，在英語中會只以同一的集體名詞去套用在不同的普通名詞身上，例子如：a piece of poetry; a piece of prose; a piece of music 譯成漢語時，就必須分別找出適當的量詞（measure word）或稱 classifier 匹配，"一首詩"、"一篇散文"、"一支樂曲"就是以上英語的正確漢譯。只有對漢語的量詞有足夠的認識，能作熟練無誤的運用，方有資格去嘗試英語集體名詞的翻譯。

　　試把以下含有英語集體名詞的句子譯為中文：

　　A batch of new cadres asked a volley of silly questions to their superiors who gave them a shower of harsh criticism.

參考答案

　　一批新幹部向他們的長官詢問一連串愚蠢的問題，遭到一陣嚴厲的批評。

　　說起漢語的量詞，那是英語沒有的。量詞是用來表示事物單位的詞，置於數詞和名詞之間，分為兩類：物量詞和動量詞。物量詞分為三類，那是（1）一般物件如個、件、隻等；（2）度量衡單位的尺、斤等和（3）以事物的特徵來衡量如頭、杯、條等。動量詞是與動作有關的，可分為（1）專用動量詞的次、輪、頓等；（2）借用動量詞即借用與動作有關的名詞，如在“賭一鋪”的“鋪”。但有不少漢語卻不用量詞的，這種現象，以在古漢語和四言詞組的成語為多。現代漢語如“一天”、“一角”等也不需用。

　　英譯漢時最需要注意的無過於漢語詞組搭配的精確性，例如：

“a piece of coal”和“a piece of wood”等可以譯做“一塊”；
“a piece of clothes”和“a piece of furniture”等則只能譯為“一件”。

　　英語在表達不可數名詞的量時，常借助於名詞來充當單位詞（unit noun），如 a bowl of rice, a glass of water, a pound of meat 等，漢語可譯之為“一碗飯”、“一杯水”、“一磅肉”，這和漢語借名詞為臨時量詞很相像，但以上的在英語也只是普通名詞，不是集體名詞，在漢語也是借用的名詞而非量詞。

　　最後得說一下有些漢語的不可數物質名詞是沒有自己的專用量詞的，表量時可用（1）度量衡單位，如一升水；（2）借用名詞作臨時量詞，如一桶水；（3）不定詞，如一些水。

22 怎樣翻譯數詞？

（一）概說

數詞（numerals）是表示數量的詞，漢英語言皆有，翻譯起來最為對應。不過由於兩語的分位制和命數法都各有不同（詳見下節），換算起來比較麻煩。

英漢語文的數詞都可分為：	1. 基數詞 Cardinal：用以表示數量
	2. 序數詞 Ordinal：用以表示先後次序
	3. 倍數詞 Multiple：用以表示增減倍數

數詞除了表示數量外，還可表示誇張或比喻，譯時要加以注意。

（二）英漢數詞差別

漢語和英語的數詞有幾點不同之處：

（1）分位制不同：漢語數字四位一體（十、百、千、萬），英語三位（只有十、百、千）。漢語的分位制最後一個是"千"，如千萬，再上是"億"。英語的分位制最後一個則是"百"，如 hundred thousand，再上便是 million。

（2）命數法不同：漢語在萬之上是十萬、千萬、萬萬（即億）。億之上的數字術語依次數上去是兆、京、垓、穰、塵、溝、正、載、極。西方數字命名到"千"為止是對應的，沒有"萬"的名稱，西方的"萬"是 ten thousand。"億"也是西方沒有的，他們叫做 hundred million。西方的數字術語在 million 以上的，英文名為 billion, trillion, quadrillion, quintillion, sextillion, septillion, octillion, nonillion, decillion, undecillion, duodecillion, tredecillion, quattuodecillion, quindecillion, sexdecillion, septemdecillion, octodecillion, novemdecillion, virginillion.

以上一大堆數字術語，名稱既怪，大都無實用價值，只備參考而已。

（3）漢語的數詞不能直接放在名詞前面，通常與量詞（稱為 measure word 或 classifier,）連用。英文 a man and a pen，在中文就要說"一個人和一枝筆"。但也有例外，如說 a day "一天"。

（三）數詞計算體制

由於英漢數字分位和命數的差異，翻譯數詞通常會遇到某些麻煩，尤以在百萬以上的大數字為然。但麻煩更甚的還是西方竟然有兩種計算體制，其一以千為單位，稱大陸制，歐洲大陸國家，包括法國、俄國等用之，美國、加拿大也在其內。其二是以百萬為單位，稱英德制，英德兩國用之（按英國現已部分轉用大陸制）。如果拿常見的 billion 和 trillion 作比較，就可見其中的顯著差別：

大 陸 制	英 德 制	中 譯
billion（十的九次方）one billion	one thousand million	十億
trillion（十的十二次方）one trillion	one billion	一兆

以下分列中國制、大陸制和英德制的數字運算比較表，應該對翻譯數詞有幫助：

Comparative Numeration Table																					
	1	0	0	0	0	0	0	0	0	0	0	0	0	0	0	0	0	0	0	0	0
中國	垓	千	百	十	京	千	百	十	兆	千	百	十	億	千	百	十	萬	千	百	十	個
大陸	百	十	QN	百	十	Q	百	十	T	百	十	B	百	十	M	百	十	千	百	十	個
英德	百 十 T 百 千 十 百 千 十 B 百 千 十 M 百 千 百 十 個																				

註：M=million B=billion T=trillion Q=quardillion Qn=quintillion

（四）漢譯英語數詞方法

英語表示數量有用阿拉伯數字和用文字兩種方式，其用法和譯法分別如下：

用阿拉伯數字：

（1）照數字抄：在數字不超過五、六位時，一般可以照抄阿
拉伯數字，如：

| from 2010 | 由 2010 年起 |
| at 100 degree Celcius | 在攝氏 100 度 |

（2）換成通用叫法：一來將數字簡化，二則合符中國習慣，如：

11,000,000 tons	1,100 萬噸
500 KV	50 萬伏
2,000 MW	20 萬千瓦

（3）譯成漢語：全面譯成中文，尤在大數字如萬或千的整倍
數時為然，如：

| US$5,500,000 | 五百五十萬美元 |
| 23,000 miles | 二萬三千英里 |

用文字表示：

（1）英語有數量意思的文字有：

teens（十多／十幾）；tens（數十）；decades（數十）；
dozen（十二）；scores（幾十）；hundreds（幾百）；
thousands（幾千）；milions（百萬／千千萬萬）等。

（2）數字前加詞，如：

（a）more than twenty 二十多，over twenty 二十以上，
above twenty 高於二十等；

（b）less than twenty 二十以下，under twenty 不到二十，
below twenty 低於二十等；

（c）some twenty dollars 大約二十元，about twenty
dollars 二十元左右等。

（3）數字後加詞，如：

（a）twenty odd（and odd）二十幾、二十有餘等。

（b）twenty or so 二十左右（上下），twenty or more
二十以上（或更多些），twenty or less 低於二十（或
少一些），twenty more or less（以下或不到）等。

（4）利用介詞，如：

　　twenty to thirty 二、三十；from twenty to thirty（從）二十到三十；between twenty and thirty（介於）二十到三十之間。

（5）利用短語，如：

　　close to twenty 近二十；approximate to twenty 約二十；upwards of twenty days 二十多天等

（五）漢譯其他方法

　　如第一節所述，數詞並不一定表示數量，而是一種誇張或比喻。例如李白的詩"白髮三千丈"，這種誇張的描寫就非直譯 three thousand 所能表達的。漢語有這樣的例子，可謂俯拾皆是。英語中也是有的，如 A cat has nine lives，倘譯為"貓有九命"，就無法取出其中比喻貓生命力強的真正意義。

　　在英譯漢時，如果數詞並不表示數量，那就不必譯出。例子如 "one hundred and one" "無數 / 許多"，" fifty fifty" "各半 / 均分"，以至 " at the eleventh hour"，"dressed up to the nines"，"put two and two together" 等，都只可譯作"最後時刻"、"盛裝打扮"、"據而推斷"，因為內中含意與實際的數字無關。 有些慣用語如 "It is six of one to half a dozen of the other" 或 "at sixes and sevens" 即可譯為"半斤八兩"或"亂七八糟"，這是因為漢語有類似的講法，正好借用，不必理會數詞是否相等。 結合上述的翻譯方法，我們可以試譯下句：

　　This bank, with more than $260 billion in assets, is second to none as a discount brokerage in the world.

參考答案

　　這銀行擁有資產超過二千六百億元，在全球優惠經紀業務上，首屈一指。

（六）小結

（1）一般而言，數詞如確實表示數量，就可找對應的字詞直譯。

（2）翻譯大數字的數目，要特別小心，未譯前先了解文章或作者出自哪個國家，方不會誤譯。

（3）依照漢語習慣加以適當表達。

（4）遇到有誇張或比喻的含意而不能直譯時，就要換成意思相符，適合譯文語言習慣的數字，或完全意譯，以表達原文含意為主。🎎

23 怎樣翻譯複數詞？

（一）概説

英語名詞分為可數名詞和不可數名詞，不可數名詞沒有複數形式，但可數名詞則有單（singular）、複（plural）之分。複數構成法變化頗多，一般的變化在詞尾，可參考英語語法書籍。在行文中，主語和謂語在數上必須一致。

漢語名詞在形式上單複相同，但在表達上則用前面的數詞（number）、表示數量的形容詞（如很多、各、諸等）和量詞（measure word /classifier）來表達，所以漢語中的量詞在有關的英漢翻譯中就顯得很重要，翻譯工作者都必須熟悉量詞和名詞的搭配。漢語在行文中多依靠意連法，不存在主語和謂語在數上要一致的問題。

英語的可數名詞除有複數形式外，還可以直接與數詞結合，如 one hand, three persons 等。漢語亦有此類詞組，如 "一手遮天"、"三人行必有我師"。但這種用法只保留在成語或古

由於中英文在數字分位和命數法各有不同，在漢譯大數字時，就要特別留意。數詞並不一定表示數量，而是運用修辭的一種方法，在這情況中，譯者須酌情予以適當表達。

55

代漢語，現代漢語就需要數詞和量詞合用，如 "一隻手"、"三
個人"。

（二）幾個原則

以漢語翻譯英語複數詞大抵有幾個原則：

（1）無特別意義，不需增詞：

Fat babies cry less, says doctor.

醫生說胖的嬰兒哭得較少。

【解說】許多英語名詞的複數式都是語法需要或是習用法，漢譯時均不
譯出。上例是指一般胖的嬰兒，在邏輯上自是眾數，並無特別
含意，故漢譯時認為盡在不言之中，不必特意表述。

（2）有語意不全，引起誤解，便需增詞：

The professors objected to his being selected to head the
University.

各位教授都反對選他來領導大學。

【解說】漢語譯出的複數有時並不明確，如上例只譯教授，而沒有 "各
位" 或 "這些"，意思就不清楚。許多形容詞和副詞的詞語
用在名詞的前面都能更清晰地表達文意，如 "所有"、"若
干"、"一些" 等。

（3）要表達數量時，當然要增量詞：

His wife gave birth to two babies.

他妻子生了兩個嬰兒。

【解說】現代漢語的量詞頗為豐富，每一名詞或事物都有規定的量詞，有
時還可以有幾個。如 "兩尾魚" 或 "兩條魚"。單音節的量詞也
可以用來重疊以構成名詞的複數概念，如 "個個"、"條條" 等。

（4）要表達人稱名詞的複數時，多用 "們" 字：

Soldiers, take up your arms.

戰士們，拿起（你們的）武器來。

【解說】這是最基本的複數譯法，可惜用途的範圍有限，亦可用 "各
位" 等詞去代替。

（5）要表達沒有生命物體的複數時，可用 "這些"、"若干"、
"各"、"種種" 等字眼：

可參考 21 "怎樣翻譯集體名詞？"。

She stared at the pearls and gems with greedy eyes.

她用貪婪的目光凝視着underline{各種各樣的珠寶玉石}。

【解說】 這是對前面沒有數目的名詞所採取的譯法，上例增加的短語不算是贅詞，因為不但能加強表達，而且對文氣有助。

（6）用重複方法表達複數概念：

Almost all families in this country have a man in the army.

這國家幾乎underline{家家戶戶}都有男子參軍。

He has concentrated his studies in the economic relations between and within countries in Europe.

他集中研究歐洲underline{國家與國家}之間的underline{經濟關係}和該underline{國家}本身的underline{經濟關係}。

【解說】 前例是重疊單音節名詞，如"人人"、"處處"等，但這樣結構的名詞並不太多。後例是重複"國家"與"經濟關係"，則在有指出眾數的作用外，又有加強理解的作用，與重複的翻譯技巧相同。

（7）用修辭手法融合複數概念：

Words cannot express our gratitude to you.

underline{千言萬語}不能表達我們對你感激之情。

【解說】 如果只譯"言語"雖可達意，但表達過於質樸，也未能對應複數概念。在不影響文意的情況中，運用修辭手法足以提高文句的達意質素。漢語不譯出英語的複詞，是由於兩者的語言心理和邏輯理念不同。除非造成誤解或語義不全，漢語對英語複詞多略去不譯。

（三）"們"的使用

漢語表達複數概念的方法有如以上各種，其中用得頗多是用詞尾"們"附在指人的普通名詞之後，也是用得最濫、最不正確。實在"們"的使用是有限制的，在以下的情況中都不能用：

（1）在確指的數量詞之後，如"underline{十個}士兵（們）"。

（2）在表示多數的修飾詞之後，如"underline{一些}工人（們）"。

（3）在集體名詞之後，如"underline{軍隊}（們）"。

（4）在已有複數語尾之後，如"觀underline{眾}（們）"。

　　有些語言學者反對中文用上太多"們"字，認為這是畫蛇添足的做法，因為中文敍述複數的字詞如"諸"、"眾"、"各位"、"所有"等都很足夠。現在用的"們"字，顯然是受了西化的影響，例如用"人們"這個詞去取代"人人"、"大家"、"大眾"等便是個醜陋的西化詞。✱

24 怎樣翻譯倍數？

（一）概説

　　倍數（multiples）是數詞的一種，個別地翻譯並不困難，但如結合某些情況和在某些表達方式上，都不時引起誤會和困擾。為了容易解釋如何應用和翻譯倍數，先舉個例子。

　　某甲的財富總值，十年前有 10 億元，現在有 30 億元。對於某甲的財富，我們可以用幾種說法去比較：

（1）某甲比十年前多了 20 億元。（過去和現在相比所得的淨增總值）

（2）某甲的財富是十年前的三倍。（過去和現在總值相比的倍數）

（3）某甲的財富比十年前多兩倍。（過去和現在淨增總值相比的倍數）

　　就計算倍數而言，說法（2）是表示增加後的現在總數直接和原數比較。基數是 10 億，現數 30 億，以 30 除以 10，就是三倍。說法（3）是表示純粹增加，即是原數和現數的差額。基數仍是 10 億，淨增是 30 億減 10 億為 20 億，以 20 除以 10，便是兩倍。

　　同一的意思，可以有不同的表達方式。例如以下英文句子，就有兩種漢語譯法：

My house is four times as big as yours.

1. 我的房子是你的四倍大。或

漢語中的量詞為英語所無，譯者必須按量詞和名詞的搭配增補。為使譯文能生動地表達複數詞的各種概念，譯者不可機械式地進行翻譯。

2. 我的房子比你的大三倍。

如基數為 1，所增的倍數為 n，那麼，譯句 1 的所用倍數可與原詞相同，因為所增的倍數直接和原數相比，與增減無關，翻譯為漢語時，其公式為 n/1，即是 n。譯句 2 表示淨增值，所用倍數便須減去原來的基數，公式為 n-1，即是少一倍。

（二）漢英句子基本形式

英漢兩語在用倍數去表示數量的增減，並與原數互相比較時，不外有兩種情況，即是：

（A）增加或減少後，其結果數量是原來的多少倍，漢英兩語句子的基本型式是：

英　語	漢　語
increase / decrease	增加 / 減少
increase / decrease to	增加到 / 減少到
be double	是 yy 的兩倍
be（how many）times over	是 yy 的 xx 倍

英語例子是：

1. The output of timber increases (to) 4.5 times as against 2000.

2. he money he earns this year is double what he earned last year.

3. The population of this city in 2005 was 3 times over that in 1995.

漢語譯句是：

1. 木材出口是 2000 年的四倍半。

2. 今年他賺的錢是去年的兩倍。

3. 這城市在 2005 年的人口是 1995 年的三倍。

（B）在增加或減少後，其淨增或淨減的數量與原數相比，會增加或減少多少倍，漢英兩語句子的基本型式是：

英　語	漢　語
increase / decrease by	比 yy 增加了 / 減少了
more / less / -er than	比 yy 多 / 少
（how many）times than /	比 yy 多 / 少 xx 倍 /
as...as	幾分之幾

英語例子是：

　　1. The beer consumption has been increased by 3 times.

　　2. The number of dogs has increased more than two fold.

　　3. This room is ten times as big as that room.

漢語譯句是：

　　1. 啤酒的消費增加了兩倍。

　　2. 狗隻的數目增加了一倍多。

　　3. 這房間比那房間大了九倍。

　　英譯漢時，最要注意的是字詞的運用。如果用的是"為"、"是"、"到"，那便屬（A）類，所用倍數按照原文。如果用的是"比"、"了"、"……比……了……"等詞，便歸（B）類，所用倍數需要減 1。

　　請再參考下列三例，當會更清楚對倍數的譯法：

　　1. A is four times as big as B.
　　　甲為乙的四倍大。或
　　　甲比乙大三倍。

　　2. The distance between A and B is three times more than that between B and C.
　　　甲與乙之間的距離是乙與丙之間的三倍。或
　　　甲與乙之間的距離比乙與丙之間的大兩倍。

　　3. Production has doubled and doubled.
　　　產量成倍增長。或
　　　產量以倍數增加。

　【解說】上例不能直譯兩倍，只可意譯。

（三）數量減少的譯法

上節所舉各例，都是增加或多過的倍數，沒有提及減少或少過的倍數，原因是後者倍數都有不同的譯法，非要特別留意不可。以下是典型的例子：

1. The length of the ladder was reduced ten times.

   梯長縮短了十分之九。或

   梯長縮短到十分之一。

2. There is a five-fold fall in price.

   價格降低了五分之四。或

   價格降低到五分之一。

3. The number of students in our school has been reduced more than three fold.

   我校學生人數減少了三分之二。或

   我校學生人數減少到三分之一。

4. The loss of electricity was decreased by a factor of seven.

   電力損失減少七分之六。或

   電力損失減少到七分之一。

5. The new device shortened the time two times.

   新裝置把時間縮短了一半。

從這些例子可以看出，在表示減少的數量時，漢語通常不用"倍"字而改用"幾分之幾"替代。在計算這幾分之幾就用上一個公式，即 n-1/n。

（四）其他翻譯倍數用詞

除用倍數表示數量的增減外，還可用百分比和分數。例如：

1. New engines can increase electricity by 150%.

   新發動機可以把電力增強達百分之一百五十。

2. The price of personal computers was reduced by 60%.

   個人電腦的價格降低了百分之六十。

3. The construction area had been expanded to one-third.
建造面積擴大了三分之一。

遇到這些百分比或分數時，大可不必理會是增是減，總之照原詞翻譯就是了。

（五）小結

（1）倍數有兩種情況，一是增減後與原數相比的結果，二是增減後，求得差額，再與原數相比。

（2）在第一種情況中，漢語用以表達的字詞是"到"、"是"、"為"等。在第二種情況中，漢語用以表達的字詞是"比"、"了"、"……比……了……"等。

（3）英語表示增減都用倍數，可是漢語表示減少時就沒有倍數的概念。漢語不用"倍"，而要改成分數，即以幾分之幾來表示。

（4）以下的幾個公式是方便計算在漢語譯文中所用的倍數：

1. n/1 增加的倍數，不必減基數。
2. n−1 純粹或淨增的倍數，要減去基數。
3. 1/n 在倍數低於原數時用，用詞為"減少到……"等。
4. n−1 在倍數低於原數時用，用詞為"減少了……"。

【附註】1 代表基數

n 代表原文倍數

25 怎樣翻譯時態？

（一）概説：英漢語法時態中的差異

根據 R. Quirk 等語言學者所著的 *Grammar of Contemporary English* 有關 time, tense and aspect 的說法是 time（時間）是人

選擇不同的方式和不同的用詞以表達不同情況的倍數增減，是翻譯的主要方法。翻譯減少或少過的倍數時，漢語不會用"倍"字去表達。

類共有的概念，分為過去、現在、將來三段。只有在運用語言時才利用 tense（時）來表述這些時間的概念，但只有兩個時，即 present tense（現在時）和 past tense（過去時），因為這兩個時才有動詞本身的詞形變化，而 future tense（將來時）就靠情態動詞的 shall 或 will 加上動詞的不定式（indefinite），和另外一種 be going to 加上不定式來表達。

至於 aspect（態或稱體、情狀等）則是與動詞有關的語法範疇。英語共有兩種態，是為完成態（perfect aspect）和進行態（progressive aspect）。完成態必有 past participle（過去分詞），如 done；進行態必有 present participle（現在分詞），如 doing。

時和態總是結合在一起而形成各種時態，在英語中便有 present perfect（現在完成）、past perfect（過去完成）、present continuous（現在進行）、past continuous（過去進行）、present perfect continuous（現在完成進行）和 past present continuous（過去完成進行）等六式。

動作可以是剛開始的，在進行中的，與及已完成的等等，因此就構成了種種的不同時態。在用動詞來表示動作和時間的關係中，動詞往往會跟隨時態作出形式上的變化，有時這些變化是十分不規則的（例如：go, went, gone）。

漢語可沒有時態這樣的語法結構，也不一定要用動詞去表達動作和時間的關係。但漢語動詞卻有態的語法範疇，而且有三種態：完成態，持續態和經歷態，分別由“了”、“着”、“過”等詞來表示。例如“我吃了飯”、“我吃着飯”、“我吃過飯”。

還有，表達時間通常用的會是一些時間副詞如“今天”、“從前”等，或是某些字詞如“將”、“曾”等，再或是語助詞像“嗎”、“了”等。

由於中英語法上的不同，譯者在英譯中時可不須太着意於在譯文中應用英文的時態。假如某人在不同時間裏做一件事，英語會作這樣表達：

He returns home today.

He returned home yesterday.

He will return home tomorrow.

翻成中文便是：

他今天回家。

他昨天回家。

他明天回家。

從以上所舉的譯例可知中文在表達事件發生和時間的關係中，只需時間副詞便夠，無須再作別的安排。如果把過去的說成"昨天回了家"，將來的"明天將回家"，那不僅是多餘累贅，而且不合於中國人的表達習慣。

（二）進行式的譯法

英語語法的時態，其實是相當複雜的。上節指出動作可分開始、進行或完成階段，這些階段有時並非單指動作的時間，而是指動作的態或情狀（aspect）。試比較 "Birds sing" 和 "Birds are singing"。時間都是現在式，所不同的便是態或情狀。

前句可以譯為"鳥兒歌唱"，那只是普通的情況，談不上特別 。但後句就要譯作"鳥兒正在歌唱"，表示這些鳥兒在那個時刻大展歌喉，帶給人愉快的感受。既然兩句的含義有所不同，當然不可以用同一的譯句。

英語語法中時態的進行式（continuous）、完成式（perfect）和完成進行式（perfect continuous）都帶有情狀意味，不是純粹的 tense。就因這樣，翻譯時便要另眼相看，尋求正確的譯法。

進行式的譯法大概如下：

（1）現在進行式（present continuous tense）

He is studying translation.

他在學翻譯。

（2）過去進行式（past continuous tense）

He was studying translation when I came in.

我進來時，他在學翻譯。

（3）將來進行式（future continuous tense）

He will be studying translation this time next year.

明年這個時候，他會在學翻譯。

以上（1）和（2）兩例表示某一動作在現時的進行情狀，漢語就應該用"在"或"正在"。例（3）說的是將來的事，便須加個"會"來表達。但在一些現在進行式句子，如其時間是指將來的，就無須用"正"或"正在"。

例如：

I am going to study translation.　　我就要學翻譯。

What are you translating?　　你翻譯甚麼？

（三）完成式的譯法

完成式的譯法大概如下：

（1）現在完成式（present perfect tense）

He has studied translation for over a year.

他學翻譯超過一年了。

（2）過去完成式（past perfect tense）

He had studied translation before he came here.

他來這裏之前，曾經學過翻譯。

（3）將來完成式（future perfect tense）

He will have studied translation before the next term.

下個學期之前，他會學過翻譯。

以上句子的動作或行動都是表達過去了的時態，或是已經完成了的。在翻成中文時，可以用"過"、"了"在動詞之後，或用"曾"、"曾經"、"已"、"已經"等在動詞之前。如果是將來時態，當然應該用個"會"字去表達。

（四）完成進行式的譯法

完成進行式的譯法大概如下：

（1）現在完成進行式（present perfect continuous tense）
He has been studying translation since last year.
他從去年起一直在學翻譯。

（2）過去完成進行式（past perfect continuous tense）
He did not find translation too difficult because he had been studying translation for many years.
他不覺得翻譯太難，因為他多年來都在學着翻譯。

（3）將來完成進行式（future perfect continuous tense）
He will have been studying translation for two years by next May.
到明年五月，他一直在學翻譯已有兩年了。

用中文去譯完成進行式，可以用"在"、"一直在"、"在……着"等。但是也不必太機械化，中文貴精簡，即使把例（3）縮譯為"到明年五月，他學翻譯已有兩年"，也是可以的。

（五）將來式的譯法

上幾節提及英語時態中的進行式（continuous）、完成式（perfect）和完成進行式（perfect continuous）都帶有情狀意味，不是純粹的時態。本節要討論的將來式（future tense），也不是純粹的時態。因為將來式中常見的助動詞 shall 和 will 所含有的情態（modal）意味很強，應用起來都別有其他的意思。好像 shall 這個字，除了在形式上用作表達將來的動作外，也有命令、應允、強逼的意思。 Will 這個字，則有想像或推論出來的可能性意思。

（六）小結

（1）初學翻譯者有一種誤解，以為英語的 shall 和 will 既

語氣的譯法，在 27 "怎樣翻譯情態助動詞？"、28 "怎樣翻譯假設語氣？"和 29 "怎樣翻譯祈使語氣？"會有詳細討論。

用以描述將來發生的事情，那麼把中文的"將"字來譯，就萬無一失。他們可不知道有時英語裏的將來時態，所說的事情未必一定屬於將來。還有漢語的"將"字屬於文言文的用法，現代漢語並不多用，看看以上例句的中譯便可知道為甚麼沒有一句是用"將"字的。

（2）要把英語時態的將來式翻譯得貼切無誤，最重要是先了解其中的語氣因素，不然的話，根本就不能把原意翻譯出來。🏃

26 怎樣翻譯語態？

（一）概説

英語語文中有語態（voice），主要是一種句法形式結構，以動詞的形態變化表示主語（subject）和賓語（object）之間的行為關係。

漢語也有語態，亦可分為主動（active）和被動（passive）兩種。主動語態句法是指施動者（agent）作主語，如 A dog bit him(狗咬了他)。被動語態句法是指受動者（patient）作主語，如 He was bitten by a dog.（他給狗咬了）。

漢語和英語在語態結構上不同的地方是：	1. 漢語語態是用詞彙手段來表現，例如用介詞的"被"等。英語語態是用動詞的形態變化來表示。
	2. 漢語中有些動詞可作被動語態用。例如："飛鳥盡，良弓藏"，末句的"藏"字，就是"被藏"之意。英語是沒有動詞含被動語態的。
	3. 漢語被動語態所用的介詞比較多，下節有詳細列出。英語的被動語態基本結構形式比較簡單，多是 be 加 past participle，有時用 by 指出施動者。

在英譯中時，不須一定要將英語的時態譯出，亦即不必老是用漢語的語助詞或助動詞，因為漢語所表達動作的"進行式"或"完成式"，很多時是不講自明。

4. 漢語被動語態所用的介詞會有額外的含義，英語被動語態只是語法範圍，沒有情態表意功能。英語裏的被動語態用得多，漢語用得少。英語用得多的原因，是由於在意思相同之下，運用被動結構可以簡短句子，而且表達自然，減少累贅。

試比較以下三句：

1. Smoking prohibited.
2. You are not allowed to smoke in this building.
3. This building administration does not allow anyone to smoke.

【解說】 第一句既不說出是誰（或機構）禁止，亦無規定不准甚麼人吸煙，但很明顯地說是不准吸煙。這才是句子的主要目的，其他並不重要。另外兩句一屬被動，一屬主動，意思差不多，都各有主語和賓語，主動式句子往往比被動式稍長。

遇到有些事情不知是誰做，或不願意說出來，或不必說出來，那就可以用被動式句子。例如：

1. This pyramid was built four thousand years ago.
2. The president was killed last night.
3. English is spoken everywhere.

【解說】 英語被動語態既有上述的特點，所以在科技文章中多用。

（二）漢譯被動句方法

英語被動語態句子在漢譯時，譯者可用兩種方法表達，一是利用詞彙的手段，即用介詞或其他相同功能的句式。二是不帶表示被動的詞語，句子看來是主動的形式，但意義上卻是被動的。被動語態的詞彙包括被、給、讓、叫、受、由、見、捱、處、把、使、遭、獲、得和其他句式如"為……所"、"被……所"、"……是……的"、"……的是……"等。

以下是一些主要的英譯中被動語態例句：

1. He was sentenced to ten years' imprisonment.
   他被判處了十年徒刑。

【解說】 "被"本是承襲文言文，習慣上最多用，尤其在口語，用法上可省略賓語。"給"的來源是北方語，現在很通用。常與"被"交換來用。用時要有賓語，如上句便要寫成：（他給法庭判處了十年徒刑。）

2. The heroes were given a hearty welcome.

英雄們受到 / 遭到熱烈歡迎。

【解說】 "受"和"遭"可互用，並可添個"到"字在後。"受"和"被"的分別是，"受"可作好事或壞事，如"受賞"、"受到尊敬"或"受罰"、"受傷"等。"被"則多用作壞事，如"被罰"、"被殺"等，但這規則也有例外。

3. The city was completely destroyed by war.

戰爭把 / 將城市整個摧毀了。又可譯為

城市給戰爭整個摧毀了。

【解說】 分別在於第一句是主動句，把賓語 war放在前面，漢語句子常有這種結構。第二句是被動句，用"給"和"被"都可以。

4. Gunpowder was invented by the Chinese.

火藥由中國人發明。或可譯為

火藥是中國人發明的。

火藥為中國人所發明。

【解說】 以上三種譯法都可。

5. She was abandoned by her husband.

她遭丈夫拋棄了。也可譯為

她為丈夫所棄。

【解說】 第一句也可用"被"、"給"、"讓"、"叫"等。第二句語態不同，意思一樣。

6. He was laughed at by his friends.

他讓朋友見笑。也可譯為

他見笑於朋友。

他為朋友所笑。

【解說】 還可以有其他的譯句，句子結構如何並不緊要，只要沒有影響意思便可以。

7. I had my watch stolen.

　　我的手錶給（人）偷走了。

【解說】這句子的結構屬於間接的被動語態，原句的主詞毋須譯出，賓詞則放在譯句之前。

（三）被動譯成主動句

　　英語被動語態的句子，在譯成中文時，許多情況下都可譯成主動語態，所有的被動語態詞彙也就不必用了。以下是一些主要的英譯中主動語態例句：

1. I was born in 1960.

　　我生於一九六○年。或

　　我在一九六○年出生。

2. He is called Peter.

　　他叫彼得／他名叫彼得／他名為彼得。

【解說】從以上兩例中可知許多漢語動詞都含有被動語態，在中譯時自然要用主動式，否則便不合中文句法。

3. You will be told in advance.

　　你會提前獲得通知。

4. He was seen to come out of the hospital.

　　有人看見他從醫院裏走出來。

【解說】以上兩例都沒有指出誰是主動者。例（4）雖加上了主語，但並不確定，不知道是誰。

5. The car was given to my wife.

　　那輛汽車給了我的妻子。

6. The vegetables are all cut up.

　　蔬菜都已經切好了。

【解說】兩例的主語都是無生命之物，中文極多這樣的句子。

7. The new car is selling badly.

　　這種新出的車子賣得很差。

8. The stadium filled rapidly.

體育場館很快就擠滿了。

【解說】 *上例的英語句子雖然形式上是主動，實則是被動語態，這些句子並不多，翻成中文時可作例句（7）或（8）處理。*

9. We have our work done.

我們叫人做了（我們的）工作。

【解說】 *英語句子有不少間接的被動語態，以上是一例。漢語譯為主動形式時不妨補充不確定的賓詞。*

（四）被動轉主動句的其他方法

英語中常有"it + verb-to-be"的型式，置於句首，屬於被動語態。中譯時要改為主動語態，以符合漢語的習慣用法。

中譯這些型式句子一般都已有習慣的譯法，最常見的是加個不確定的主語，如"大家"、"人們"等，有時就加上慣用的詞組，如"據報"、"如所周知"等，再則就沿用"被"或照字直譯。以下分項舉出一些譯法：

（1）用不確定主語：

It is announced that	有人宣佈
It is asserted that	有人主張
It is believed that	有人相信
It is declared that	有人宣稱
It is expected that	有人期望
It is found that	人們發現
It is pointed out that	有人指出
It is preferred that	人們寧可
It is understood that	大家都明白

以上譯句都是用主語中的"有人"、"人們"、"大家"、"人人"、"眾人"等來引導句子，有時這些主語可以互用。

（2）用習慣用語：

| It cannot be denied that | 無可否認 |

It is assumed that	假設 / 假定
It is believed that	據信
It is said/stated that	據説
It is supposed that	據推測
It is well-known that	如 / 眾所周知
It must be admitted that	毋庸諱言

除用兩字詞語和四字中文慣用語外，亦可用"據"在句首。

（3）用介詞"被"作被動語態：

It is accepted as	被承認為
It is considered as	被認為是 / 被看作
It is defined as	被定義為
It is described as	被描述為
It is known as	被稱為
It is referred to as	被指為 / 被叫作
It is regarded/treated as	被當作
It is spoken of as	被説成

（4）照原意直譯：

It can be foreseen that	可以預料
It has been illustrated that	已經舉例説明
It has been proved that	已經證明
It is generally accepted that	通常認為
It must be admitted that	必須承認
It must be stressed that	必須着重指出

（五）小結

（1）在翻譯方面，語態的轉換佔了相當大的比例，這是由於英語句子喜在形式上取被動語態，漢語句子多用主動語態。在科技文體中，語態需要轉換的句子更多。

（2）漢語的被動語態句子往往用詞彙形式獲致，這種形式多采多姿，詞彙選擇性強，又富於彈性，可用可不用。

（3）由於漢語中有大量的動詞含有被動語態，所以任何的被動式詞彙都是多餘的，這造成了漢語在敍述上的直接性和簡便性。

（4）總而言之，語態的轉換不必太拘泥於形式，主要能符合漢語的語法和寫作習慣。如果譯句在轉換語態後讀來流暢自然，而又對原意影響不大，當然無妨採用。

27 怎樣翻譯情態助動詞？

（一）概說

所為情態助動詞（modal auxiliary verb）是用來表示講者的意思、願望或判斷的。在英語中，這類詞前面沒有分詞（participle）和動詞不定式（infinitive），如有必要，會用其他表達法代替。同時，也沒有第三人稱單數（third person singular）的 -s 式。情態助動詞數量不少，有 can, could, may, might, shall, should, will, would, must, ought to, used to, need, dare, have to 等。翻譯時，必須要正確地理解這類助動詞才可以透徹地表達出原文的情態。

以下選出五組情態助動詞，就其表達的情態作用，簡略分述其主要用法和譯法。

（二）Shall / Should 的譯法

Shall 和 should 在用於第二和第三人稱時便是情態助動詞的一種。

以下是 shall 的各種用法和譯法：

（1）表示命令、決定或建議：譯 "必須"、"須要"；否定句可譯 "不要"、"不許"、"不得" 等

No matter what happen, you *shall* come to see me.

不論發生甚麼，你<u>必須</u>來見我。

（2）表示警告或許諾：譯"一定要"、"會要"；否定句可譯"不可"、"不會"等

You *shall suffer* for this.

你<u>會要</u>為此事吃苦頭。

（3）表示常規：在科技文字中常見，可譯"必須"、"須要"；否定句可譯"不要"、"不得"等

All wiring *shall* conform with local and national electrical codes and ordinances .

裝設電線<u>必須</u>遵照當地和本國的電力法規與條例。

以下是 should 的各種用法和譯法：

（1）表示命令、決定或建議：譯"應當"、"應該"；否定句可譯"不應"、"不該"等

You *should* really think twice before going ahead.

你真的<u>應該</u>三思而行。

（2）表示驚奇：譯"居然"、"竟會"

It's astonishing that she *should* say that sort of thing to everybody.

她<u>居然 / 竟會</u>對個個人都説那種話，真令人震驚。

（3）表示可能性：譯"會"；過去的譯"本來會"

I'll get some beer in case he *should* pay me a visit.

他可能<u>會</u>來探我，我得買些啤酒。

（4）表示惋惜或責備：表達過往應做或不應做的事而不做或做了，譯"本該"、"本當"等

He *should have* been more careful in driving.

他開車時<u>本當</u>更小心些。

（三）Will/Would 的譯法

以下是 will 的各種用法和譯法：

（1）表示自願或意向：譯"願"、"要"、"想"、"就"等

I *will* do everything possible to help you.

我要盡一切可能來幫助你。

（2）表示習慣或特性：譯"能"、"會"、"總是"等

He *will* sit for hours without saying a word.

他總是一坐幾小時，一言不發。

（3）表示預測或推斷：譯"可能"、"該是"等；完成式譯"諒
必已經"

Will that be John coming up the stairs?

上樓的可能是約翰嗎？

（4）表示命令或指示：譯"應"、"必須"、"務必"等

You *will* do as your boss instructs.

你應／必須照你的老板指示去做。

以下是 would 的各種用法和譯法：

（1）表示自願或意向：比 will 語氣婉轉，可譯為"願意"、
"要"、"偏要"等；在否定句中可譯"偏不"

I *would* recommend this book to you.

我願／要把這書介紹給你。

（2）表示習慣或特性：譯"總會"、"總是"等

She *would* bring me little presents, without saying why.

她總是給我帶些小禮物，也不説為甚麽。

（3）表示預測或推斷：譯"大概"、"可能"；在科技文獻中常
用"會"、"當是"等

I *would* be this height when I was ten years old.

我十歲時大概有這高度。

（4）表示虛擬、假設、條件等：譯"會"、"就"；完成式譯"就
會"、"原本會"等

If you *would* talk more quietly, I'll let you go to see the
patient.

如果你説話再輕聲點，我會／就讓你去探望病人。

（5）表示請求或構成婉轉語氣：譯"請"等

Would you take a seat?

<u>請</u>坐。

（6）表示願望：譯"但願"、"多好"等

Would I were her lover.

<u>但願</u>我是她的情人。或

我是她的情人<u>多好</u>。

（四）Can/Could 的譯法

Can 和 could 最普通的意義是具備條件能夠自由地做一件事，即表達一般的能力。

以下分述 can 和 could 兩詞的用法和譯法：

（1）表示能力：可譯為"能夠"或"得"；否定句譯"不能"或"無法"；疑問句譯"能嗎？/ 能不能？"

I *can* lift up this huge rock with one hand.

我一隻手就<u>能夠</u>把這塊巨石舉起來。

（2）表示可能：可譯為"會"、"可以"；否定句譯"不可能會"；疑問句譯"會不會 / 會……嗎？"

We *can* repair your car tomorrow.

我們明天<u>會</u>給你修理汽車。

（3）表示許可：可譯為"能"、"可以"；否定句譯"不能"、"不得"、"不可以"；疑問句"可不可以？/ 可以嗎？"或"能不能？/ 能嗎？"

Could I ask you something?

我<u>可以</u>問你一件事嗎？

（4）表示懷疑：否定句的 cannot have 譯"決不會"、could not have 譯"不至於"；疑問句 can...? 譯"難道……嗎？"、could...? 譯"會……嗎？"can have...? 譯"難道……過嗎？"

I *cannot* have done this.

我<u>決不會</u>這樣做的。

（5）表示要求：在疑問句中，可譯為"可以嗎？"、"好嗎？"
　　"能否？"等
　　Can I carry your baggage?
　　我來替你提行李，<u>好嗎？ / 可以嗎？</u>

（6）表示假設：在假設語氣用法中，可譯為"能"或"會"；
　　否定句是"不能"或"不會"；疑問句譯"能 / 會嗎？"
　　If there were no air, living things *could* not live.
　　假如沒有空氣，生物就<u>不能</u>活。

（五）May/Might 的譯法

　　May/might 有的用來講述某種情況是確定的；有的表示或
然性或可能性；有的表示不可能。May 和 might 最普通的用法
是討論可能性，或要求（和給予）許可。

　　以下分述 may 和 might 兩詞的用法和譯法：

（1）表示許可：可譯為"可以"；否定句譯"不可以"、"不行"
　　或"不得"；疑問句譯"可不可以？"、"行不行？"
　　May I use your telephone? Yes, of course, you *May*.
　　我<u>可以</u>用你的電話嗎？<u>可以</u>，當然<u>可以</u>。

（2）表示可能：可譯為"可能"、"也許"；否定句譯"可能
　　不"、"也許不"；疑問句譯"能不能？ / 可能嗎？"
　　We *may* go swimming in the summer next year.
　　我們明年夏天<u>可能</u>會去游泳。

（3）表示願望：可譯為"祝"、"願"
　　May you both be successful.
　　<u>祝</u>你們兩位成功。
　　May God be with you.
　　<u>願</u>上帝與你們同在。

（4）表示勸告：一般用 might 使語氣委婉些。Might 譯為
　　"（大）可以"；might have 譯為"原可 / 應"、"本可 / 應"、
　　"早可 / 應"。否定句的 might not 譯作"可不"、might not

have "本可不"、"原可不"、"早可不" 等

You *might* ask before you borrow my car.

你大可以先問我才借我的車子。

You really *might have* done it for me long ago.

你原可很久之前就替我做了。

（5）表示目的：可譯為 "以期"、"以便"、"以使"；否定句則
譯為 "以免"、"使不致" 等

Work harder so that you *may* pass the examination.

努力些學習以期考試及格。

He ate very little that he *might not* get fat.

他吃得很少以免增胖。

（6）表示假設和推測：可譯為 "也許"、"或者"、"可能"；否
定句則譯為 "或許不致" 等

If he arrives earlier, he *may* get into trouble.

如果他早到些，他也許會惹麻煩。

If he arrives earlier, he *may* not have got into trouble.

如果他早到些，他或許不致惹上麻煩。

（7）表達讓步子句：May 譯為 "可"、"不管"、"哪怕" 等；
might 譯 "也許"、"可能"、"會"。May 和 might 在這些句
中都可不須特別譯出

Come what *may*, I am prepared for it.

無論怎樣，我都準備好了。

（六）Must／Ought to 的譯法

Must 可用以表達有力的勸告或命令，對己對人都是一種
義務。它還可用來作推斷，表示對某一種事情確有把握，因
為從邏輯上說，它是必然的。

以下是 must 的各種用法和譯法：

（1）表示義務或強烈的勸告：可譯為 "應該"、"必須"、"一
定要" 等；否定句可譯為 "不許"、"不必"、"無需" 等；

疑問句可譯為 "必須嗎？"、"一定要嗎？" 等

Students *must* obey school rules.

學生一定要遵守學校規則。

（2）表示推斷：可譯為 "想必 / 諒必"；否定句譯 "不會"

It *must* be him knocking at the door.

敲門的想必是他。

That *can't* be the postman. It's too early now.

不會是郵差，現在還早着呢。

（3）表示決心：可譯為 "一定要"；否定句譯 "決不"

We *must* work hard to make it succeed.

我們一定要努力工作，達致成功。

（4）表示固執倔強：可譯為 "總是"、"非要"

My wife *must* have everything her own way.

我妻子總是要一意孤行。

（5）表示假定：Must have 可譯為 "一定早已"；否定句為 "一定尚未"、"必然還未"

He *must have* arrived in time if he could catch the train.

他如趕到乘搭火車，就一定早已及時來到。

I *must have not* achieved my goals if I repeated my mistakes twice.

我若重犯錯誤，必然還未達成目標。

（6）表示不如意的湊巧：可譯為 "偏偏"

Just as I was busiest, the bore *must* come to my house.

我正忙得要命，那討厭的人卻偏偏摸上門來。

以下是 ought 的各種用法和譯法：

Ought 有兩種用法，都和 must 很相似，不過語氣上比 must 要緩和。試比較：

You *must* report to the police.

你必須報告警察 —（強硬的勸告）

You *ought* to report to the police.

你<u>應該</u>報告警察─（勸告）

（1）表示義務或勸告：可譯為"應該"、"應當"；否定句則譯為
"太"、"不應"、"不當"等；疑問句譯為"應該嗎？"等

She *ought* to understand.

她<u>應當</u>理解。

（2）表示推斷：可譯為"必會"；否定句譯"不會"

He *ought* to be here within 10 minutes.

他<u>必會</u>在十分鐘內趕來。

（3）表示責備：可譯"早該／本該"；否定句為"早不該／本不該"

He *ought* to have quit smoking.

他<u>早該</u>就應戒煙了。

28 怎樣翻譯假設語氣？

（一）概說

英文有三種語氣（mood）：陳述（indicative）、祈使
（imperative）和假設（subjunctive）。漢語動詞並沒有變化去表
達各種語氣，所以中國的學生不容易掌握運用英語的語氣，
尤其是假設語氣。假設語氣在英文裏是常用的，它表達一種
心態，而非事實。凡是不可能實現的願望、不可能發生的事
情或與事實相反的情況，都會用假設語氣。假設有兩種情
況，有真實的和不真實的。真實的情況是當所敍述的成為事
實時，其結果便可以獲致。例如：

If I have enough money, I'll get married.

我有足夠錢時，便會結婚。

不真實的情況是所敍述的不會成為事實，不論對目前事
實而言（所用的時態是 present tense）或是過去的事實（所用

的時態是 past）。例如：

If I had enough money, I would have got married.

要是我有足夠錢，就結了婚了。

英語除用"if"來表達情況外，也可以用其他連接詞，例如 in case, granted, on condition that, provided that, so long as, supposing, unless 等等。在英語句中，如將 could, had, should, were 等倒裝，便可減去 if， 一樣可以表達情況的句子。例如：

Were there no sorrows in life, there would be no joys.

在英譯漢時，不一定要把 if "如果"譯出，試看前兩句就沒有用"如果"、"假如"、"即使"等詞語。翻譯假設語氣，幸而並不太難，只要注意語氣的表達方式和採用適當的漢語譯詞，就可以應付。

（二）假設語氣的漢譯

假設語氣大概有十多種，以下幾種是比較常見和值得討論的。

（1）表示願望 wish 和祈求 prayer，如：

Success（be）to you.

祝君成功。

I wish I were with you.

願我在你身旁。

> 【解說】祝和願的分別大致是："祝"代表"祈求"；"願"則是"願望"。"祝"向別人；"願"顧自己。"祝"可能實現；"願"則可能會實現，可能不會。

（2）表示"命令"order 或 command，如：

Let nobody interfere in other's business.

別人的事不要管。

Let it go.

隨它去。

> 【解說】Let 可譯可不譯，最好不譯，如譯則可用"讓"、"把"、"隨"等。

81

（3）表示建議 suggestion 或勸告 advice，如：

Everybody should do his duty.

每人應盡其責。

You had better do it yourself.

你最好自己去做。

【解說】其他漢語用詞有 "必須"、"應該" 或 "無"、"不" 等。

（4）表示責備 reproach，如：

You ought to have fired him.

你早應把他解僱。

He should have come earlier.

他原應早些來。

【解說】其他漢語用詞有 "原該"、"早該" 等。

（5）表示請求 request，如：

Would you kindly do it for me?

請你替我做了，好嗎？

Could you teach me how to play tennis?

你教我打網球，好不好？

【解說】其他漢語用詞有 "勞煩"、"可以嗎" 等。

（6）表示驚詫 surprise 或遺憾 regret，如：

Why shouldn't he accept this job?

為甚麼他竟不接受這份工作？

What a pity that their marriage has broken again.

真可惜，他們的婚姻竟又破裂了。

【解說】主要的漢語用詞是 "竟"，其他詞語有 "怎樣會"。

（7）表示狀態 manner 或比較 comparison，如：

He speaks Putonghua as if he is a Pekinese.

他説普通話就像個北京人。

They looked at me as though I was a stranger.

他們看着我，倒像我是陌生人一般。

【解説】其他漢語用詞有"好像"、"像是"等。

（8）表示目的 purpose，如：

They work hard that they may succeed.

他們努力工作，俾可成功。

They work hard lest they should fail.

他們努力工作，以免失敗。

【解説】肯定句用"俾可"、否定句用"以免"等。

（9）表示恐懼 fear，如：

He feared lest he should have been wrong again.

他怕又錯了。

I am afraid that someone might have picked up the phone.

我怕有人可能接了電話。

【解説】其他漢語用詞有"害怕"、"恐怕"等。

（10）表示懷疑 doubt，如：

I cannot tell whether the number is correct.

這數目是否正確，我可説不定。

She has never asked me whether I love her.

她從未問過我是否愛她。

【解説】其他漢語用詞有"會不會"、"是不是"等。

（11）表示讓步 concession，如：

Even if I were his father, I could not make him do it.

即使我是他的父親也不能要他做。

Whatever he says, I won't change my mind.

無論他説甚麼，我都不會改變主意。

【解説】其他漢語用詞有"雖……仍"、"不論"等。❀

漢語在表達假設語氣時主要用詞彙的手段，在這方面漢語的用詞亦相當眾多。但也有其他不太顯明的方法，應該依個別情況進行適當地翻譯。

29 怎樣翻譯祈使語氣？

（一）概說

祈使語氣（imperative mood）是用來表示命令、建議、要求、勸告、禁止等。祈使語氣在句子上有下列幾個特點：

（1）通常沒有主語，如：

Sit down!	坐下！	（命令）
Sit down please.	請坐。	（要求）
Better sit down.	坐下好些。	（建議／勸告）

【解說】*主語原應用"you"，直接加以省略。*

（2）如有主語，就是有必要說明是誰，如：

John come with me, the rest of you stay.

約翰跟我來，其他的人留着。

【解說】*注意動詞"come"沒有用第三身單數的"comes".*

（3）用"let"開首的句子結構，如：

Let's do it.	我們做吧。
Let John come with me.	讓約翰跟我來。

【解說】*主語原應為第一人或第三人稱，用"let"把主語變成賓語。*

（4）在動詞前加"do"具強調意味，如：

Do sit down.	快請坐下。

（5）否定意思用"do not/don't"構成，如：

Don't sit down.	不要坐下。

（二）翻譯方法

現按以上各點分別討論翻譯祈使語氣句子的方法：

（1）沒有主語的句子通常是對第二人稱說的，所以省去主語，漢語也和英語一樣，不必用"你"，單用動詞便可。

如：

| Get out! | 滾出去！ |
| Be honest! | 要誠實呀！ |

古時英語的祈使語句是保留第二人稱的，漢譯仍不必譯出，如：

| Praise you the Lord! | 讚美主！ |
| Mind you, he's dangerous. | 當心，他是危險的。 |

（2）主語照譯，為的是要特別喚起對方的注意，如：

You take a seat and someone will take care of you.
你先坐下，有人會來照顧你的。

（3）"Let" 用於第一身和第三身的祈使句，可譯可不譯，如：

| Let him leave this place. | 讓他離開此地吧。 |
| Let us stay here. | 我們就在這裏逗留吧。 |

（4）遇有加強語氣的句子時，可豐富用詞表達意思，如：

Do forgive me.	務請原諒我！
Do make less noise, children.	孩子們，千萬要小聲點。
Do give me some money.	求求你給我一點錢。

（5）祈使語氣的否定句通常是表示禁止的意思，可用 "不要"、"別" 等，如：

| Don't worry. | 別發愁。 |
| Fear nothing. | 不要怕。 |

30 怎樣翻譯動詞不定式？

（一）概説

動詞不定式（infinitive）的形式是動詞的原形，加上 "to" 在其前面。不帶 "to" 的不定式包括助動詞的 do（did），shall

---

在祈使語氣的譯法中，如有第二人稱，通常可略去不譯，但在加強語氣時，就要譯出，並用其他詞語多方表達。

（should），will（would），must 等，某些動詞之後如 hear, feel, see, watch, notice, make, let, have 等和短語的 had better, had rather, had sooner, cannot but 等。

　　動詞不定式的作用可作主語（subject）、賓語（object）、賓語補足語（complement）、定語（attribute）、狀語（adverbial）等，不一而足。狀語的用法複雜而難於辨別。不過在翻譯時可不必理會，這些與翻譯的關係很微，翻譯的困難程度也不大。要注意的是動詞不定式在句子中的意義。這裏舉出的是用動詞不定式構成的常用短語，按它們的句中的意義，分述如下。

（二）各種意義和其譯法

（1）肯定意義

　　凡在 "all", "but", "not", "only" 等詞後面有 "too"，其句中的不定式是沒有否定意義的。這一點相當重要，可免誤譯，例子如：

1. **not too**　　　　I am <u>not too</u> old to do it.
　　　　　　　　　（a）我<u>不是</u>太老得做<u>不</u>到。
　　　　　　　　　（b）我<u>並不</u>太老，<u>可以做到</u>。

【解說】　*例句（a）用兩個否定詞："不是"和"不"，那就是"可以"。例句（b）則用"並不"、"可以"的肯定句。*

2. **only too ...**　　I am <u>only too</u> glad to go with you.
　　　　　　　　　我<u>非常</u>高興和你一起去。

【解說】　*"Only too" 是 "非常" 或 "十分" 之意。*

3. **too ... not ...**　I am <u>too</u> rich <u>not</u> to buy it.
　　　　　　　　　（a）我富有得<u>不能不去</u>買。 或
　　　　　　　　　（b）我<u>太</u>富有了，<u>可以去</u>買。

【解說】　*例句（a）用兩個否定詞："不能"和"不去"，那就是"可能或會去"。例句（b）則直接用肯定句。*

（2）否定意義

1. **only to ...**   *表示一種否定或不良的後果，用"但"、"卻"等詞：*

Our troops rushed there <u>only to</u> be ambushed.

我們的軍隊趕到那裏<u>卻</u>遭到伏擊。

2. **too ... to**   *表示否定的程度，用"太……不能"等詞：*

He is <u>too</u> hungry <u>to</u> walk.

他<u>太</u>飢餓了，<u>不能</u>走路。

（3）Verb to be/verb to do 起感歎作用

1. 表示難以實現之事：   Oh, <u>to be</u> young again!

噢，再年青<u>就好了</u>！

2. 表示意想不到之事：   <u>To think</u> that he has become a famous writer.

<u>真料不到</u>他成了著名作家呀！

（4）其他作用

1. **so as to ...**   *表示目的，用"這樣……使"等詞：*

He shouted <u>so as to</u> be heard a mile away.

他喊得<u>這樣</u>高，<u>使</u>得一里外都聽見。

2. **so ... as to**   *表示結果，用"以至"等詞：*

He studied <u>so</u> hard <u>as to</u> get good examination results.

他努力學習，<u>以至</u>獲得好的考試成績。

3. **verb to be to ...**   *表示計劃中所做的事：*

They <u>are to</u> return home next week.

他們<u>定</u>於下星期回家。

4. **about to ...**   *表示即將發生的事：*

He is <u>about to</u> go to London.

他<u>正要</u>到倫敦去。

5. **Not to say ...**　*表示"甚至"、"姑且不談"之意：*
He is extremely frugal, <u>not to say</u> stingy.
他非常節儉，<u>姑且不談</u>他吝嗇吧。

6. **Not to speak of ...**　*表示"何況"、"更不用說"之意：*
He knows how to repair a plane, <u>not to say of</u> a car.
他連飛機也懂得修理，汽車<u>更不用說</u>了。

31 怎樣翻譯動名詞？

（一）概說

　　動名詞（gerund）的形式是動詞以 -ing 結尾，與現在分詞（present participle）相同。顧名思義，動名詞同時承擔動詞和名詞的角式，本身可作句子的主語，如 "<u>Reading</u> is good for everyone"。或句子的補語，如 "Everyone loves <u>reading</u>"。又其後也可跟賓語，如 "I love <u>reading</u> adventurous stories"。

　　動名詞和其他的名詞那樣，可以和冠詞（article）、物主代名詞（personal pronoun）或指示形容詞（demonstrative adjectives）連用。例如：

　　the <u>re-building</u> of the town　　（與冠詞連用）
　　the <u>replying</u> of your inquiry　　（與物主代名詞連用）
　　the useless <u>arguing</u>　　　　　（與指示形容詞連用）

　　在語法上，所有介詞之後都需要用動名詞。

（二）翻譯方法

　　英漢翻譯的各種方法，在翻譯動名詞的句子中都可應用，舉例如：

（1）英語喜用名詞，漢語喜用動詞，故此許多用作名詞的動名詞，在漢譯中都成為動詞：

I like walking in the rain.　　　　我喜歡在雨中行走。
Smoking is not allowed.　　　　不准吸煙。

不過，也有許多句子可譯成名詞或是動詞，其意義並無分別。如：

I really must stop drinking.　　　我真的要戒酒了。

【解說】這譯句的"酒"是個名詞，也可譯成下句：我真的要停止飲酒了。這第二句的"飲酒"是個動詞。

（2）動名詞沒有被動語態（passive voice），常以主動語態（active voice）表示被動之意，翻譯時應轉為主動語態：

Your hair needs cutting.　　　　你該剪髮了。
This movie is worth watching.　　這齣電影值得觀賞。

【解說】在 need, require, want, worth 等詞之後都有被動意思。

（三）用動名詞造句

用動名詞來造句的相當多，例如 as，like，than，any good，some good，no good，any use，some use，no use 等詞都可用上動名詞。

在大多數情況下，翻譯動名詞只要譯出其本身意義就夠了，例如：

There is no point in doing that.　　這樣做沒有意義。

但許多時卻要注意到動名詞的造句結構，了解整個句子的意義，翻譯才不會弄錯。例如：

The definition of this law is beyond my understanding.
我真不懂這條法律的定義。

【解說】如果把上句譯成"這條法律的定義在我了解之外"，便非漢語的表達習慣。

以下是一些常用動名詞的造句，附上漢譯和可用的詞語。

（1）far from + gerund
　　用"一點也不"、"遠遠不"、"決非"等。

His writing is far from being perfect.

他的文章一點也不優美。

（2） for the + gerund

用"只要……便"等。

His permission may be had for the requesting.

只要請求，他便獲得許可。

（3） make nothing of + gerund

用"輕視"、"不費力"、"不理會"等。

He made nothing of writing ten thousand words a day.

他日寫萬字，毫不費力。

（4） not ... without + gerund

用"免不了"、"難免"等。

We can not reap without sowing.

要收獲就免不了播種。

（5） there is no + gerund

用"不"、"不能"、"無可"、"無法"等。

There is no denying this.

這個無可否認。

（6） there is no use + gerund

用"不用"、"用不着"等。

There is no use denying this.

這個用不着否認。

（7） with the + gerund

You can succeed with the doing.

只要你做，便可成功。

由動名詞結合其他短語組成的句子有很多，這些句子其中有的是慣用語，不能單從表面的詞義可以理解，如果掉以輕心，錯譯的機會很高，這是翻譯者要提防的。✿

具有動名詞的短語，不少是屬於慣用語一類，所以必須先理解其詞意。為使譯文句子活潑自然，可盡量將動名詞轉為動詞。

32 怎樣翻譯代名詞？

（一）概述

顧名思義，代名詞或簡稱代詞（pronoun）的作用是表示代替和指示的詞，但所代替的或指示的又不只名詞而已，舉凡詞組、句子甚或一段說話都可以。

英語的代名詞有很多種，應用得很廣泛，主要是避免詞語重複。漢語也有代名詞，相對來說，用得較少。

英語代名詞有格（case）：即主格（nominative）、受格（objective）和所有格（possessive）的變化，這在漢語是沒有的。

英語代名詞一共有八種：人稱（personal）、物主（possessive）、自身（reflexive）、相互（reciprocal）、指示（demonstrative）、疑問（Interrogative）、關係（relative）、不定（indefinite）。漢語比較少些，大概只有四種：人稱、指示、疑問和關係。

本題專討論人稱代名詞和自身代名詞，其他的指示、疑問和關係會分別在其他專題論述。（參看 40 "怎樣翻譯指示詞？"、41 "怎樣翻譯疑問詞？" 和 42 "怎樣翻譯關係詞？"）。

（二）稱謂

人稱代名詞是專用來代替人物的名字和稱呼，有自稱、對稱、他稱、特稱、複稱、統稱、泛稱等。這詞分有第一身（first person）、第二身（second person）和第三身（third person），中英皆然。在日常應用中，漢語的稱謂遠比英語的複雜，例如第一身就有尊稱（老爺）、常稱（我）和謙稱（小弟）。第二身有敬稱（您）、親近稱（你）和卑稱（你這小子）。第三身分女（她）、男（他）和中性（它、牠），是受外國語文影響的結果。

在文言文中，"我"的同義字有余、子、吾等，"你"的同義字有爾、汝、子、若、而、乃等，"他"的同義字有彼、伊、渠等。

中國人在社會的交往上，對自己和他人的人或事都喜歡有謙稱和尊稱，說話上和寫作上都對己謙卑而對人尊敬。因而自己的父母親是家父、家母，他人的是令尊、令堂。自己家中有賤內、小兒，他家則是嫂夫人、令郎。自己的居所是茅舍、寒舍、舍下，他人的住處是貴府、府上。自己的作品是拙作、他人是大作。自己的見解是愚見、鄙見，他人的見解則是高見，雅見。諸如此類，數不勝數。現代一般人對於一些太過咬文嚼字的稱呼已漸漸不大使用，但一些表示恭敬尊重的稱謂，還是很通行的。

中國人於稱呼一向很注重，在文章中也一向很講究。譯文也是寫作的一種，如用得太隨便，就不僅是有無文采或文章風格的問題，而是關乎是否適合禮節習俗的問題了。

英譯漢遇上這類代名詞，有時就不能一概用直譯的方式，應該要看關係，看情形而定。

（三）重複名詞

在陳述方式中，名詞是用來作直接陳述，代名詞則用作間接陳述。漢語人稱代名詞的書面語"他"、"她"、"它"等發音都作"ta"，讀起來容易混淆，所以漢語的陳述法傾向多用名詞。英語的代名詞清晰可辨，多用了也不會引起誤解。舉例：

John might never see Mary's family members again, nor she his parents.

約翰或許不會再見瑪莉的家人，而瑪莉也不會再見約翰的雙親了。

即使在書面上沒有誤會，中文也寧願重複名詞，使能讀起來通順明白。例如：

This car is a Japanese one.

這輛車是日本車。

（四）刪節

英語多用代名詞，是語法所需的關係，成詞成句都不可以沒有。漢語語法不這麼嚴格，可以常常不用代名詞，這是兩種語文顯著不同的地方。試比較以下各句：

1. We should do our best for everything.

凡事應盡力而為。

2. I wash my car.

我洗車子。

3. Do you understand it?

你明白嗎？

4. Before you write your examination, you have to read the instructions carefully.

考試前，要小心閱讀指示。

英語的代名詞在中文的句子中都給盡量刪削，可刪掉的有：

1. 主格：如句 1 中的 we，句 4 中的 you

2. 受格：如句 3 中的 it

3. 所有格：如句 1 中的 our，句 2 中的 my 和句 4 中的 your

為甚麼會這樣？主要的原因是：

1. 中文的表達方式可以很精簡。如果把句 1 譯成"我們應盡我們的力做每件事"或句 4 譯作"在你考試前，你要小心閱讀指示"，一個句子中有這麼多的"我們"或"你"，那不是很煩冗嗎？

2. 不講自明。例如句 2 不會說"我洗我的車子"。這車子含意是我本人的車子，無須說出來。

3. 要合中文語法。例如句 3 不會說"你明白它嗎？"。"它"這字根本不能用，用了便不是中文。

（五）次序

代名詞的次序與說話習慣有關，英國人常把第二身的
"you" 放在第一身的 "I" 之前以示尊重對方，中國人卻把
"我" 置於其他人之前，例如說 "我和你" 而不說 "你和我"。
舉例說：

1. You and I are in the same boat.
   我和你處境相同。

2. You, he and I should travel together.
   我、你和他應一起去旅行。

但如用 "你我二人" 等概括性短語，句中的代名詞次序
又要重新排定，句 1 可改成 "你我二人處境相同"，而第二句
則會是 "你、我和他三人應一起去旅行"。倘若人稱代名詞是
在受格的，如：These books are for you and me. 那就不必理會
次序問題，逕照原文譯作："這些書是給你和我的。"

（六）"It" 的譯法

在英語裏，"it" 有許多作用，在這方面可用作：

（1）形式主語：

It is natural for you to do so.
你自然會這樣做。

（2）形式賓語：

I think it no use doing this.
我以為做這事沒有用處。

（3）代替剛提過的事物：

Who wants this book?
誰要這本書？
I want it.
我要。

（4）泛指總的情況：

It makes no difference.

沒有甚麼不同。

譯成中文時大多對 "it" 不予理會，看譯文便可得知。

（七）自身代名詞

英語用自身代名詞 reflexive pronoun 相當多，但漢語卻無此詞，在翻譯時則用以下方式表示：

（1）人稱代名詞 + "自己"（或用本人 / 本身）

I myself do it.

我自己做的。/ 我本人做的。

（2）單獨用 "自己" 一詞

He is only two and cannot look after himself.

他只有兩歲，不能照顧自己。

（3）用其他詞彙如 "親自"、"自我" 等

I saw it with my own eyes.

我親眼看見的。

（4）完全不表示

They hid themselves after having been defeated.

他們在戰敗後躲起來了。

實在，如果能夠根據上下文的意思，譯成中文的習用語，就更使得譯文流暢可讀。例如：

He exerted himself to fulfill the task.

他竭力完成任務。

The company avails itself of the opportunity to express its gratitude to all its employees.

公司藉此機會向員工表達謝意。

（八）小結

（1）由於語法上的需要，英語代名詞用得多，漢語則盡量省略，行文簡煉，有時為了避免張冠李戴，不惜改用名

"It" 如用為指示作用，其譯法請參看 40 "怎樣翻譯指示詞？"。

詞，這是英漢代名詞在使用上的一個很重要的區別。

（2）英語人稱代名詞作主語時用主格形式，作賓語時用賓格形式，漢語人稱代名詞沒有格的區別。

（3）英語幾個名詞或代名詞並用時，把"I"放在最後，漢語一般把"我"放在最前。

（4）漢語代名詞差不多總是承上文指代，而英語代名詞的對象可在前也可在後。如果所代的對象在後，譯成漢語時必須將原詞前置，代詞後置（或可省）。

（5）中國人很着重人際間的稱謂，英人就簡單得多，英譯漢時不免要找中文適當的稱呼詞語，才合乎中國人的禮節習慣，不會鬧出笑話。人稱代名詞的次序亦要依據雙方的語文習慣，方不致犯錯。 自身代名詞的處理也可通過多用慣用語手段來提高譯文的語文素質。

（6）如果在英譯中的譯文裏找個可以刪節得最多的詞，相信非代名詞莫屬，尤其是人稱代名詞中的所有格。根本的原因是漢語與英語的語法不同，表達方式也有異，如果照原文硬譯，譯文不但煩冗，更且不堪卒讀。但有時中文譯文卻不得不重複人名或物名，使得意思清楚，避免誤會。✿

33 怎樣翻譯副詞？

（一）概述

副詞是用來修飾動詞、形容詞和其他副詞，以至一個短語、一個句子，表示狀況和程度。副詞大致有以下的分類：時間（　time）、地點（place）、態度（manner）、程度（degree）、疑問（interrogative）、連接（connective）、關係（relative）等。

副詞和形容詞一樣，都有原級、比較級和最高級三等，

代名詞在漢譯文中能刪者便刪，有時亦可用回所替代了的名詞，以求清楚。譯時又須注意符合中國人的稱謂習慣和人稱（person）次序與及運用中文慣用語譯出自身代詞。

而構成的方法亦相同。副詞在句子中的位置很靈活，既可放在句首，亦可放在句尾，又可放在所修飾動詞的前或後。有些副詞無論放在句子哪裏，意義區別不大，但不少副詞在不同位置就起着不同的作用，甚至有不同的意義。

一般來說，要想意思傳達得清楚，就要把副詞放在最接近它所要修飾的事物，即是所謂中心詞（centre word）。要想理解無誤，也要看副詞和中心詞的關係。

英語中如果有幾個副詞，一般是較短的放在較長之前。如果分屬不同類別，其位置順序會是：

態度（manner）→ 地點（place）→ 時間（time）

漢語的位置順序是：

時間（time）→ 態度（manner）→ 地點（place）

英語中如果有多個時間或地點副詞，通常是單位小的在前，單位大的在後。漢語就恰好相反，先大後小。

（二）漢語副詞所用字詞

漢語副詞在功能上與英語相類，在用詞方面，常見的多帶有"地"字，例如 happily（快樂地）on the contrary（相反地）等。例如 He sang merrily（他歡樂地歌唱），便需要一個"地"字。可是，如果能夠省去"地"字而不影響副詞的作用或引起誤解，那就不必用。例如 He got away on time（他準時（地）離開了），這個"地"字便可有可無，因為在語法上和意義上都沒有影響。

除了"地"外，"得"字也用得不少，尤其用在行動的程度或效果方面。例如說：He writes very well.（他寫字寫得很好。）某些漢語副詞詞語本身或是詞組也有和"地"字的作用相同的，所以便不需附有"地"字，好像：

"……上"，如 in fact（事實上）

"突然"，如 the bomb explodes suddenly.（炸彈突然爆炸了。）

"這樣"，如 In this way, their friendship broke up.（他們的友誼就這樣（地）破裂了。）

"像……一般"，如 as deep as the sea（像海一般深。）

"像……似的"，如 as pretty as roses（像玫瑰似的美麗。）

還有一些副詞短語，有上中下前後等字句的，也不必加"地"字，如：on the basis of "在基礎上"，in pain "在痛苦中"，under such conditions "在這情況下"，還有 "之上"、"之中"、"之下"、"之前"、"之後" 等等。

（三）副詞的位置

試比較下列副詞 only 位置所帶來的不同意義：

Only this bird ate rice.

只有這鳥才吃米。

This bird only ate rice.

這鳥只吃米，不吃別的。

This bird ate only rice.

這鳥只吃米，沒吃別的。

This bird ate rice only.

這鳥吃的只是米。

在翻譯前，必須弄清楚副詞在不同位置中所起的作用，和所表達的正確意義，下筆時才不致誤譯。再比較以下兩句：

She answered the question stupidly.

她笨拙地答了那問題。

She stupidly answered the questions.

她真愚蠢，竟答了那問題。

【解說】 英語中第一句的副詞是修飾動詞的，所以置於其後。但第二句是修飾全句的，所以置於其前。由於意義和作用不同，中文譯文也有異。

英語的句子如有多類副詞來修飾中心詞的，例如：

He has been studying painstakingly in the university since last year.

通常的副詞次序會是態度、地點、時間。相同意思的漢語句子會是："他從去年起就一直辛勤地在大學讀書"，但副詞的位置次序就變成時間、態度和地點了。

再看下句：Quickly take the child to the hospital today。

譯句則是"今天趕快把孩子送到醫院去。"，可見原句次序中屬於態度（quickly）、地點（hospital）、時間（today）的副詞會作怎樣的改變。

（四）小結

（1）翻譯副詞首先要分析它所修飾的是句子中的那一部分，它所處的位置又有甚麼作用。在意思上取得正確的了解後，其次才考慮如何加以適當正確地表達。

（2）副詞的位置足以影響全句的意思，翻譯時不可不小心在意。

（3）英語可用多個不同種類的副詞來修飾一個中心詞，漢語亦然，但由於不同的語文習慣，就會各有不同的位置安排。🐾

34 怎樣翻譯形容詞？

（一）概述

形容詞是用來描寫或說明事物的樣子或特徵，大致上有兩種主要的用法：

（1）用在名詞之前，叫做定語位置（attributive position），如：
blue sky; clever girl.
（2）用在動詞之後，叫做表語位置（predicative position），如：
The sky is blue.
The girl is clever.

副詞的翻譯須先視其修飾作用和所處位置，待理解正確後，方可以用適當的漢詞譯出。譯時又可不必以副詞譯副詞，改用別的詞類會達到較佳的通順效果。

形容詞分為三個等級（degree），即原級（positive），比較級（comparative）和最高級（superlative）。

某些形容詞如加上定冠詞（definite article），如 the old, the young, the poor, the rich 等便可作名詞用。

有時同一的形容詞用在名詞的前或後，就可能產生不同的意思。試比較：

the present members	現在的成員
the members present	出席的成員

漢語的形容詞末尾都可加個"的"字，但注意不要多用，可以不用時就索性不用，以減少文氣的累贅。在表語位置的形容詞大多可省，如："這女孩很聰明"。倘改成"這女孩是很聰明的"，意思便微有不同，從單純描述句變成判斷句了。

（二）位置

第一節提過形容詞在不同的位置就可能會有不同的意思，可見位置問題是相當重要的。

一般來說，英語形容詞通常放在被修飾的詞之前，這和漢語相同，翻譯時照次序就成。但不少英語的固定說法卻不是順譯的，例如 court martial, governor general 等就非要倒譯成"軍事法庭"和"總督"不可。

名詞之前有好幾個形容詞是常見的，通常都有一定的方法排列。

英語形容詞的順序，規則頗為複雜，不同的語法書有不同的說法。但大致上的次序會是

先指

（1）外觀形像（大小、高低、長短等）

（2）形狀（方形、圓形等）

（3）年齡（新、舊等）

（4）顏色（黑、白等）

後指

（5）內在特性，如品質（好壞、光暗等）

（6）原料（紙、皮等）

這種先外後內或稱先表後裏的排列，是英語形容詞語序的通行法則。例如 "a large long-shaped new white house"。

漢語的形容詞排列也大體與英語的接近，上句的漢譯就是"一所龐大長形新的白色房子"。可惜以上的順序對譯，在相當多的例子上卻不能應用，例如"a small, shiny, black car"，漢語該怎樣說呢。按照英語的形容詞排序來譯就會不合漢語習慣。只有譯為"一輛黑色發亮的小車子"才是正確的譯句。

漢語形容詞在定語位置中的次序大概是：

1. 時間、地點
2. 所有格
3. 指示性或數詞
4. 限制性
5. 描寫性
6. 性質

以下例子是漢語句中的形容詞定語位置排列次序：

"千多年前（1）中國的科學家（2）就發明了一個（3）自製的（4）大型（5）測天（6）儀器。"

但要指出漢語各定語的位置次序並不是絕對不變的，在某些情況下，會有不同的排列。

由於英漢語文雙方對有些形容詞的順序各有不同的排列，亦無常規可循，在翻譯時也只好各按本身語言的用法習慣。

（三）等級

英漢兩種語言都有形容詞等級之分，同是原級、比較級和最高級。英語形容詞在結構上的組成有二：一是用詞尾變化，如 big, bigger, biggest。 二是用副詞，如 honest, more honest, most honest。

漢語所用副詞，如在簡單的比較意義上，可用一些單詞或詞語，例如 "比較"、"更"、"些" 等：

His salary is higher.

他的薪金比較高，或

他的薪金高（一）些，或

他的薪金更高。

如果有人或物可以互相比較，所用的形容詞就會是詞組的 "比……更 + 形容詞" 或 "比……形容詞 + 些 / 點" 等。例子如：

His salary is higher than mine.

他的薪金比我的更高，或

他的薪金比我的高些 / 點。

如果比較的性質是有層次地漸變的，就用 "愈……愈……" 或 "越……越……"，如：

His salary got higher and higher.

他的薪金愈 / 越來愈 / 越高。

在最高級中，漢語可用的副詞通常是 "最"、"頂" 或 "至"，如：

His salary is the highest.

他的薪金是最高的了。

He is most careless about his studies.

他對學習頂不關心。

He is my closest relative.

他是我的至親。

（四）加強效果

要使形容詞譯得生動、清楚、通順，可以採用一些加強效果的方法：

一是把形容詞轉成別的詞類，例如：

Did you have a good sleep last night?

你昨晚有一覺好睡了嗎？　　　（照用形容詞譯）

你昨晚睡得好嗎？　　　　　　　　（改用副詞譯）
【解說】後句比前句來得生動自然。

二是增添字詞，使更清楚，加強修飾效果，例如：
a tall, dark, handsome young man
一個身材高大、皮膚黝黑、面目英俊的青年

三是利用意譯手段，務求符合用語習慣，使譯句讀來通順，例如：
at a competitive price
價格歡迎比較
a woman of easy virtue
水性楊花的女人

（五）小結

（1）以上提過的多個形容詞的排列位置是個不容易應付的問題，須要按照漢語習慣譯出。

（2）反而，在翻譯有等級的形容詞就有規律可尋，可以應用某些固定詞語或詞組來翻譯。

（3）漢語不習慣使用長定語來描述，這樣會使句子顯得臃腫，引起理解上的困難。遇此情況，可拆開組成幾個獨立分句。

（4）形容詞是一詞多義的，譯形容詞，首先要理解形容詞的含義和上下文的邏輯關係。意義準確是最基本的條件，如何表達就要看譯者的技巧。例如以上譯的 at a competitive price，那 competitive 的意義是競爭性的、比賽性的等，如譯為"競爭性的價格"，只能略達其意，嚴格來說是個粗糙的譯詞，因為漢文沒有這樣的說法。

（5）如何處理形容詞的修飾效果，把形容詞譯得不但準確，而且生動，還要合乎譯入語的習慣用法，那是非常重要的。🐾

在翻譯一句中有眾多形容詞時，只有應用本身語言的用法習慣才能避免錯誤。由於形容詞通常一詞多義，準確的理解離不開研究該詞和上下文的邏輯關係。運用修辭手法去加強表達形容詞的描寫和說明特色，也是譯者不可忽略的翻譯技巧。

35 怎樣翻譯冠詞？

（一）概説

英語語法有冠詞（article），置於名詞之前，對該名詞起限定作用。兩種冠詞分別是不定冠詞（indefinite article）和固定冠詞（definite article），用法相當複雜，特殊規則頗多，正確地使用冠詞是學習英語其中一個最大的困難。

對這兩種冠詞基本的認識是，不定冠詞的 a 和 an 是從 one 轉化過來，故此保存"任一"的泛指意思；固定冠詞的 the 是從 that 字轉化的，所以有"那"的專指意思。

用英語來譯漢語的"母愛子"，不外有以下三種句法方式：

1. A mother loves her son. 　　（泛指説法）

2. The mother loves her son. 　　（專指説法）

3. Mothers love sons. 　　（一般説法）

英句的"Mother loves son"是不可以的，因為不合英語語法。

漢語只有一種說法來表達一個事實，那是由於漢語語法中沒有冠詞這一類。有相當多帶有冠詞的英語句子，在英譯中時往往把冠詞棄而不用，如：

The family is the unit of society.
家庭是社會的單位。

（二）不定冠詞

在英語中，"a"和"an"是不定冠詞，表達不確定的含義。有這些含義的句子，在翻譯時可以不予理會，如：

A sailor is a man who works in a ship.
在船上工作的人叫做水手。

甚麼情況下的不定冠詞才需要翻譯呢？大致是：

（1）在指示數量時用，如：

He has a son and a daughter.

他有一兒一女。

（2）在形容詞作補足語（complement）之前用，如：

Alexander the Great was a great warrior.

亞歷山大大帝是個偉大的戰士。

【解說】在這裏的"一個"通常節成"個"

（3）在第一次提及時用，如：

Once there lived an old tailor in a small village.

從前有一位老裁縫，住在小村裏。

（三）固定冠詞

固定冠詞通常用作專指事物，但有時也可泛指，尤其在與單數可數名詞（single countable nouns）連用時，這種情況通用於科技文章，一般可以不譯，如：

Somebody claimed that he had invented the microscope.

有人聲稱是他發明了顯微鏡。

可是專指事物原是固定冠詞的作用，所以在翻譯時不得不把其含義譯出，可見於下列情況中：

（1）有指示功用的，如：

How did you like the film?

你覺得那部電影怎樣？

The bank is the largest bank in the world in terms of market capitalization.

以資本市值計算，這銀行是全世界最大的銀行。

（2）有獨特性質的，如：

Helen of Troy was the beauty of beauties.

特洛城的海倫美艷絕倫。

Napoleon was the hero of heroes in the history of France.

拿破崙是法國歷史上最了不起的英雄。

【解說】 如直譯為 "美人中的美人" 或 "英雄中的英雄"，那就全無文采可言。

（3）置於專有名詞（proper nouns）之前的，如：

The Globe and Mail	寰球郵報
The Titanic	鐵達尼克號郵輪
The Chens	陳氏 / 陳家 / 陳氏兄弟 / 陳氏家族

【解說】 必須先知道專有名詞的性質，方才可譯。

（四）詞組中的冠詞

在一些英語的固定詞組之中，由不定冠詞或固定冠詞構成的不少。翻譯時必須弄清這兩類冠詞在詞組中的含義，因為冠詞的種類不同，詞組的意思也不同。試比較以下由不同冠詞所組成的詞組意義：

有不定冠詞的詞組		有固定冠詞的詞組	
in a way	在某點上	in the way	妨礙人的
for a moment	片刻	for the moment	此刻
to take a chair	入座	to take the chair	開會做主席

在固定詞組中有無冠詞對詞組的意義也大有影響，試比較以下的有冠詞和無冠詞的詞組意義：

有冠詞的詞組		沒有冠詞的詞組	
in the trade	內行	in trade	做生意
out of the question	不必討論	out of question	不成問題
the last time	最後一次	last time	上次

（五）小結

（1）冠詞是英語中用得最多的字，但漢語中卻沒有相似詞類，故在翻譯之前，應該先了解冠詞的用法和在它結合了名詞之後的意義，那末無論在中譯英或英譯中，都不會誤譯。

（2）大概而言，冠詞的意思如是泛指的，廣義的，代表整體的，就不必譯出。放在地名、國名或世上唯一的事物如太陽、地球等前面的冠詞，也不必譯出。

（3）不定冠詞要譯出的，包括指示數量，單位名稱，第一次提及的人或物和放在補足語之前的冠詞等。

（4）在固定冠詞中如其意義略等於 this 或 that，意在專指，那就要譯出。

（5）如有獨特或無與倫比之意，最好按照文中的內容或意義，費些心思，選用一些特殊的字詞，使譯句自然生動，富吸引力。🌸

36 怎樣翻譯介詞？

英語的介詞 preposition 是一個虛詞，通常放在名詞或其他詞類之前，表示該等詞類與句子某一成分之間的關係，因此就以其所處的位置譯為"前置詞"，或以其作用關係譯為"介系詞"，或簡稱"介詞"。

英語的介詞數目繁多，應用頻密，是英語語法的一大特點。據統計介詞連同短語介詞共有 286 個，用得最多的介詞有 at, by, for, from, in, of, on, to 和 with 等九個，佔所有介詞的使用率九成以上。大多數介詞都有幾個不同的主要用法，靠的是習慣使用，沒有固定的規則可以遵守，所以學會正確應用介詞是相當困難的，而偏偏英語裏的介詞和一些固定的介詞詞組又是組成英語的眾多主要部分。

漢語介詞的功用與英語的基本相同，它也是放在名詞、代名詞或詞組的前面，負責介紹給動詞或形容詞，表示方向、對象、處所、時間、目的等的關係。比起英語來，漢語中的介詞用得比較少，變化也不大。

冠詞和其詞組多屬習用語，故英譯中時必須對其含義透徹了解，要否譯出，如何譯出，對有獨特性質的冠詞或其詞組是否需要作特別的修辭處理，都是需要留意的。

在英漢翻譯中，先要了解英語介詞的基本意思，這個意思通常可以根據上下文加以判斷。再則是注意到介詞和別的詞類固定的搭配，按照習慣用法來選詞造句。

將英語的介詞翻成漢語，大概可用下列幾種方法：

（一）譯成動詞

英語中有許多介詞能起漢語動詞的作用，而恰巧漢語介詞多數從動詞變化而來，因此把英語介詞譯做漢語動詞是最普遍的一種譯法。例如：

They are <u>after</u> fortune and fame.

他們<u>追求</u>名利。

He is <u>above</u> personal grudges.

他<u>不記</u>私仇。

（二）加詞翻譯

補充字詞，目的在充分而清楚地表達介詞所起的意義。例如：

As this team has been trained <u>off</u>, it is eliminated in the first round.

該隊由於訓練過度，<u>體力不足</u>，第一輪就遭淘汰了。

I haven't got enough candy to go <u>around</u>.

我沒有足夠的糖果，<u>讓每人都可分到</u>。

（三）省略不譯

與第二種方法相反，凡是介詞難以在漢語中表述的，對於句中意思並無妨礙的，就乾脆不譯，這種省略是常用的方法。例如：

Flowers differ <u>in</u> colors.

花朵顏色不一。

He was sentenced <u>to</u> death <u>by</u> his absence <u>at</u> the battlefront.

他臨陣脫逃，被判死刑。

（四）應用否定式或反説法

為求準確達意和符合漢語的表達習慣，採用與原文字詞相反的意思來譯，也是常見的。例如：

否定式

He jumped into the river to save his son in defiance of the frigid climate.

他不顧氣候嚴寒，跳進河裏拯救兒子。

反説法

After you, ladies.

女士們，先請。

（五）運用比較句式

在英語中有"比較"概念的介詞不少，除了 in comparison with 等的短語外，還有許多單詞如 than, after, against 等等。

例如：

There's no place like home.

沒有地方比家更好。

His performance is above all his colleagues.

他的表現比所有的同事都強。

總的來說，由於介詞在獨立應用時幾乎沒有意義，只有在與其他詞類發生關係時才有，所以介詞是不能獨譯的，只能就全句的整體來考慮。✿

37 怎樣翻譯連詞？

（一）概説

英語的連詞是用來連接單詞、短語或句子的，分為併列連詞（co-ordinating conjunction）和從屬連詞（subordinating conjunction）兩大類。

為求清楚表達介詞在句中的意思，不妨多用動詞代替，或補充字詞以求豐富內容。在翻譯中有些介詞是可略過不譯而無損句中意思。

109

併列連詞按意義可分四種：

1. 表示附加的 "and"：有 and, both... and, as well as, furthermore, likewise, besides 等詞。

2. 表示選擇的 "or"：有 or, either... or, neither... nor 等詞。

3. 表示對比的 "but"：有 but, despite, however, still, nevertheless, yet 等詞。

4. 表示結果的 "so"：有 so, accordingly, thus, consequently, hence, therefore 等詞。

　　從屬連詞主要用來引導從句，字詞包括有 after, as, because, before, if, since, that, though, unless, until, what, when, where, which, while 等。

　　漢語連詞在功用上和分類上與英語的基本相同，詞彙有："和、與、及、同、兼、又、而、則、就、以及、或（或者）、而且、並且、雖然、但是、若然、因為、所以、儘管、不但……而且、雖然……但是等"。

（二）英漢連詞比較

　　要譯連詞，首先要了解英語是形合式（hypotaxis）語言，詞和句之間都要靠連詞聯繫，即使連詞毫無意義，但有語法結構作用時，都須使用。漢語是意合式（parataxis）語言，詞句之間多靠意思相連，往往不需有連詞存在。

　　漢譯英連詞，易譯難精。易譯在漢語中有許多對應詞，不愁應用，難精在如何正確選擇中文字詞，能夠適當表達原文意思，而又切合漢語習慣。

　　由於英語連詞不像漢語連詞有固定的意義，因此有時兩者並非完全同義，如果拘泥於字面的意譯，往往會譯得不知所云。例如下句英語：

How long will it be before dinner is ready?

　　如譯為："晚飯準備好之前還要多久？"，意思約莫可得，只是不像中文。道地的中文應該是"還要多久才吃晚飯？"可見總是把"before"譯做"之前"是不可以的。翻譯要從整體考慮，又符合漢語表達方式，方能不失原意。

（三）一些連詞的譯法

英語連詞最多見的是屬於併列連詞的"and"和"or"，因為譯法甚多，不得不另闢專題討論。其他比較常用的從屬連詞，主要為"before"、"when"、"while"、"as"、"since"、"until"等。這些連詞的譯法，按上下文意思決定，不是只憑最常用的詞義就可以表達原意的。茲舉上文提過的"before"為例，最少有四種譯法：

1. 譯"以前"、"在……前"等：

Before he was elected president, he served in the army.
他當選總統以前，在軍隊服務。

2. 譯"以後"、"在……後"等：

It was long before he arrived.
他過了許久以後才到達。

3. 譯"尚未"等：

Don't count your chickens before they are hatched.
小雞尚未孵出，不可作數。

4. （毋須譯出）：

It was not long before he arrived.
他不久就到。

從以上的例子可見，連詞在句子的意思不同，便須有不同的譯法，甚至譯成相反的意義（如第二例句），或者不去理會（如第四例句）。第三例句也可用"以前"來譯做"在小雞孵出以前……"的，不過用"尚未"是更合漢語寫法。

又根據詞典解釋，"as"作為連詞，最少有下列七種譯法：

（1）表示比較：漢譯為"像……一樣（般）"等，如：

My heart is heavy as lead.

我的心像鉛一般重。

（2）表示方式：漢譯為"按照"、"如同"等，如：

You are required to state the facts as they are.

你需要按照事實（如實）陳述。

（3）表示時間：漢譯為"當……之時"等，如：

I saw him as he was getting off the car.

（當）他下車時，我看見他。

（4）表示原因：漢譯為"由於"、"鑒於"等，如：

As I am off color, I decided not to go.

由於身體不適，我決定不去。

（5）表示結果或目的：漢譯為"好讓"、"以至於"等，如：

He raised his voice so as to be heard.

他提高了嗓門，好讓別人聽到。

（6）表示讓步：漢譯為"雖然"、"儘管"等，如：

Much as I like you, I'll not marry you.

我雖然喜歡妳，可不會娶妳。

（7）表示理由：漢譯為"因為"、"既然"等，如：

As he wasn't here in time, we went without him.

他既然未能及時來到，我們就去了，沒有等他。

　　總之，連詞既在個別句子所含意思不同而有種種譯法，本文即使全數把這些譯法舉出也會有掛一漏萬之虞。幸而現時印行的英漢字典所舉的詞義還算齊備，讀者可以自行查閱。以上例子，只供讀者作舉一反三之用。✿

漢語連詞的詞彙遠多於英語，而用時又頗有規則，這就牽涉到選擇適當用詞的問題。另外，有些連詞在漢語句子中根本毋須譯出。

38 怎樣翻譯連詞的 "and" 和 "or"？

（一）"And" 的各種作用

在 37 "怎樣翻譯連詞？" 專題中曾提過英語連詞中的 "and" 是用得最多的一個，而且含義廣泛，這與它在不同句子中有不同的作用有關。因此在翻譯之時，應該先了解其作用，才能決定怎樣翻譯，並選擇適當的漢語譯詞。

英語的 "and" 有下列的種種作用，為求解釋清楚，先舉句子作例，再以漢語譯出。

（二）"And" 的連接作用

（1）連接兩個名詞或者代詞：

（a）在白話文中用 "和"：

English and French are both official languages in Canada.

英語和法語兩者都是加拿大的官方語言。

（b）在普通話中用 "跟"：

You and I are good friends.

我跟你是好朋友。

（c）在文言文中用 "與"，（尤在書名中）：

War and Peace

《戰爭與和平》

（d）在文言文中用 "及、以及"，（指次要的人和事）：

The king and his ministers were all killed in the war.

國王及其羣臣均戰死沙場。

（e）在白話文或文言文中用 "兼"，（指職位等）：

He is now the president and CEO of the company.

他現時是這公司的總裁兼行政總監。

（2）連接兩個修飾詞，用"而"、"而且"、"而又"：

Chinese people are honest <u>and</u> brave.

中國人民誠實<u>而</u>勇敢。

（3）連接兩個比較式修飾詞，用"又……又……"：

The goods of Canada are cheaper <u>and</u> better than those of other countries.

加拿大貨物比其他國家<u>又</u>便宜<u>又</u>好。

（4）連接兩個從句，列在"thus"之前，用"因而"、"從而"：

He has made a lot of mistakes in his test paper, <u>and</u> thus failed to pass the examination.

他在試卷中錯誤百出，<u>因而</u>在考試中落第。

（5）連接兩個從句，有時間先後關係，用"便"、"就"、"於是"、"然後"、"後來"等：

I taught in a primary school for two years <u>and then</u> entered a university.

我教了小學兩年，<u>然後</u>入大學。

（6）連接兩個從句，有時間相同關係，用"又"、"也"：

On seeing her child, she embraced him <u>and</u> kissed him.

一見她的孩子，她即去抱他，<u>又</u>去吻他。

（7）連接兩個從句，表示結果，用"就"、"那"、"那麼"：

Study hard <u>and</u> you will pass the examination.

努力學習，<u>（那麼）</u>你就會考試及格。

（8）接兩個從句，表示相反情況，有輕微的"but"、"yet"意味，用"但"、"但是"、"然而"、"卻"：

Our happiness is far <u>and</u> danger is near.

我們的幸福遙遠，危險<u>卻</u>臨近。

（三）"And"的強調作用

（9）在每個名詞或代名詞前都有"and"：

The Emperor had power, and money and land and people.

皇帝<u>有</u>權勢、<u>有</u>金錢、<u>有</u>土地、<u>有</u>人民。

（10）在每個動詞前都有 "and"：

The mother beg and beg and beg.

這位母親<u>不斷地／一而再地／再三地</u>哀求。

（11）"And" 放置於整句之前：

And she knows what it is all about.

<u>更且</u>，她知道整件事情是甚麼。

【解說】"and" 在這句的功用，已等於 "moreover"、"besides" 等詞，漢譯可視乎句子的上下文意，譯為 "此外"、"再者"、"並且"、"還有"、"再說"、"這還不止" 等等。）

（12）"And" 與 "both" 連用，成 "both ... and"：

He can speak both French and English.

他<u>既</u>會講法語，<u>又</u>會講英語。

【解說】亦可用 "又……又……"、"也……也……"、"亦……可" 等詞。

（13）"And" 與 "that" 連用，成 "and that"：

He speaks French, and that very well.

他會講法語，<u>並且</u>講得很好。

【解說】其他譯語可根據文意譯成 "何況"、"況且"、"而且" 等。）

（14）"And" 與 "too" 連用，成 "and...too"：

He can speak French and very well too.

他會講法語，<u>而且</u>講得很好。

【解說】功用及譯法均與上例同。

（四）"And" 的表示作用

（15）表示數目上的 "零"，用 "零"、"單" 等：

The war between Japan and Russia broke out in 1905 (nineteen and five).

日俄戰爭爆發於一九零五年。

（16）表示一種同位關係，用"即"、"也是"等：

This is the most important <u>and</u> the last of all his achievements.

這是他所有成就中最重要的，<u>也是</u>最後的一個。

（17）表示其他意思，按其他意思的本義譯出，如：

This position is open to men <u>and</u> women.

這個職位開放給男性<u>或</u>女性申請。

【*解說*】 *這裏*"and"*的原意是*"or"。

（五）"And"的換詞作用

（18）換成動詞：

milk <u>and</u> sugar	牛奶<u>加</u>糖
bread <u>and</u> butter	麵包<u>帶</u>牛油

（19）換成副詞：

I am good <u>and</u> hungry　　　　我<u>非常</u>餓。

【*解說*】 and *與* fine, nice, rare *等連用時，亦有此作用。*

（六）"And"的刪節譯法

在第 37 章"怎樣翻譯連詞？"一題中又指出漢語是個意合法的語言，連詞可用可不用。以上所舉的例子都用上了連詞，數量繁多，叫人目不暇給。不過，也有不少短語或句子是雖有英語連詞，但在漢語中，卻不必譯出，擇其主要者簡介如下：

（1）連接兩個同位獨立句子，"and"只是用來作語次轉變：

He spoke, <u>and</u> everyone was still.

他一説話，人人都靜了下來。

（2）連接多過兩個一系列的同位詞語：

Tom, Dick <u>and</u> Harry have been elected to the Parliament.

湯姆、迪克、哈利（或譯張三李四）都給選進國會。

（3）連接兩個或多個經常搭配的人與事，使成一體：

man and wife	夫婦
knife and fork	刀叉

（4）"And" 用來作動詞不定式（infinitive）的 "to"：

Try and taste yourself.

你自己試嚐嚐。

（5）連結兩個詞語或固定詞組：

（a）字詞相同詞語，如：

by and by	不久
half and half	一半
such and such	如此如此
through and through	徹頭徹尾

（b）意思相同詞語，如：

first and foremost	首先
odds and ends	零碎
ways and means	方式
any and every	個個

（c）意思相反詞語，如：

back and forth	來去
here and there	到處
now and then	不時
off and on	斷斷續續

（d）雙聲疊韻詞語，如：

part and parcel	重要部分
safe and sound	安然無恙

（e）以下短語譯做 "等等"，如：

and so forth; and so on; and the like; and all that, and what not ... 英語連詞 "and" 的譯法亦五花八門，無法涵蓋，此處所舉例子，只在説明一些譯法特點，以供參考。

（七）"Or" 的主要作用和譯法

　　"Or" 在連詞的家族中，雖不及 "And" 的人多勢大，但其重要性和影響力，亦不可忽視。

"Or" 作為連詞， 其作用是用來：	1. 表示選擇，即兩者選其一；
	2. 表示從多個選擇中，選出其中任何一個；
	3. 表示含混或不確定；
	4. 引導同義詞或同義短語；
	5. 與其他詞連用構成慣用語或固定詞組。

　　以下是 "Or" 的主要作用和譯法：

（1）在肯定句中，連接兩個並列詞語，用 "或"、"或者"：
My father or my mother will give me a hand.
我父親或者我母親都會幫我的。

（2）在肯定句中，連接兩個同一意義但稱謂不同的詞語，用 "即"、"也是"：
This is the last chapter or the end of the book.
這篇是最後一章，即 / 也是書的結尾。

（3）在肯定句中，連接兩個同一質量但單位稱謂不同的詞語，用 "合"、"等於"：
It takes you 2 miles or about 4.5 kilometers to go there.
你到那裏去要走兩英里，等於 / 合大約四公里半。

（4）在肯定句中，連接兩個數詞，其一是另一的部分，用 "佔"：
Of the total population in the world, there are about 1.3 billion Chinese or roughly 20%.
在全世界總人口中，中國人有 13 億，約佔百分之二十。

（5）否定句中，連接兩個子句，表達兩者都不是的意思，用 "也不"、"都不"、"又無"：

I will not do it, <u>or</u> even consider it.

我不會做，<u>也</u>不考慮做。

（6）在否定句中，連接兩個子句，含義有負面後果，用 "否則"、"不然"：

Hurry up, <u>or</u> you will miss the train.

趕快呀，<u>不然</u>你會走了火車。

【解說】等同 "*otherwise*"、"*else*"。

（7）問句中，連接兩個詞語或子句，表達其中之一意思，用 "抑或"、"或是"、"還是"：

Are you coming <u>or</u> not?

你來<u>還是</u>不來？

（八）"Or" 的刪節譯法

（1）用 "or" 組成的慣用語，譯法沒有一定，例如：

or so 大約；or rather 說得好些；or the like 等等。

（2）接連兩個或多個連續數目詞，不需要譯出：

I'll finish the job in two <u>or</u> three weeks.

我會在兩三個星期內完成工作。

（3）接連兩個意思相反的修飾詞，不需要譯出：

An error, great <u>or</u> small, is not to be belittled.

錯誤無論大小，都不可以輕視。

（4）很多慣用語或固定詞組，都不需要譯出：

more <u>or</u> less	多少
sooner <u>or</u> later	遲早
rich <u>or</u> poor	貧富

（九）"Or" 的強弱語氣在譯法的分別

　　和 "and" 一樣，"or" 的語氣也有強弱之分，這點可從它的讀音和意義上判別。在翻譯上，語氣的強弱會影響到用詞的選擇。例如：

（1）在肯定句中：

Please come Saturday <u>or</u> Sunday.

請你<u>不是</u>星期六<u>就是</u>星期日來。（語氣強）

請在星期六<u>或</u>星期日來。（語氣弱）

（2）在否定句中：

No one knew you <u>or</u> I did it.

<u>沒有人</u>知道是你，<u>也沒有人</u>知道是我做的。（語氣強）

<u>沒有人</u>知道是你<u>或</u>是我做的。（語氣弱）

（3）在問句中：

Will they be here today <u>or</u> tomorrow?

他們今天到，<u>抑或</u>是明天到這裏呢？（語氣強）

他們今天<u>或</u>明天會到這裏嗎？（語氣弱）

39 怎樣翻譯不定詞？

（一）概說

英語的不定詞（indefinite）用以指不確定或模糊的事物，以代名詞為主，但也包括形容詞和副詞。例如 "any" 一詞，就可作為：

（1）代名詞：I haven't got <u>any</u>.

（2）形容詞：Take <u>any</u> seat please.

（3）副詞：They were too tired to go <u>any</u> further.

英語不定詞常見的有 all, any, both, each, either, every, little, many, much, neither, no, none, one, others, some 等等。

漢語的不定詞（又稱無定詞）在概念上大體和英語相同，用詞則有 "任何"、"某"、"些"、"人"、"甚麼" 等等。

翻譯不定詞，首先要深入了解這詞在句中的意思，語氣

翻譯連詞 "and" 和 "or"，必須先求其主要作用，方能選擇適當漢語譯詞。此兩連詞在相當多情況中，譯出後反成累贅，故應按照漢語語法習慣翻譯。

怎樣，有沒有強調作用。在許多的不定詞之中，"any"用法最廣，而且又可與其他單詞結合成複詞如 anyone, anything, anywhere，所以在英譯漢中，最要注意的就是"any"。

（二）"Any"的用法和譯法

（1）如果"any"用在句子的語氣是肯定的，漢譯可以是"任何"、"甚麼"、"都"等，例如下句：

You may choose any of these questions to answer.

你可以選擇這裏的任何問題作答。或

這裏的任何問題，你可以選擇作答。或

這裏的甚麼問題，你都可以選擇作答。

（2）如果"any"在句子的語氣不但肯定，而且加重，那麼漢譯就可以是"不論是"、"不管是"、"隨便"等。上句英語可譯為：

這裏不論是甚麼問題，你都可以選擇作答。或

這裏不管是甚麼問題，你都可以選擇作答。或

這裏隨便是甚麼問題，你都可以選擇作答。

（3）如果"any"用在句子的語氣是疑問的，就沒有具體的含義，可以不譯，改用其他疑問字詞。例如：

We need some money. Have you got any?

我們需要些錢，你有嗎？

（4）如果"any"與比較級的形容詞並用，即可譯為"比"、"些"等詞。例如：

Are you any better today?

你今天好些嗎？

Is this any stronger than that?

這個會比那個強嗎？

（三）"Some"的用法和譯法

不定詞的"some"是常見的，它的譯法比較可以捉摸，

例如：

（1）在可數的名詞前譯 "幾"：

some cars　　　　　　　　　　幾輛車

（2）在不可數的名詞前譯 "一些"：

some water　　　　　　　　　一些水

（3）在數目之前譯 "大約"：

some three miles　　　　　　大約三英里

（4）在可數事物之前譯 "某一"：

some book　　　　　　　　　某一本書

（四）"One" 的用法和譯法

"One" 也是常用的不定詞，可用作形容詞，也可作代名詞。形容詞中的 "one" 如 one day 可譯 "有一天"，這與 some day "某一天" 相比，雖則兩者的日子都不明言，但前者的意思是知道而不言，而後者則根本不知道，所以不能指出。試比較下兩句：

I visited your mother one day.

我有一天探候你的母親。

I'll pay your mother a visit some day.

我會在某一天探候你的母親。

代名詞中的 "one" 等於單數名詞的 man 和 person，所以可譯為 "人"、"人人"、"每人" 或 "誰"，例如：

One must not steal.

誰 / 人人 / 每個人都一定不可偷盜。

但也可隱藏了主詞，變成命令式，簡譯為 "毋偷盜"。除了以上的三個不定詞外，翻譯其他的不定詞就比較輕易直接點，只要用心參考詞典的用法和譯法，應該不會有太大的困難。🦋

不定詞的語氣怎樣，在句中所起甚麼作用，都是翻譯的考慮重點。

40 怎樣翻譯指示詞？

（一）概説

英語裏的指示詞（demonstratives）有兩數和三詞類，兩數是單和複，三詞類是形容詞、代名詞和副詞，列表如下：

數	單　　數		複　　數	
詞類	近　指	遠　指	近　指	遠　指
形容詞	this 這	that 那	these 這些	those 那些
代名詞	this 這	that 那	these 這些	those 那些
副詞	時　　間		地　　點	
	now 這時	then 那時	here 這兒	there 那兒

註：在英語中，"this" 多指與距離、時間、心理等較接近的事物，而 "that" 就指與距離、時間、心理等較遙遠的事物。

（二）指示形容詞

指示詞用作形容詞時，最重要是顧及漢語的行文習慣，必要時更要將句子的結構作出調整。以下是一些例子：

例子 1

This book is what we want.

這書是我們需要的。或

這是我們需要的書。或

我們需要的是這本書。

【解説】以上三個譯句都可以，但以第三句用人稱代名詞作主語最合漢語表達習慣。

單數的指示詞用在名詞之前通常都要使用漢語的量詞，如 "本"、"個" 等。

例子 2

This is an interesting, educational and extremely popular book.

123

這本是有趣的、富教育性的和很受歡迎的書。或

這本書有趣、富教育性，很受歡迎。

【解說】第一個譯句的主語前面有着太多的描寫詞，不合漢語習慣，當以第二句為簡潔直接，語氣通順。

例子 3

These countries are more powerful than those ones.

這些國家比那些國家更強盛。

【解說】這例子包括了單複數的指示形容詞，翻譯不難，但須留意在指示詞後重複使用名詞，以免混淆。

（三）指示代名詞

漢語的指示代名詞比英語多，範圍較複雜，用法也較廣。漢語的指示代名詞有：

指人或事的，如：這（些）；那（些）

指地點的，如：這兒 / 這裏；那兒 / 那裏

指時間的，如：這會兒；那會兒

指性質、狀態、程度的，如：這麼 / 這樣；那麼 / 那樣

例子 1

We have no time to do it. That's the question.

我們沒有時間去做，那是問題。或

我們沒有時間去做，這是問題。

【解說】下一譯句自然比第一句更合中國人的說法。因此翻譯 "that" 時，萬不能硬性規定非譯為 "那" 不可。英語喜用 "that" 來指前面剛提到的事物，漢語喜用 "這"，這是英漢有關指示詞的一個分別。

在翻譯指示詞時，漢語可以有些詞語上的變化。"這"、"那" 之外，還可以用 "以上"、"以下" 或 "上述"、"下述" 等字詞。

例子 2

He said he had a certificate, but he could not prove this.

他說他有文憑，可又不能證明這個。或

他說他有文憑，可又不能證明。

【解說】下一譯句刪削了 "這個"，比上一例句簡潔而適合中國人的說法。

指示代名詞另外有個 "it"，可以指示有生命和無生命的東西事物甚至指人。

例子 3 —— 指無生命事物
The food tastes so good that we all eat it without stopping.
食物味道鮮美使我們大家都吃個不停。

例子 4 —— 指人
Who did it? It's me.　　　　　　誰做的？是我。

（四）指示副詞

指示詞用作副詞時，大都可以按意即譯，例如：

例子 1
He is now a professor.　　　　　他這時（現時）是教授。

例子 2
He was then a professor.　　　　他那時是教授。

例子 3
He will be a professor then.　　　他到那時會是教授。

遇有慣用語的表達方式時，就要採用意譯方法，例如：

例子 4
The talk the speaker gave was neither here nor there.
那講者的講話不知所云。

例子 5
He comes to see us now and then. 他不時來看我們。

為了行文通順，必須調整句子的結構，適合漢語的表達習慣。如在英語為慣用語，在譯文中最理想的譯法是以意思相等的漢語慣用語譯之。

41 怎樣翻譯疑問詞？

（一）概説

英語疑問詞（interrogatives）包括六個 W 的 how, what, when, where, who 和 why 與及 which。還有短語如 how long, how much ，另有複合疑問詞，及上述的詞（除 why 之外）加上 ever 或 soever 在後所組成。這些疑問詞可用於單數，也可用於複數。所屬詞類以副詞和代名詞為主，亦可作形容詞或感歎詞用。

漢語也有疑問詞，用法和英語的相當，譯詞如下表：

種類 ＼ 詞類	副詞 Adverb	形容詞 Adjective	代名詞 Pronoun	感歎詞 Exclamation	漢譯
問人或事物			who		誰
			whom		哪個
			whose		哪個的
	what	what	what		甚麼
				what	多麼
	which	which			哪
問地方	where		where		哪裏
問時間	when		when		甚麼時間
問理由	why			why	為甚麼 / 哎唷 / 啊呀
問性質 / 狀態 / 方式 / 行動等		how		how	怎樣 / 怎麼 / 怎麼樣 / 多麼

（二）疑問詞在句中的位置

（1）英語疑問詞多置在句子之首，漢語則多用主語起句，試比較：

How do you come here?	你怎樣來這裏？
What do you want?	你要甚麼？
When did he leave?	他甚麼時候離開？
Where have you been?	你曾去過哪裏？
Who are they?	他們是誰？
Why do you have to come?	你們為甚麼要來？

（2）如果英語疑問詞作主語用，在漢譯時亦可以置於句首。
舉例如：

Who say so?	誰說的？
What makes you so sad?	甚麼使你這般悲哀？

（3）如果英語疑問詞是形容詞，用來修飾主語的，那也可以
用來起句。例如：

What commodities sell best?	甚麼商品銷得最好？
Which color suits you most?	哪種顏色最適合你？

英語疑問詞在中文句子的位置，不可一概而定，亦不拘
一格。Who say this? 固然可以亦譯為"誰說這話？"，也可譯
為"這話誰說的？"。但如果英語句中有主語，漢文譯句多以
其主語先行，這已成為習慣。其他當取決於疑問詞屬哪種詞
類，是否用作主語和是否用以修飾主語。

（三）疑問詞用作表達

在一般情況中，疑問詞是期望有答覆的。可是有些疑問
詞在句中的用法，形式上與疑問句相同，實則不求答覆，只
是一種表達的方式。例如對於一個有財有勢的人，你會對他
人說"How dare I offend him?""我怎敢冒犯他呢？"有些商
店招徠顧客，推銷他們的商品，不去他家購買，就會對顧客
說"Why pay more?""何必多付錢呢？"。遇到這些情況，當
然不能一視同仁的用對疑問句相同的方法來譯，不但用詞不
同，語氣亦不同。怎樣知道疑問句的性質，是表達而不是求
答呢？這就得要看上下文的理解而定。

127

（四）疑問詞引導感歎

疑問詞可作感歎詞用的有三種，那是 how, what 和 why，句子結構可以分問句形式或敍述形式。例如：

How can I learn to cook like you?
我怎樣學才能像你烹調得那麼好呢？

How beautiful this girl is! 這小女孩多美麗啊！

What have you done to me? 你對我做過甚麼啊？

What lovely flowers! 多麼可愛的花朵啊！

Why is it always like that? 為甚麼總是這樣？

Why! It hurts! 啊唷！很痛呀！

從以上例子可見用疑問詞引導感歎時，所用的詞語和語氣與構成普通的問句截然不同，需要多費心思來揣摩原文真正的意思，使用適當的詞句去表達。

（五）疑問詞加強語氣

在問句中，加上某些短語在疑問詞之後就可以起強調作用。這些短語包括有 "on earth"、"in the world"、"for goodness' sake" 和 "the hell" 等，舉例如：

一般表達

What are you doing? 你在幹甚麼？

加強表達

What on earth are you doing? 你到底在幹甚麼？

強烈表達

What the hell are you doing? 你他媽的到底在幹甚麼？

在敍述句中，疑問詞加上 ever 或 soever 作連詞用時，就有表示驚奇、敬佩、憤怒或其他的感情色彩。例如：

However rich people are, they always want more.
人們不管多麼有錢，他們總想要得更多。

Whenever you come, you'll be welcome.

你隨便甚麼時候來都歡迎。

You'll find advertisement wherever you go.

無論你走到哪裏都能看到廣告。

漢語翻譯這些複合疑問詞所用的強勢語除了上述那些外，還有"不論"、"任何"、"任由"、"任憑"等等。

42 怎樣翻譯關係詞？

（一）概説

英語中的關係詞（relatives）有 how, what, when, where, which, who, why。關係詞的詞類可分兩種，一是關係代名詞，一是關係副詞，都是用來聯接主句和從句，使之有主從關係。關係代名詞的 who（whom, whose）用於人，which 用於物（包括動物），that 用於人或物均可。主要作用是引導定語從句，例如：

I don't know that man who married your sister.

I don't know that man（whom）your sister married.

我不認識和你姐妹結婚的那個男子。

【解説】 *兩句英語的漢譯均相同，英語第二句的whom 字可省，但who, whom 等的關係詞在漢語中不須譯出。*

關係副詞有 how, when, where, why 等，作用為引導名詞從句，如：

Tell me the time（when）you arrive.

Tell me when you arrive.

告訴我你甚麼時候到達。

【解説】 *上面兩句漢譯時也相同，英語第一句說的 when 用在 the time 之後可省，同樣在 reason, way, place 之後都可分別刪去 why, how, where。*

疑問詞在句中的作用和性質，必須看上下文而定，譯時又須視其不同作用而以適當的中文詞句和譯法表達。

（二）翻譯方法

關係從句有限制性（identifying/restrictive）和非限制性（non-identifying/non-restrictive）之分。限制性從句一般不以任何形式與其他部分分開，講話時沒有停頓，書寫時不用逗號。如：

The old man who was my teacher died yesterday.

非限制從句經常與其他部分分開，講話時有停頓，書寫時用逗號。如：

David, who was my teacher, died yesterday.

【解說】 *以上兩類關係從句的分別不僅在逗號，更在表達方式上。前一句 who was my teacher 對 man起限制作用，後一句對 David 則不起限制作用，只是提供了補充。*

在翻譯上，限制性的從句適宜譯成定語，而非限制性的從句就適宜譯成一個獨立句子。例如：

限制性

The family which lives by the lake is chatting merrily.
那住在湖邊的家人愉快地在聊天。

非限制性

The family, who are sitting by the lake,are chatting merrily.
這家人住在湖邊，他們愉快地在聊天。

不過，有時即使限制性強的從句，也可用獨立句去譯，例如：

定語

She's the only person that understands me.
她是唯一了解我的人。

獨立句

了解我的人，她是唯一的了。

以下這限制性從句，形容子句很長，如照原文次序，便成下句：

Where's the girl who sells the tickets which have been much sought after in recent days and are difficult to come by?

賣近來十分搶手而難於得到票子的女孩子在哪兒？

句中的定語太長，累贅不堪，在這情況下最好分為短句，改成以下句子，讀來便暢順得多：

票子近來十分搶手，難於得到，那賣票子的女孩在哪兒？🎴

43 怎樣翻譯感歎詞？

（一）概説

感歎詞（interjection/exclamation）是一個特殊的詞類，既非實詞，也非虛詞。用時可以獨立成句，如 What! He killed himself! 也可以納入句子，如 What an idiot! 的主要功能是作穿補語，表達情感。

常用的英語感歎詞可分下列幾類：

（1）單詞如 ah, bravo, eh, hello, hush 等

（2）詞組如 oh dear, oh my lord, good gracious 等

（3）帶有 how, what, why 等，如：

How kind you are!	你多麼好呀！
What lovely flowers!	多美麗的花朵啊！
Why, of course!	噢！當然囉！

（4）帶有 if only 等，如：

If only I know what you wanted!

假如我知道你想甚麼就好了！

（5）疑問句形式的感歎句，如：

Hasn't she grown! 她長得這麼大了！

翻譯關係詞要注意的是限制性從句與非限制性從句之分，但譯者也不須因而刻意譯成獨立句或非獨立句，主要還是以文意通順為依歸。

漢語的感歎詞可分兩大類：

（1）呼詞，表示呼應、呼喚或應諾等，如：

　　喂、哦、嗯等

（2）歎詞，表示驚歎、喜悅、悲傷、憤怒等，如：

　　啊、唉、呸、哼、哎喲等

（二）英漢對應感歎詞

　　翻譯感歎詞最重要的是能觸摸到感歎詞在句子中表示的是甚麼感情，例如 oh 可以表示驚訝、恐懼、痛苦等等，然後才考慮使用甚麼漢語用詞來作適當表達，例如驚訝用 "唉呀"、恐懼用 "噢"、痛苦用 "哎喲"、煩惱用 "唉"、高興用 "啊" 等。如果是以 how, what, why 來引導感歎句的，便可用 "多"、"多麼"、"這麼" 和 "啊"、"呀"、"啦"、"哇" 等表達感歎意味。

　　以下是一些英語感歎詞表示的感情和漢語對應詞：

英　語	表示的感情	漢　語
Ah	懇求 / 懊悔 / 蔑視 / 威脅 / 歡樂 / 鬆口氣等	啊
Aha	得意 / 嘲弄 / 驚奇等	啊哈 / 哈哈
Alack	懊惱等	唉
Alas	悲痛 / 遺憾等	哎呀 / 哎喲
Bravo	讚賞 / 鼓勵等	好啊 / 妙啊
Eh	驚奇 / 疑問 / 徵求同意等	呃 / 嗯 / 是嗎
Fie	厭惡 / 震驚等	呸 / 咄
Hello/Hullo	問候 / 驚奇 / 喚起注意等	喂 / 你好
Hem	不屑 / 輕蔑等	哼
Hey	驚訝 / 疑問 / 喜悅 / 喚起注意等	嗨
Hi	問候 / 喚起注意等	嗨 / 喂
Hurrah	歡呼	好哇

英　語	表示的感情	漢　語
Hush	不要作聲	噓
Oh	驚訝 / 恐懼 / 痛苦等	唉呀 / 哦 / 唉 / 哎喲 / 噢 / 啊
Pooh/Pshaw	輕蔑 / 不耐煩 / 不同意等	呸 / 啐
Tut	不耐煩 / 斥責 / 輕蔑等	噢 / 呃

（三）另類感歎詞漢譯

　　英語中也有一些詞是有意義的，例如以上所提到的 what, why 等，也有些詞組如 dear me 等，人們在使用中賦予了感情，當了感歎詞來應用，這樣的例子不少，列表如下：

英　語	表示的感情	漢　語
Boy	欣賞 / 讚美等	哇
Come	問候等	喂
Damn= God Damn	指責 / 詛咒等	該死
Dear= Dear me/Oh Dear	傷心 / 焦急 / 驚奇等	呵 / 哎呀 / 天哪
God= Oh God/My God/ Good God/Good Lord	痛苦 / 悲哀 / 憤怒等	天哪 / 啊呀
Gracious= Good Gracious/Gracious Heaven/Gracious Me/ My Gracious	驚異等	天哪 / 啊呀
My	驚喜等	乖乖
Now	提起注意等	喂
Shame	羞愧等	真羞恥啊
Well	驚奇 / 滿意等	好了 / 嗨 / 哎呀
What	驚訝 / 氣憤等	甚麼
Why	驚奇 / 不耐煩 / 抗議 / 猶豫等	哎呀 / 啊唷

感歎詞表示感情，英漢兩語也各有相等的對應詞，只不過要視甚麼感情才能應用甚麼譯詞去適當表達。

44 怎樣翻譯擬聲詞？

（一）概説

所謂擬聲詞（onomatopeia）即是模擬所有聲音或動物的叫聲而造成的字詞，例如英語的 cuckoo（布穀鳥／杜鵑），漢語的雞、鴨、鵝等。不獨名詞有擬聲，其他詞類如動詞，形容詞、副詞等都有，所以擬聲詞的應用是頗為廣泛的。

擬聲詞大概可分以下幾種：

（A）模擬大自然發聲的，如：

babble	流水潺潺
rumble	雷聲隆隆
rustle	風聲颯颯

（B）模擬人類發聲的，如：

hum	嗡嗡地哼
giggle	咯咯地笑
murmur	喁喁細語

（C）模擬動物發聲的，如：

chirp	蟲兒唧唧
mew	貓兒咪咪
twitter	鳥兒喳喳

（D）模擬其他聲音的，如：

clink	叮叮響
hoot	嗚嗚叫
thump	砰砰聲

英語擬聲詞又可分單詞的和多詞的兩類：

單詞類

hiss	嘶嘶聲
squeak	吱吱聲

| clip-clop | （馬蹄）得得聲 |
| rat-a-tat-tat | （敲門）砰砰聲 |

（二）英漢擬聲詞的分別

基於英漢兩民族的語音不同，習慣有異，觀察角度有別，在摹擬同一動物或事物的聲音時，就難免會不一樣。舉個例子，漢語的狗吠是汪汪，英語的卻是 dogs wowwow。把英漢的擬聲詞相互比較，可以得出以下幾點分別：

（1）摹擬聲音的用詞不同，如：

Splash! He fell into the water.

撲通一聲！他跌進水裏去了。

（2）英語摹擬聲音多用專詞，漢語亦多用專詞表達，如熊哮、狼嗥、虎嘯、獅吼等。但又可籠統地用某些共同的詞語來表達，如英語的 asses bray; birds sing; cows low 各有專詞，漢語卻一律用 "鳴" 來譯為驢鳴、鳥鳴、牛鳴等。其他漢語的 "叫"、"吼"、"嘯" 等都可用作多種動物的叫聲，這可算是兩語擬聲詞不同的地方。

（3）英語的擬聲詞多屬於動物或名詞，漢語多半帶有形容詞的性質。英語的在句子中可作主語、謂語或賓語之用。漢語就可作定語、狀語或謂語。

（三）翻譯方法

怎樣把英語的擬聲詞翻成漢語呢？從以上的例子可見，並不完全依靠音譯，而是按照漢語本身的用詞。舉例說 the tiger roars 譯為 "虎吼"，如果不懂漢語中老虎的叫法，便無從譯出。因此，熟識漢語本身的擬聲詞是最基本的翻譯條件。

一種動物所發的聲音會因應其所感受的情況有所不同，故此英語的擬聲詞用在狗兒身上的未必一定是 bark，還可以是 growl、howl、whine、yelp，漢譯是當然不能全以狗吠譯之，而必須按照英語原義譯為嚎叫、哮叫、嗚嗚叫、猖猖叫等。

作獨立成分用的英語擬聲詞當然可以譯成作獨立成分的漢語擬聲詞，如：

Crash! The tall tree fell down.

轟隆！大樹倒下了。

英語句子 The door banged shut. 中的 bang 擬聲詞，要把這句翻成漢語，可以用以下幾種方法：

（1）用擬聲詞：砰！門關上了。

（2）作為副詞：門砰地關上了。

（3）作形容詞：門砰然一聲關上了？

（4）模擬聲詞：大聲一響，門就關上了。

英語句子 Some of the tanks were creaking along the streets in Berlin 之中，creaking 是個擬聲詞，但在漢語中可以譯成非擬聲詞如下：

有些坦克在柏林街道上輾過。

實在，在一些詞組中，英語的擬聲詞不必一定要譯成漢語的擬聲詞的，例如：

the bumping of the van	卡車的車聲
the clangour of the gong	鑼聲
the jangling of the bicycle	自行車的鈴聲
the tick-tack of the clock	鐘的響聲

（四）小結

擬聲詞的翻譯有兩個目的：一是要保持原文語言的特點，二是要增強譯文的表達效果。擬聲詞多用於文學作品，不僅能繪形繪聲，而且能加深意境。但應用多則失去效用，過少則淡然無味，故以適當為宜。

總之，英漢各有擬聲詞，亦各有自己的習慣用法，互譯時不但要熟識譯入語的用詞，還要根據上下文，給予適當的譯法。

45 怎樣翻譯強調句？

所謂"強調"，就是使句子的某一部分比一般情況下顯得更加重要。在英語寫作中，強調的方式有下列幾種：

（1）用大寫、斜體或黑體字母或下加橫線來表示：

He comes FIRST/*first*/**first**/first.

【解說】翻譯時可用黑體字或加橫線的方法，斜體漢字不常用，但亦可用另一漢字字體，如：
他首先/首先/**首先**/首先來到。

（2）用助動詞 do（does, did）在肯定句中來表示：

He does come first.

【解說】翻譯時可用某些漢語詞語如"一定"、"務必"、"必須"、"確實"、"真的"等，如：
他確實是先來。

（3）用加上程度副詞來表示：

He really comes first.

【解說】程度副詞有很多，英語中常見的這類副詞有：*absolutely, extremely, perfectly, simply, entirely, greatly, indeed, truly, utterly* 等，翻譯時按其義便可，如：
他的確是先來。

（4）用特殊語法結構來表示：

1. 倒裝語序：

Not a word did the accused utter.

【解說】翻譯時一般會採用順譯法，有時利用語氣詞的"就"、"也"等來表示強調，很多時候需要根據具體情況處理，如：
被告一句話也沒說。

2. 帶有 it 和 what 的句型：

It was me who told the true story.

What I need is love.

【解說】翻譯時一般順原文次序而譯，可用"正是"、"就是"等詞來加強表達，如：

正是我訴說的實情。
我所需要的就是愛。

3. 重複詞語：

You have been a blind, blind fool.

【解說】翻譯時需要多費心思，斟酌用詞，以求取得更佳的強調效果，
有時不宜直譯，如：
你一直是個十足十的傻瓜。

4. 使用尾句：

He loves his wife, he does.

Getting in my way, you are.

【解說】翻譯時可用"真的"、"的確是"、"就是"或別的加強語氣
詞句，如：
他愛妻子，真的。
礙手礙腳的，就是你。

在翻譯強調句子時，首先要注意句子的強調成分有沒有
改變句子的意思。下列的句子因有不同強調成分就有不同的
意思或有不同的感情色彩。翻譯時需要作不同的處理：

（1）John phoned me yesterday.

（＝ It was John who phoned, not somebody else.）

是約翰昨天打電話給我。

（2）John phoned me yesterday.

（＝ John didn't write, he phoned.）

約翰昨天是打電話給我的。

（3）John phoned me yesterday.

（＝ John phoned me, not somebody else.）

約翰昨天打電話是給我的。

（4）John phoned me yesterday.

（＝ Yesterday, not other days.）

約翰是昨天打電話給我的。

【解說】以上例子都用"是"放在強調部分之前來加強語氣。

除加適當的中文字詞來表達強調意味外，最重要的是能保持意思不
變。其次是不要強調過分，以免影響句中意思或所含的感情。

第三部分：翻譯技巧

46 怎樣應用節譯法？

（一）概說

為甚麼要刪節？刪節的作用就是要在文句中去掉不必要的字詞，使得文句讀來簡潔明快。所刪節的是煩冗字詞、重複意思，並非刪節原文的思想內容。

英漢兩語文有很多不同的地方，主要是英語重形合，其語法是形式語法，字形多變，規則繁雜，需要較多字詞來保持語法。漢語則重意合，詞性或意思由詞序決定，以意而役文，能表達文意便可，無需多用字詞。

漢英語言既有以上的基本區別，所以在英譯中時，譯其意便可，有可省略的字詞即省略。若按英語語法一字不漏照譯，中文譯本必多煩詞廢字，累贅不堪。

應用節譯法（omission）有兩種途徑，一是從語法上着手，二是從修辭上着手。

（二）語法上的刪節

首先要指出英語和漢語在語法上主要的基本差異：

1. 英語多用代名詞，漢語少用代名詞
2. 英語多用連接詞，漢語少用連接詞
3. 英語多用介詞，漢語少用介詞
4. 英語有冠詞，漢語無冠詞

現就以上分別討論。

（A）刪代名詞

　　代名詞有多種，可刪節的主要是人稱、非人稱和物主代名詞。

（1）人稱代名詞 ——

　　1. 作主語或同一主語用，如：

　　Everywhere you can see advertisements on the street.

　　隨處（你）都可在街上看到廣告。

　　I climbed regularly when I was in Tibet.

　　我在西藏時（我）經常爬山。

　　2. 作賓語用，如：

　　I have bought a cake and ate it.

　　我買了塊餅，吃了（它）。

（2）非人稱代名詞 ——

　　It'll be best to go home.

　　最好回家去。

（3）物主代名詞 ——

　　After I brush my teeth, washed my face and put on my clothes, I went out.

　　我刷（我的）牙、洗（我的）臉、穿（我的）衣後外出。

（B）刪連接詞

　　連接詞包括併列連接詞的 and 和 or 等與從屬連接詞的 when, if。

（1）併列連接詞 ——

　　I have brothers and sisters.

　　我有兄弟（和）姐妹。

　　I'll go to the States for two or three days.

　　我會去美國兩（或）、三天。

（2）從屬連接詞 ——

　　1. 表示原因，如：

　　Because he is very lazy, he failed in the examination.

（因為）他很懶散，就考試不及格了。

2. 表示條件，如：

If winter comes, can spring be far behind?

（如果）冬天來了，春天還會遠嗎？

3. 表示時間，如：

I'll go when I'm ready.

（當）我準備好（時）了就走。

（C）刪介詞

漢語以介詞的"在"或"於"來表達時間和地點，但如放在句首的就往往可以省略，用在句中或句尾的就不能省，如：

一九〇五年，日俄戰爭在滿洲爆發。或

滿洲在一九〇五年爆發了日俄戰爭。或

日俄戰爭於一九〇五年在滿洲爆發。

英語以介詞構成的習用語極多，一般都是譯不得的，如 in place of（代替），with regard to（關於）等。

（D）刪冠詞

冠詞是英有漢無，所以在英譯中時往往可省。在一般情況雖可刪節，但如冠詞別有特殊含義，便不能省略，此處略舉兩例：

I don't want to be a doctor.

我不想當醫生。

【解說】*泛指性質的不定冠詞可省。*

The boy playing the piano is my younger brother.

彈着鋼琴的（那個）男孩是我的弟弟。

【解說】*這句的boy後面有定語，The字可省，又可不省。piano前面的the就一定要省，因固定冠詞和單數可數名詞連用，表示泛指。*

（三）修辭上的刪節

在修辭上運用刪節手段，避免了原文中有文字重疊，意思重複的情況，使得譯文的意思突出明確，文字更加流暢。

（1）刪節重複的意思或字詞，如：

Your answers will be kept confidential and the answers on the questionnaire for your children will also be kept confidential.

你的答覆和你子女在問卷上的答覆也都會保密。

Patients whose health conditions are worst would receive medical treatment first over those who are not.

健康狀況最壞的病人會獲優先治療。

（2）刪節可有可無的意思或字詞，如：

If you have any questions about this project, please contact the University.

（如果）（你）對（這）計劃有何問題，請與大學聯絡。

If you have a problem which you are unable to resolve, please call us.

（如）（你）有（你）不可解決的問題，請電告（我們）。

（3）刪節不言而喻的意思或字詞，如：

We hope that we will count on your support for this important survey.

（我們）希望（我們靠着你們）支持這項重要調查。

The director answered and confirmed that the letter had been received and referred to the appropriate department.

局長（回答）（並）證實該信已（收到）轉交有關部門。

　　許多公私機構發出的公文，如用英語寫成，往往代名詞連篇，舉例如下：

When you apply for a passport, you should apply in person at a passport office. Your application must be accompanied by documents that support your claim to be a citizen. The office can tell you what you need — each case is different.

這一小段就有第四個人稱代名詞的 you 和兩個所有格代名詞 your，英語用上這麼多的代名詞，一方面要符合語法，另方面是表達的方式。譯做中文時如照單全收，不但阻礙文氣的流暢，還不合中文的寫作慣例。

用中文寫成的公文，具有相同的內容，應可刪去所有的代名詞，以求簡潔和符合漢語公文的寫作風格。上段可中譯如下：

"申請護照須親往護照辦事處，連同足以證明為公民之證件與申請書一起遞交。辦事處會因應個別不同情況列明所需證件。"

（四）小結

（1）文章貴簡潔精煉，譯文亦然。可惜譯文往往要顧及原文之詞或義，而使煩詞冗句，充塞其中，拖泥帶水，了無生氣。要數譯文的弊端，文氣累贅是最普遍的，也是最明顯的。

（2）補救的方法，就是要掃除原文內字詞和意思的架牀疊屋，但在掃除的過程中，要注意以下的一些原則：

1. 刪節時應要謹慎處理，避免不負責任的隨意刪減。
2. 刪節以不損原文意義和內容的完整為主。
3. 刪節部分，應屬重複性質，或可有可無者，目的在使主體意思更加明確，文氣更加流暢。
4. 刪節時應根據有關的語言習慣改寫，尋求適當的表達方式。

47 怎樣應用增詞法？

（一）概說

英譯中的增詞（amplification）問題是由於英漢兩種語言的句法結構不同，表達方式不同，可減亦可增，可正亦可反。

無論是語法上的刪節或修辭上的刪節，其程度均不可過分。刪節得當可使文章簡潔，流動明快，又可保持原文內容意思完整。

我國早期翻譯家嚴復對此有深切的體會，他在《天演論・譯例言》指出："至原文詞理本深，難於共喻，則當前後引襯，以顯其意。凡此經營，皆以為達，為達即所以為信也。"所謂"引襯"，即增補襯托。所謂"顯意"，即彰顯意思。兩者的目的就是要補充原文的含意，使譯文表達明確。

要達到上述目的，有以下三種途徑可循：

1. 句法方面：主要是使語法正確，句子完整，符合寫作習慣，因此要在適當的地方作補充。

2. 意思方面：主要在把原文深奧隱晦之處解釋清楚，使譯文容易了解。

3. 修辭方面：主要在使譯文讀來流暢，行文地道。接近所譯語文的表達方式。

（二）句法方面的增詞

在句法結構上，英文是以形合的，即是形式上需用一些與意義無關的字詞以保持其語法的正確和句子的完整。中文是以意合的，能表達意思即可，與意義無關的字詞可以不用便少用。這種主要分別使得在英譯中時多採取刪削英語原文中多餘的字詞，在中譯英時便須因應英語語法的需要而補回。

中譯英不在本文範圍，英譯中所要增補的，大致都是漢語語法所有，而英語語法所無的詞類。

（1）增加語氣詞

漢語的語氣詞相當多，分為助態、助意、助音三大類。常見的語氣詞如"嗎""的""了""吧""呢""啦""啊""呀"等都用在中文句子上。不同的語氣就產生不同的作用和效果，翻譯時要細心體味原文，加上漢語特有的語氣詞。舉例如：

O.K. let's go home.　　　　　　好啊，我們回家吧。

（2）增加量詞

漢語在數量詞和可數名詞之間往往有量詞，如"一本書"，"本"便是量詞，英語是沒有這種結構的。翻譯時則須根據漢語對事物的表達習慣來使用適當的量詞。舉例如：

There are two books, three pens and four boxes on the table.

桌子上有兩<u>本</u>書，三<u>枝</u>筆和四<u>隻</u>盒子。

（三）意義方面的增詞

英語句中某些詞語帶有含蓄意思，譯成漢語時就必須把這些語句由暗示改為明示，或者為了溝通不同的文化，所以就必須增添詞語。其目的是使譯文更能深入地、清楚地表達原文的內涵意思，或是符合譯文的表達習慣，讓讀者容易了解。

（1）原文經省略或簡化者，加補充意義字詞：

I owe you money and you his.

我欠你的錢而你<u>欠</u>他的錢。

【解說】由英文的暗示意義轉為中文的明示意義。

（2）原文含義多方者，加說明字詞：

I bought a new Ford and parked it near the Four Seasons.

我買了架新的福特<u>房車</u>，泊近四季<u>旅館</u>。

【解說】以上的專有名詞都可以應用於人、地、物或其他方面，非加以說明不可。

（3）原文含義模糊者，加解釋字詞：

He is a man of integrity, but unfortunately he has a certain reputation.

他是個誠實正直的人，可惜有某種壞名聲。

【解說】某種名聲是甚麼，只好加以解釋指出。

（四）修辭方面的增詞

譯文光求語法準確，意義明晰是不夠的，提高譯文的寫作質素，使之自然生動，通順流暢，應是增加字詞最大目的之一。

（1）加概括字詞以強化表達：

You and I have nothing to do with the matter.

你我<u>兩人</u>都與此事無關。

（2）加連接詞以承上啟下：

They met, fell in love and lived together.

他們<u>始而</u>相逢，<u>繼而</u>相愛，<u>終而</u>同居。

（3）加補充字詞以潤飾語氣，使能符合漢語表達習慣：

That's the reply we want：firmness and clarity.

這就是我們所需的答覆，那就是<u>立場</u>堅定，<u>表態</u>清晰。

【解說】如果上例只直譯為"堅定"、"清晰"而不加適合的詞語，整個句子便失去了光采。增詞之後，不但讀來流暢，意義也明確多了。

這項增詞的原則，用途甚廣，非但可以如上例之增加名詞，還可加添動詞、副詞、形容詞與及表達時間之詞。舉例如下：

（1）增補名詞： Nobody understands my family troubles.

無人了解我家庭的困難<u>情況</u>。

（2）增補動詞： He had left a note of welcome for me.

他留下一紙便條，<u>對我</u>表示歡迎。

（3）增補副詞： The system works.

這制度行<u>之有效</u>。

（4）增補形容詞： The houses collapsed amidst flame and smoke.

房子在<u>烈</u>焰<u>濃</u>煙中倒塌下去。

（5）增補表達 I knew it quite well as I knew it now.
時間之詞： 我<u>當時</u>就知道得和現在一樣清楚。

（6）增補重疊詞 Travelers left the country in a hurry.
表示複數： 遊客<u>紛紛</u>倉促地離開這國家。

（五）小結

（1）補詞的目的是補充譯文中必需的字詞，使譯文的語法正確、意思明白、行文暢順。

（2）補詞的結果是必須仍能保持原文意義，不可隨便增加。究竟這是譯文，譯者是不宜妄用己意改動，以至違反原意。

（3）譯文即須增補，也只是輕描淡寫，不露痕跡。

（4）補詞是有所根據的，並非無中生有，或者節外生枝。

（5）總之補詞的原則是加詞不加意，這是譯者在運用補詞技巧之時要切記的。✿

48 怎樣應用重複法？

（一）概説

漢英兩種語文都有在句子重複（repetition）某些字詞，這是屬於修辭技巧，叫做疊詞法（justaposition）。其法大概有兩種形式：一是連續重複，例子有：中文的詞語如"跑跑跳跳"，英文的詞語如"yummy yummy"等。中文的句子如"前進！前進！前進進！"，英文的句子如"Don't worry worry till worry worries you"等。另一是相隔重複，例子有：中文的詞語如"試一試"，英文的詞語如"side by side"等。

中文的句子如"畫虎畫皮難畫骨，知人知面不知心"，英文的句子如"Out of sight, out of mind"等。漢語也有用同義詞來構成重複的，如"胡思亂想"、"一點一滴"等等。例如下面的譯句，因用兩詞同義，也算是運用重複法：

She is skillful both in music and in drawing.

她既<u>精於</u>音樂，又<u>善於</u>繪畫。

漢語文學中還有一特殊結構是英語所無，那是對聯。對聯除用排比外，還用重複方法。連續的例子如"是是非非地，明明白白天"。相隔的例子如："今朝有酒今朝醉，明日愁來明日當"。

增詞能達到加強了解、文義通順的目的便已足夠，過多着墨，反而不美，而妄憑己意增補，更大失翻譯原意。加詞不加意是應用增詞法的基本原則。

重複法雖然也是一種增詞法，但也有不同，因為增詞法所增的字詞是限定重複在上文所用過的。

作為一種修辭技巧，重複也不同排比（parallelism），因為排比所要求的是句子的結構相同或相似，不求字詞重複。

重複法的目的是使得譯文中的文義更清晰，語勢更加強，文字更生動。

（二）使意義明確的重複

英語句子不時有省略部分，若予照譯，不加補充，意思可能會不清楚。在這情況中，便可重複上句的關鍵字詞，避免誤解。

（1）重複名詞：

Necessity is the mother of invention as well as discovery.
需要是發明之母，也是發現之母。

（2）重複動詞：

The letter I represents I, O owe, and U you.
字母 I 代表 "我"，O 代表 "欠"，U 代表 "你"。

（3）重複代名詞：

Our parents feed, educate and protect us.
父母養育我們、教育我們、保護我們。

（三）使語氣加強的重複

漢英兩種語文句子上往往都有採用修辭的重複技巧，目的不但使意思能清楚表達，而且有加強語氣的作用。在翻譯時，可能保持原文的重複字句。以下是一些常見的例句：

在詞組方面：

arm in arm	hand in hand	face to face
臂把臂	手牽手	面對面
for ever and ever		generation and generation
永永遠遠		世世代代

在句子方面：

Work while you work, play while you play.

工作時工作，遊戲時遊戲。

Tell me to do so and so on such and such occasions, and I will do so accordingly.

告訴我在如此如此場合，這般這般的做法，我照做就是了。

重複詞句在諺語中頗為常用，對加強語氣很有幫助，好像在英諺中的"A friend in need is a friend indeed"和"to call a spade a spade"等等。中諺的似乎更多，如"書中自有黃金屋，書中自有顏如玉"、"種瓜得瓜，種豆得豆"等等，都是重複兼排比兼而有之的例子。

（四）使文字生動的重複

利用修辭中的疊詞法，把詞語重複運用，足以使文句活潑生動，描述深刻。英譯中時，可盡量利用漢語中特有的詞組結構，在譯文中適當地運用，自能收到既強調又生動的效果。

（1）應用疊字、疊詞

1. 重複動詞：

We had a very good time last Christmas, talking and drinking, singing and dancing.

我們在去年聖誕節過得十分愉快，談談天、飲飲酒、唱唱歌、跳跳舞。

2. 重複名詞：

Day and night, the students studied hard.

學生日日夜夜努力學習。

3. 重複形容詞：

He has been completely honest and clear in his replies.

他的回答完全是誠誠實實、清清楚楚。

（2）應用對偶詞組

漢語四字詞組中前後兩對字意思相似，如"粗心大意"、"奇形怪狀"等都算是一種重複，可以利用來使得譯文達意生動。

All are welcome to participate in this colorful event.

歡迎大家來參加這項<u>多彩多姿</u>的比賽項目。

This is a day of happiness for the many and a period of sadness for the few.

這是多數人興高采烈<u>之日</u>，也是少數人傷心失意<u>之時</u>。

重複的修辭方法在文學作品中，應用很多，其中最著名的當推英語大作家 Charles Dickens 的 *A Tale of Two Cities*：

It was the best of times, it was the worst of times;

It was the age of wisdom, it was the age of foolishness;

It was the epoch of belief, it was the epoch of incredulity;

It was the season of Light, it was the season of Darkness;

It was the spring of hope, it was the winter of despair;

We have everything before us, we have nothing before us;

We were all going direct to heaven, we were all going direct the other way –

這套名著有好幾個中譯本，其中一個是：

這是最美好的時代，這是最惡劣的時代

這是智慧的歲月，這是愚昧的歲月

這是信仰的紀元，這是懷疑的紀元

這是光明的季節，這是黑暗的季節

這是充滿希望的春天，這是充滿絕望的冬天

我們眼前應有盡有，我們眼前一無所有

我們全部直上天堂，我們全部直下地獄……

（查理士・狄更斯《雙城記》）

（五）小結

（1）重複法是為了明確、強調或生動而重複一些關鍵性的字詞。

（2）重複運用得當，可以使文章的文義清楚、重點突出、層次分明、節奏豐富、描述生動。

（3）漢英兩語文都有運用這技巧，很多時候都可以照譯，例如在加強語氣方面，如果原文有疊詞，譯文不妨照用。

（4）但在為求文義清晰或文字生動的情況下，就不一定要照譯了，應該斟酌上文下義補加疊詞或是意義相同詞組，請參考上文第二節和第四節。

49 怎樣應用詞類轉譯法？

（一）概說

在翻譯過程中，有些句子可以逐句對譯，有些則不可以。不可以的原因是由於（1）兩種語言的表達方式不同和（2）要適合一種語言的語法，在中文要避免歐化，在英文則要避免太中化。

原文中有些詞類是在譯文中要轉換的，這樣才能使譯文通順自然。例如把"Exchange of ideas is a vital necessity"這句子譯為"思想交流是不可少的必需品"是不通的，中文不能作如此表達，後面的名詞 necessity 勢須轉為別的詞類。試看下面的句子把名詞轉為形容詞後是否通順得多："思想交流是必需的。"可見詞類轉譯法（conversion）通常是一種句法手段，用以克服句子的行文障礙。

（二）各種詞類轉譯法

歸納起來，以下各種詞類之間的轉換是最常見的：

（1）英語名詞轉為漢語動詞

這種轉換法應用得最多，英語句子的動詞往往很少，但漢語卻喜用動詞，而且經常連用。相反而言，則英語句子中多用名詞，漢語如照譯為名詞，文氣便很呆滯，試看下例：

The continued growth of the daily is a reflection of the growth and vigor of the Chinese community which has made many contribution to the quality of our multicultural society.

在這短短的英文全句中一共用了六個抽象名詞和三個普通名詞，這是英語寫作的特色。如照用名詞來翻做中文，便成下句：

"日報的繼續成長是華人社區的發展和活力的反映，對我們多元文化社會的質素作出很多貢獻。"

試比較多用中文動詞翻成後的句子又如何：

"日報繼續成長反映華人社區的發展和活力，對我們多元文化社會的質素貢獻良多。"

以上把"成長"、"反映"和"貢獻"轉成了動詞，不但使句子短些，唸起來也活潑些。

英語裏凡有名詞是由動詞衍生的，如 growth 從 grow 而來，或動詞具有動作意義的，如 sound 等，都容易轉譯成漢語動詞。

（2）英語動詞轉為漢語名詞

這種轉換法比第一種雖然少見些，卻也不是沒有，例句如：

To the subjects in the Empire, the emperor personified the absolute power.
在帝國子民的眼中，皇帝是絕對權威的化身。

英語被動式句子的動詞，更常常可譯為名詞，如：
The war prisoners were treated fairly.
戰犯受到公平的對待。

（3）英語形容詞轉為漢語名詞

英語形容詞中如有冠詞指定某一類人，便可轉為漢語名詞，如：

> It is the policy of our party to take care of the old, the infirm, the ill and the young.
>
> 本黨的政綱是要照顧老、弱、病和年幼的人。

在某些情況下，把形容詞變為名詞使得句子讀來暢順有力，如：

> As a politician, he was good-looking, eloquent and elegant, but hypocritic.
>
> 作為政治家，他有好的外表，有口才和風度，但卻是個偽君子。

（4）英語形容詞轉為漢語副詞

> Taking a one-sided approach to problems is one of his drawbacks.
>
> 片面看問題是他的缺點之一。

（5）英語介詞轉為漢語動詞

> The students studied long hours in old rooms and by dim light.
>
> 學生住在殘舊的房間裏，靠着微弱的燈光，長時間地讀書。

（三）小結

（1）翻譯應從整體着手，不必太拘泥於所譯的詞類是否與原文的相同。

（2）如果以詞對詞來硬譯，大多流於死板機械，使譯文的文氣窒礙。

（3）記着譯文最重要是能通順流暢，又不失原文意思。原文中的詞類為何，讀者根本不會理會。

50 怎樣應用倒裝轉譯法？

（一）概説

　　中外語文句法結構不同，一句之內，其詞的位置在甲語文為正，在乙語文則為倒。如在翻譯時應用，則稱為倒裝轉譯法（inversion）。很久以來，中國譯者已認識到此點。東晉名僧道安就指出譯胡（外文）為秦（中文），有五失本，即失去原文的本來面目。其一是"胡語盡倒而從秦"。廿世紀初嚴復譯《天演論》，在例言中亦提到"語句之間，時有顛倒附益，不斤斤於字句比次……"。

總的來説，漢語句法中的詞序大致由下列情況決定：	1. 先發生的動作在前，後發生的在後。 2. 大範圍事物在前，小範圍事物在後。 3. 主體施事在前，客體受事在後。（主是指說話者或動作者，客是指描述的事物） 4. 先因後果。（即先説原因，後説結果） 5. 先舉後釋。（即先舉出事物，後提供解釋或意見）

　　英語語序和漢語的相比，沒有這般固定，而會有多些靈活變化。

英語中用顛倒的詞序多於漢語，作用大概有三：	1. 加強語勢（force） 2. 音韻抑揚（rhythm） 3. 承上啟下（transition）

　　根據英國語言學家 H. Fowler 研究，歸納出倒裝句法的原因有九個，那是：interrogation, order, exclamation, supposition, balance, coherence, signpost, negation 和 metrical。

　　這些原因概括而言，就只有兩個。一是由於語法結構的需要，二是修辭手法的安排。

　　如在英譯中時多留意中文寫作的習慣用法，在適當時採用倒裝方式，就會減少歐化中文之弊。

（二）基本倒裝結構

前節提到構成漢語句法詞序的五種基本情況，在英譯中時可以參考應用，以下舉例說明：

（1）先發生的動作在前，後發生的在後：

The workers happily left the factory after they got paid.

工人們拿到工資後，就高興地離開工廠了。

【解說】*這項規律，英語句子的詞序有時和漢語的相同，但有時就相反，例如上句就把後發的事情放在句子的前面。*

（2）大範圍事物在前，小範圍事物在後：

Professor Lee of the Department of Translation of the London University, England will give a lecture at the City Hall, Central District, Hong Kong on December 1, 2008.

英國倫敦大學翻譯系李教授會在 2008 年 12 月 1 日於香港中區大會堂舉行演講。

【解說】*這項規律是漢語常用的：從大到小，從遠到近。 從寬到窄等。只要參考時間、地點、機構、街頭的次序，就可知和英語的剛好相反。*

（3）主體施事在前，客體受事在後：

The survey revealed that Vancouver was the best city to live in the world.

調查透露溫哥華是世界上最好居住的城市。

【解說】*這項規律漢語和英語都幾乎相同，但一般來說，英語詞序會有多些變化。*

（4）先因後果（即先說原因，後說結果）：

My mother did not go out because it rained.

因為下雨，我母親沒出門。

【解說】*漢語的句子安排通常都是先因後果的，但先果後因也可以容許，尤其在想加強語氣或突出主句時便可用。*

（5）先舉後釋（即先舉出事物，後提供解釋或意見）：

It is right that students should respect their teachers.

學生尊敬老師，（這）才是對的。

【解說】中國人的思維過程是先說出一件事，才加以解釋或評論，英國
　　　　人有時並不這樣。這些可從英語句子結構中主句和從句的次序
　　　　表現出來。英譯中時這點須注意，第四節再有詳細討論。

（三）修飾語的倒裝譯法

修飾語有三類，那是形容詞、副詞和所有詞。前兩類才
有倒裝譯法，主要有如下述。

（A）形容詞 ——

1. 形容詞如作為定語（attribute），通常都會放在要修飾的
名詞之前，如 beautiful flowers "美麗的花朵"。這在中
英文都相同，翻譯時詞序不變。

2. 形容詞如具有表語（predicative）力量，如 flowers
chosen "選擇的花朵"，翻譯時要倒裝。

3. 形容詞位置在某些慣用語的名詞之後，舉例如 court
martial "軍事法庭"，翻譯時也要倒裝。

（B）副詞 ——

1. 副詞如作修飾形容詞用，如 extremely beautiful "極為美
麗"，可順序翻譯。

2. 副詞如修飾動詞，如 drive carefully "小心駕駛" 則要
倒譯。英語的副詞位置靈活多變，比形容詞更為複
雜，偶一不慎，便會誤解其意。一般來說，在英語句
子中，副詞的位置多在動詞之後，但漢語句子則多放
在動詞前。

3. 副詞修飾動詞如超過一個，如 He drove carefully on the
highway at midnight "他午夜在公路上小心駕駛"。從翻
譯中可以看出英漢兩語在句中詞序的不同，大概的規
則是，在英語中副詞的順序是先狀態，後地點，最後
時間。漢語則先時間，以後才是地點和狀態。

形容詞和副詞的翻譯方法，在 34 "怎樣翻譯形容詞？"

和 33 "怎樣翻譯副詞？" 兩題中有詳細的討論。

（四）子句的倒裝譯法

英語複句（complex sentence）中的子句（clause）計有三種，那是名詞子句（noun clause），形容詞子句（adjective clause）和副詞子句（adverb clause），在翻譯時會常常遇到或者需要作倒裝譯法處理的。

（A）名詞子句 ──

名詞子句如只敘述事實，大多不須倒裝，如：

He regretted that he could not attend the meeting.

他抱歉不能出席會議。

但也可作倒裝譯，如：

He is proud that he has never committed a mistake in life.

他以有生以來從未犯錯而自豪。

名詞子句必須倒譯的是在表達判斷或者結論的事實，而因主語過長，就先用主語 "it" 開句，以 "that" 引起從句，真正的主語放在後面，如：

It is important that you should make an appointment in advance.

你應先作預約，這樣做很重要。

It worried me a lot that she didn't come.

她沒有來，使我很擔心。

（B）形容詞子句 ──

英漢兩語對形容詞子句最大的分別是，英語多放在名詞之後，中文翻譯時則多放在名詞之前，如：

This is one of the books on history that I have ever read.

這是我曾讀過的歷史書籍中的一部。

在有些情況下卻是不須作倒譯的，如：

On the way I came across a native, who told me which way I should go.

在途中我遇到一位本地人，他告訴我該走哪條路。

（C）副詞子句 ──

副詞子句在英語中應用很廣泛，種類也最多，幾乎每一類都可作順譯：

1. 表示時間 time 的：

I had hardly left home when it began to rain.

我剛離家就下起雨來。

2. 表示條件 condition 的：

If it were not for me, you would have failed.

若沒有我，你本該失敗了。

3. 表示讓步 concession 的：

Although he was old and weak, he had experience.

雖則他又老又弱，卻有經驗。

4. 表示原因 cause 或理由 reason 的：

The children were cold and hungry, because they had nothing to eat.

孩子們又冷又餓，只因沒有東西吃。

5. 表示結果 result 的：

He studied so hard that he fell ill.

他苦讀得生病了。

6. 表示目的 purpose 的：

I work very hard in order that I can make more money.

我非常努力地工作，為了賺多些錢。

在英譯中時，副詞子句如表示條件、讓步或原因與理由等的，就可作倒譯，如：

1. 表示條件 condition 的：

You need not fear so long as you have done it right.

只要你做得對，就不需要害怕。

2. 表示讓步 concession 的：

He is not happy, though he is rich.

他雖有錢，卻不快樂。

3. 表示原因 cause 或理由 reason 的：

You should not despise a person because he is ugly.

你不該為了他生得醜就看不起人。

（四）簡單句的倒裝譯法

第三節所見的是英語複句的各種倒裝譯法，實則語法上的倒裝，在簡單句中也用得極多，例如以下的英句：

The only social revolution took place in Asia.

如果順着原文句子字詞的次序去譯，便會如下：

唯一的社會革命發生在亞洲。

這樣的句子顯然不是中文通行的語法結構，只有用倒裝技巧，才可寫出暢順的中文：

在亞洲發生的唯一社會革命。

再看以下一段英文：

Richard Chan, 48, Professor of English in the University since 1971, died Tuesday evening after a bout with cancer.

如果中文的譯文是

陳理察，四十八歲，自一九七一年起就在本大學擔任英文教授，星期二傍晚經患癌一段期間後逝世。

以上的寫法一看便是譯文，如果要表達出道地的中文，就非得把英語原文的敍事次序來個乾坤大挪移不可：

陳理察自一九七一年起就在本大學擔任英文教授，經患癌一段期間後，不幸於星期二傍晚，與世長辭，享年四十八歲。

為了符合中國人對此類文字的寫作方式，補充一些潤飾和解釋的字詞，也是無可厚非的。

（五）小結

（1）大概而論，倒裝有兩個目的，一是語法上的倒裝，一是修辭上的倒裝。在翻譯方面，所注重的當然是第一個目的。

（2）譯文是求通順自然的，也即是說，要盡力適合中國人的思維方式和採取中文的習慣用法。

（3）要決定文句應否倒裝，還應按照以上第一節和第二節提及的詞序情況和基本倒裝結構而定。

51 怎樣處理長句拆譯法？

（一）翻譯的步驟

英句多長，漢句宜短，這是英漢翻譯的普通常識。如何善於處理把英語長句拆譯（division），是英漢譯者面對的重大挑戰。能夠了解漢英句子各自的組織結構和彼此在句法與思維邏輯上的主要分別，就可以減輕翻譯英語長句的困難。漢英長句的組成可參閱 90 "漢英句子的結構有甚麼主要不同？"專題。翻譯工作要講循序漸進，步驟分明。

概括來說，翻譯長句的步驟大致如下：

1. 理解全文：在這最初的步驟中要求對文章的中心內容和主要意思了解無誤。經分析句子後，更可加強理解。

2. 分析句子：弄清句子的基本架構、所屬句型和主句與從句的關係等等，以方便把句子分拆。

3. 次序安排：分拆後的句子，要按照漢語的思維習慣和邏輯關係改變次序，作出適當的安排和調整。

4. 明確表達：次序安排妥當後，便要依據漢語的寫作方式和習慣明確地表達原意，不必太過執着於跟隨原文的形式，避免有中文歐化的毛病。

（二）從語法方面來拆句

在翻譯過程中，用得最普遍的方法，是把英語長句拆成好幾個分句和句子，若不如此，就很難有條理地寫成通順明白的中文。最便當的拆句，是按照英語組成長句的成分，如修飾字詞，附屬句子等承接的地方，或是在標點前後，文中意思告一段落時所用的詞語，如動詞、名詞、副詞等。

現以下列英文長句作例，提供幾種常見的拆句方法：

The Spirit of Fair-Play

by William Ralph Inge

This spirit of fair-play, which in the public schools, at any rate, is absorbed as the most inviolable of traditions, has stood our race in good stead in the professions (especially in the administration of dependencies), where the obvious desire of the officials to deal justly and see fair-play in disputes between natives, the subjects, and Europeans, the colonists, has partly compensated for a want of sympathetic under-standings, which has kept the English strangers in lands of alien culture.

根據語法來拆句的方法如下：

（1）在連接詞處拆開，如在第四行：

"to deal justly and see fair-play"

（……公正地處理、公平地解決……）

【解說】 連接詞是用來連接分句，並表示各分句之間的關係，除 and 外，像 but, or, because, though 等都是。中文的連接詞有時是可以隱含，或用標點符號代替。

（2）在各關係詞用修飾的從句處拆開，如在

第一行：

"which in the public schools ... is absorbed as ..."

（……私立公校全心全意吸取……）

第四行：

"... where the obvious desire of the officials ..."

（……英國官員都有個顯然的願望……）

第七行：

"which has kept the English strangers in lands of alien culture ..."

（……這樣使得英國人在身處異族文化的土地中……陷入陌生的困境……）

【解說】 *關係詞有that, what, when, where, which, who, whom, whose 等帶引組成從句，用作修飾名詞、動詞以至全個句子，它們也可以用作動詞的主語或賓語，或把主句與從句連接。關係從句有限制性的（identifying）和非限制性（non-identifying）的兩類。*

（3）在動詞前拆開，如在

第六行：

"... the colonists, has partly compensated for a want of ..."

（……殖民者……缺乏同情的諒解……多少得到了補償……。）

（4）在名詞後拆開，如在

第二行：

"... as the inviolable of traditions, has stood ..."

（……作為不可侵犯的傳統。……）

（5）在副詞或副詞短語處拆開，如在

第一行：

"... which in the public schools, at any rate, is absorbed as ..."

（……無論怎樣，都給私立公校全心全意吸取……）

第三行：

"... in the professions, (<u>especially</u> in the administration of dependencies) ..."

（……在職務上，（<u>尤其</u>在屬地的行政上）……）

【解說】 以上的（3）、（4）、（5）例指出一個事實，那是不論所要
翻譯的是甚麼詞類，拆句總是在句中標點前後的地方。較長的
句羣，每每靠標點的幫助來表達複雜的意義，增強理解，這就
成了翻譯時的自然分拆處。

以下是 *The Spirit of Fair-Play* 這一段文章的中文譯本：

公平精神

這種公平精神，無論怎樣，都給私立公校全心全意吸
取，作為不可侵犯的傳統。這種精神，對於我們民族在職務
上，尤其在屬地的行政上的屬土人民和殖民者歐洲人之間的
爭執，能夠公正地處理、公平地解決。這樣使得英國人在身
處異族文化的土地中，因缺乏同情的諒解而陷入陌生的困
境，多少得到了補償。

（三）從邏輯關係來安排次序

句子或分句拆開後，便要安排它們的次序。為了使原文
各組成部分的邏輯關係不致歪曲或模糊不清，並且要考慮到
譯文的思維和表達習慣，所拆出的分句或句子就不能按照原
文順序，而必須加以調整。調整的方法試用下列英文長句作
例表示。

(1) It is a curious fact / (2) of which I can think of no satisfactory explanation / (3) that enthusiasm for country life and love of natural scenery / (4) are strongest and most widely diffused / (5) precisely in those European countries / (6) which have the worst climate / (7) and where the search for the picturesque involves the greatest discomfort.

上文句中的 ／ ，便是可分拆之處。一般來說，拆出後的句子最少可以作三種安排：

（1）順序的安排，即原文次序的（1）（2）（3）（4）（5）（6）（7）：

這件事真奇妙，我不能想出滿意的解釋。最普遍地對農村生活最熱衷和對天然風景最愛好的，正是那些歐洲國家。在那裏，有最壞的天氣，而對尋找景色如畫的地方最不容易。

【解說】　如果原文的敍述層次和譯文的相同，便可按照原文順序，依次譯出。

（2）逆序的安排，即原文次序的（5）（6）（7）／（3）（4）／（1）（2）：

歐洲有些國家，天氣壞極了。那裏的人好不容易才找到景色如畫的地方，他們恰好最愛過農村生活，也最愛欣賞天然風景，這種情況極為普遍。這種奇妙的事情，我怎樣也不能想出滿意的解釋。

【解說】　如果原文的敍述層次和譯文相反，便要打破原文的句子次序，作倒譯的安排。由於概念有改變，不得不把原文次序顛倒來適應。

（3）綜合的安排，即原文次序的（1）（2）／（5）（6）（7）／（3）（4）：

這是一件奇妙的事，我不能想出滿意的解釋。就是那些天氣最壞的歐洲國家，人們要找尋景色如畫的地方最不容易。而也就是他們，普遍地熱愛農村生活，也最愛欣賞天然風景。

【解說】　這方法是結合順序和逆序方式，按譯文敍事論理的習慣重新組合句子，打破原文的形式和次序。有時亦可增加一些解釋性詞句，聯繫上下文，使得譯文讀來流暢自然。

以下是把英語長句作順序拆譯的另一例：

(Order：in English 1,2,3; in Chinese 1,2,3)

(1) The president agreed with his advisers (2) that the committee should continue working for a better understanding of the interrelationship between economic, social and demographic factors.

(1) 總統同意顧問們的意見，*(2)* 認為委員會應繼續努力，

(3) 以求更好地了解經濟、社會和人口這三方面的相互關係。

以下是把英語長句作逆序拆譯的另一例：
(Order：in English 1,2,3; in Chinese 3,2,1)
(1) There are many horrible stories *(2)* to tell about *(3)* the war-torn countries visited and the refugees I met in Africa.
(3) 我去過了非洲一些飽受戰火蹂躪的國家，遇到不少難民，*(2)* 要談起來，*(1)* 可怕的事很多。

以下是把英語長句作綜合次序拆譯的另一例：
(Order：in English 1,2,3,4,5,6,7; in Chinese 3,5,7,6,1,4,2)
(1) These are practically *(2)* the only times now that *(3)* most people *(4)* will enjoy *(5)* what they consider *(6)* such tasty and expensive food *(7)* as lobster.
(3) 大多數人民 *(5)* 認為 *(7)* 龍蝦是 *(6)* 美味昂貴的食品，*(1)* 實際上他們 *(4)* 得到這享受，*(2)* 現在是唯一的時候。

（四）小結

（1） 英語句法結構一幹多枝，具備了許多組成長句的條件。

（2） 漢語句子以簡短為貴，不喜長句。

（3） 漢英的語法和句法不同，敍事層次不同，思想邏輯不同，因而在英譯中時，須將句子的順序改變，不然，譯文勢必累贅冗長。

（4） 英文長句中譯的步驟是首先了解全文大意，然後分析組織結構，拆開句子，再按譯語的思維及表達習慣，重新排列，最後以譯語的適當表達方式譯出。

（5） 英文長句中譯的方式繁多，但不外乎有兩個基本原則，那是拆開句子和調整順序。

（6） 拆句的目的是分析長句組成部分的相互邏輯關係，方法是從各種組成部分的連接處和標點符號的停頓處入手。

（7）原文敍事的形式和次序，往往與譯文不符，有時或者相反。翻譯時先理解好意思，根據句法結構進行拆分。在顧及原文意義下，依照譯文的思維和表達習慣，重新組成句子。

（8）重新組合句子的方法大致有順序、逆序和不理次序，只求符合譯文寫作方式和思想邏輯的所謂綜合譯法。

（9）譯文除可明確地反映原文的意思外，還需以適當的方式表達，必要時增加或者潤飾字句，使譯文更清楚、更通順。🏵

52 怎樣應用反譯法？

（一）概說

翻譯時常常會遇到一種情況，就是不能照原文肯定或否定的語氣譯出，必須把原文正或反的說法反譯過來，不然譯文讀來便會生硬，甚至意思模糊。利用與原文相反的語氣來譯的方法，稱為否定法（negation）或反譯法（reversion）。例如有這麼一句英文："I don't think he is right"如果照譯為"我不想他是對的"，那就不像中文，應把句子反譯為"我想他不對"。實在，英漢語文都有從正反兩面來表達一種概念。

比較而言，英語用否定的字詞或者短語比漢語多。組成英語否定語氣的字詞或短語有下列多種方式：

單詞方面：

（1）加前綴詞（prefix），如：

*dis*order, *il*legal, *in*visible, *non*profit, *un*known 等。

（2）加後綴詞（suffix），如：

care*free*, home*less*, water*proof* 等。

無論從語法方面或邏輯關係來處理長句翻譯，譯者都應按部就班，跟着步驟，即先理解、分析，再作拆句、安排，最後以通順明暢的譯文表達。

單詞或短語方面：

（1）表達“絕對否定”的，如：

by no means, certainly not, never, none, not at all 等。

（2）表達“全部否定”的，如：

no, not, neither, nor, neither ... nor 等。

（3）表達“部分否定”的，如：

all ... not, both ... not, every ... not, not always, not exactly 等。

（4）表達“半否定”的，如：

barely, few, hardly, little, scarcely, seldom 等。

（5）表達“雙重否定”的，如：

negative + but, no ... no, without ... not, never ... without, not a little 等。

（6）表達“潛在否定”的，如：

anything but, far from, free from, fail to, more than ... could, yet 等。

（7）表達“否定”的慣用語，如：

cannot but, cannot help, cannot ... too, not ... when, not ... long before 等。

漢語所用的不外有單詞的“不”、“非”、“沒”、“未”、“無”或者用這些單詞配合別的詞語構成多個不同的詞組，如“未必”、“不但”、“不論”、“不管”等。

（二）理解和表達

以上這多種英語否定字詞或者短語，看得人頭也暈了，這些語法分類，大可不必理會，但作為參考，在翻譯時仍有用處。所有上例的英語否定詞都可譯成相應的中文，那是毫無困難的，難就難在如何應用在句子裏，翻成通順易明的中文。舉個例子，英語的否定慣用語“can't help”可中譯為“不禁”。下列兩句就都用“不禁”來翻譯：

| I can't help laughing. | 我不禁笑起來。 |
| I can't help being fat. | 我不禁發胖。 |

前句的譯文在意義上和表達上都沒有問題，可是後句譯出的效果並不太好，仔細看來意義上和表達上都有點不妥。既然不妥，就不要堅持使用"不禁"這詞語，而須改用其他譯法，例子如：

1. 我無法制止自己發胖。

2. 我無從不使自己發胖。

3. 我無從使自己不發胖。

這三種加上了"自己"一詞後，都能照顧到原文文意，餘下的就是表達優劣問題。第一句的寫法雖可以，但用"制止"或"阻止"，似帶有強逼性，還是未盡人意。其他兩句句法相似，但以第三句更能合乎中文語法，因而也比較通達。

可見光是懂得英語否定詞的表面意義和機械式地應用中文的對譯詞來譯，是不會產生理想的翻譯成果的。要正確地應用反譯法，首先就要透徹理解原文的真正涵義，但如表達不得其法，還是拙劣的翻譯。

（三）理解正確

雖然英漢兩種語言在否定句的結構上基本是對應的，而且都有相重否定（double negation）這樣的結構，可見在形式上大同而小異，問題產生在實質內容的小異上。英譯漢時，必須先弄清原意，弄不好就會是非不分，語意不明。所以翻譯否定句式，主要還是理解問題。由於理解不足而致翻譯出錯的，大概有以下幾方面：

（1）不明原意

這是錯譯最主要的原因，例如以下兩句：

| 1. He is no taller than you. | 他並不比你高。 |
| 2. He is not taller than you. | 他跟你一般高。 |

【解說】以上兩句的 "no" 和 "not" 雖都是否定詞，但含義卻有很大區別。前者所指是 "高" 的反面，即不高。後者是否定有 "高" 的意思，即沒有高些。

（2）不知對象

　　否定詞是有指定的對象的，不能搞錯，搞錯了，全句意思就會不同，例如：

　　1. Everybody is not ready.

　　　人人（誰）都未準備好。（錯譯）

　　　並非每個人都準備好。（正譯）

　　【解說】句中 "not" 的對象是 "everybody" 的 "every" 不是 "ready"。

　　2. He does not work very hard everyday on his school assignments.

　　　他每天都對他學校的作業不用功。（錯譯）

　　　他每天都很用功，但卻不是對他學校的作業。（正譯）

　　【解說】句中 "not" 的對象是 "assignment" 的 "everyday"。如果句子沒有了 "school assignments"，那 "everyday" 便成了否定的對象。

（3）不懂變通

　　有些句子並不使用含有否定意義的字詞，但整個句子卻有否定的意思。這是形式上肯定，意思上否定，在所謂潛在否定詞中常見這種情況。如果死守形式，不懂變通，所譯出來的可能與原意相反，如：

　　1. He is anything but selfish.

　　　他除自私外不是任何事。（錯譯）

　　　他決非自私。（正譯）

　　2. His conduct has always been above suspicion.

　　　他的操守總是在懷疑之上。（錯譯）

　　　他的操守一直無可置疑。（正譯）

（4）不合邏輯

　　有些句子的主句和從句都用了否定字詞，分別來看，都有否定的意思。但在翻譯時，即須把從句轉反為正，以符原意。如：

1. I can't remember how often I haven't warned you.

　　我不記得未曾警告過你多少次了。（錯譯）

　　我不記得曾警告過你多少次了。（正譯）

【解說】從句 "haven't" 的 "not" 是用來加強語氣的，漢語本身也有
　　　　這種加強修飾，如 "他們又唱歌，又跳舞，好不高興。"

2. I don't know if my wife will not come here today.

　　我不知道我妻子今天是否不會到這裏來。（錯譯）

　　我不知道我妻子今天是否會到這裏來。（正譯）

【解說】以上英語句子和英國人的思想邏輯有關，不適合中國人的表達
　　　　概念，照用英語從句的否定語氣來譯便會出錯。

（四）表達適當

　　徹底理解原文內容意思雖然是翻譯中最重要的過程，但
卻不是最後的一環。如何作出適當表達，譯成通順而漂亮的
中文，方能將整個翻譯工作劃上完滿的句號。以下是一些適
當表達的例子：

1. She was the last person that I expected to see.

　　她是我想見的最後一人。　　　　（比較差的譯法）

　　她是我最不想見的人。　　　　　（比較好的譯法）

2. Don't just say nothing.

　　不要只是沒有話説。　　　　　　（比較差的譯法）

　　不要甚麼話都不説。　　　　　　（比較好的譯法）

3. I don't believe she will come.

　　我不相信她會來。　　　　　　　（比較差的譯法）

　　我以為她不會來。　　　　　　　（比較好的譯法）

　　英漢兩種語文均有從正面或反面來表達一種概念，在翻
譯時，如果覺得譯文不順，可從另一相反角度表達，不必堅
守原文語氣。

（1）否定意思用肯定形式表達：

1. I couldn't agree more.

　　我完全同意。

2. Don't lose time in sending him to the hospital.
趕快將他送進醫院。

3. They discovered that their plan was not all right.
他們發現他們的計劃出了毛病。

（2）肯定意思用否定形式表達：

1. How long will the rope hold?
這繩子還能支持多久不斷？

2. I was at a loss for words.
我不知道說些甚麼。

3. The judges' decisions are final.
法官的判決是不可改變的。

（五）小結

（1）在譯文中，原文從正面說出的翻成反面說出，原文用肯定語氣的翻成否定語氣，或者寫法相反。這種技巧，就是反譯法。

（2）為甚麼需要反譯，主因是英漢兩民族的思想邏輯不同，而表達習慣也不一樣。

（3）採用反譯法，更能確切理解原文思想內容，而且亦可符合譯文語文的寫作方式，使譯文更通順易明。

（4）如果覺得根據原文的正面說法或肯定語氣譯得不順，不妨從相反方向的角度着筆，不必死守原文的字詞。

（5）翻譯時先要透徹了解原文意義，並且要掌握英語否定語形式的特點，才不致誤解。

（6）理解後又須費神譯出，務求在信實之外，復能照顧到達雅。

（7）要能自覺自如地運用反譯這一翻譯技巧，譯者必須熟習漢英雙方的否定概念和表達方式。

53 怎樣應用加註法？

　　註釋在文章中的作用是對其中的語彙、內容、引文出處等作出說明，分夾註和註腳兩類。夾註是排印於正文中間，而腳註則排印於書頁地腳。譯者遇到原文有註釋，當然是加以照譯。但原文如果沒有註釋，只是譯者在根據原文來譯之後發覺譯文意思不盡清楚，如果能夠加上一些註釋，就會使讀者豁然開朗。在這情況中，譯者究竟應不應自行加註（annotation）。這是一個值得討論的問題。

　　有些學者認為翻譯的目的是為了使得不懂外文的讀者看譯文時看得明白，如不加註，就是未達成翻譯的目的，未盡譯者的責任。而註釋的目的既能維持作品的原貌，使讀者讀懂，更能為研究者提供準確的研究對象。

　　也有些學者以為譯者能把原文內容譯出無誤，表達清晰就是盡了職責，讀者對內容是否明白，那是原文與及讀者本身文化水平的關係，並非譯者所能解決。何況譯者可能對該門學科認識甚少，又乏時間查考，若加註有誤，豈不弄巧反拙？

　　這裏且不談譯者有否加註的責任，但如果一旦要加註，在哪些地方加？應該怎樣加？

　　一般來說，需用註釋最多的文章會是學術論文、科技數據、法律文件等等。如果是僅供消遣的文藝作品，讀者不會斤斤計較要深入了解某件事的詳情來歷，亦不歡迎連篇累牘的註釋。譯者萬一想使得讀者明白內容，需要加些註釋，最好是宜少不宜多，宜簡不宜繁。

　　文章中哪些地方需要加註呢？大致是在解釋人名、地名、歷史大事、節日習俗、文化典故、專門名詞術語、科技新產品名稱等等。上述的註釋都是為了照顧不同文化語言或對某些學科需要加深認識的讀者而設的。

應用加註時要看對象而定，即是說，如果讀者的文化水平高，對外國事物有相當的認識，那註釋就可簡短，否則便要酌量加長。例如有下列英句：

They spent the Halloween happily, singing karaoke and drinking cocktail.

這裏可以有下列幾種譯法：

（1）正常譯法：

他們唱卡拉 OK，喝雞尾酒，歡度萬聖節前夕。

（2）補詞譯法：

他們唱只有唱片音樂伴奏的卡拉 OK，喝多種酒類混合的雞尾酒，歡度十月底的萬聖節前夕。

【解說】補詞譯法基本上有兩類：一是音譯補詞，如 sardines （沙甸/沙丁魚），另一是直譯補詞，如上述的（cocktail 雞尾酒）。

（3）加夾註譯法：

他們唱卡拉 OK（不是原唱者唱而是用唱片音樂伴奏的歌），喝雞尾酒（一種用多種酒類或味道混合的酒），歡度萬聖節前夕（每年十月三十一日的一個基督教節日）。

（4）加註腳譯法：

他們唱卡拉 OK（註一），喝雞尾酒（註二），歡度萬聖節前夕（註三）。

（註一）卡拉 OK 的名稱是日英兩種語言的混合，"卡拉" OK 日文義為"空"，OK 原為英語 orchestra 音譯，義為"管弦樂隊"。卡拉 OK 直譯之則是 "憑空的管弦樂隊"。這種新穎的歌唱形式約於 1973 年發源於日本。

（註二）雞尾酒是一種飲料，用多種酒類或味道混合，尤其指飯前所飲的，如杜松子酒和苦艾酒混合。

（註三）萬聖節前夕是西方基督教的一個節日，在每年的十月三十一日。在這日的黃昏時分，兒童三三兩兩裝扮成各種鬼怪模樣，逐家逐戶討取糖果，縱情玩鬧。

　　表示有註的方法繁多，可用中文數字、阿拉伯數字、羅馬數字或英文字母，置於要解釋詞句的右上方，字體較小。若文字直排，則在詞句之下。註中的文字字體亦應比正文的較小，這在腳註尤然，但夾註可按情況而定。

　　應用原文所無的加註，在譯者方面來說，無疑是個負擔，但卻能顯示譯者為讀者的負責精神和譯者的知識水平。要應付這個負擔，須懂得從甚麼地方找到資料，之後又需加以剪裁增刪，使能適合所需的字數和讀者的程度。幸而大多數的資料並不難找，英語和美國的百科全書大概都可以應付。此外還有其他參考書籍。

54 怎樣選擇正確詞義和適當譯詞？

（一）概説

　　在翻譯過程中，認識原文詞義是首要基本條件。確定詞義之後，便是從譯入語言中選出適當的詞彙來表達原文中的詞義。英漢兩種語文都有極為豐富的詞彙，也同樣有一詞多義和一詞多用的現象。甚麼叫做一詞多義（polysemy），就是說一個詞語可以包含許多個意思。首先是一詞之中就有表義（denotation）和涵意（connotation）的分別。舉例如英語的 "fox" 表意是 "狐"，涵義卻有 "狡猾"、" 詐" 等之義，漢語也是這樣。同是一詞，意思可不一樣，例如英語 "cut" 在《牛津大辭典》中作為動詞的竟有 150 義項，"of " 作為介詞有 63 項，"head" 作為名詞有 21 項。最常見的詞義在前，少用的在後，並以詞類分開。此外，英語的同義詞多得數也數不清，可是絕對等值的詞並不太多，在翻譯時，便需要作出選擇。

可參考 9 "英漢翻譯要有甚麼工具書？"。

所謂一詞多用，便是一個詞語可作多種詞類用途，如英語的 "like" 便可用為名詞、動詞、形容詞、介詞、連接詞等等，這些都可在辭典中容易查到。

（二）翻譯要點

　　從翻譯的角度來說，認識確切詞義，選擇適當詞彙表達，必須遵從以下幾個要點：

（1）根據上下文（context）

　　一詞既然多義，而且其內的某種含義在另一語文中並非只有一個對應的詞，如何辨析這詞在文中的真正意思，又如何在眾多意義類似的詞彙中找到最適當的詞，那就必須根據上下文的邏輯關係來決定。例如以下一段有四個 "health"，都有不同譯法：

Take care of your <u>health</u> and always try to build up your <u>health</u>. For more information about <u>health</u> services of the province, ask your doctor or contact the public <u>health</u> department.

"注意你的<u>健康</u>，時常努力增進<u>體質</u>。有關更多本省<u>醫療</u>資料，可向你的<u>醫</u>生查詢或與公共<u>衛生</u>部門聯絡。"

　　由此可知，選詞主要求取意義的正確，不需要字面上的一致。

（2）根據搭配情況（collocation）

　　語言在長期使用之後，就會產生一些固定的詞組或常見的搭配，用錯了搭配，可能會詞不達意，有時還會引起誤解。如果把英語的 "crack" 用作動詞，配以不同的名詞，那麼 "crack" 動詞便須譯出不同的詞彙，以求符合搭配的條件。

舉例如下：

英語	漢譯
a bottle cracks	瓶子破裂
to crack a case	破案

to crack a mystery	揭開神秘
to crack a nut	敲裂堅果
a rope cracks	繩子斷裂
to crack a code	破譯密碼

（3）根據同義詞（synonym）不同含義

英國十八世紀大學問家和著名辭典家 Ben Johnson 指出 "Words are seldom exactly synonymous." 這是很對的，只因絕對相同意義的詞幾乎沒有，所謂同義也是近似而已。每個詞都各有其意義特色，大概具有（1）語體色彩，如有雅俗之分（man vs guy），輕重之別（break vs rack）。（2）感情色彩，如親疏（spouse vs partner）、褒貶（politician vs partisan）不同。（3）使用範圍（country vs state）和內容程度（smile vs laugh）等都有分別。

漢語的同義詞也和英語一樣具有以上的性質和特色，就拿"politician"一詞，在漢語可譯為褒詞的"政治家"或貶詞"政客"。在翻譯人稱代名詞方面，漢語中的感情色彩更濃厚。第一身代名詞可分謙稱（如：弟、在下、鄙人等）、常稱（如：我、本人等）和尊稱（如：老子、老爺等）。第二身可分敬稱（如：您、閣下、台端、大駕等）、親近稱（如：你）和卑稱（如：你這小子）等。

（4）符合漢語習慣用法

由於英漢兩種文化習俗的各種差異，使得彼此觀察事物的角度和聯想都有不同，在翻譯上要泯滅或減少這些差異，必須借助於譯入語的寫作習慣。例如在排列次序上，英語說"back and forth"、"right and left"，漢語就說"前後"、"左右"。

在比喻上，英語說"to drink like a fish"、"skin deep"漢語就改為"牛飲"、"膚淺"。同一個英語詞彙，倘若它所涉指或照應的事物不同，漢譯亦會隨之變化，所用的譯詞會以自己的習慣用法為準。例如下列所用的英語全為"guideline"，可是漢語卻不能只用一個固定的詞去譯。

英文	漢譯
application guideline	申請須知
economic guideline	經濟方針
homework guideline	家課指導
parent's guideline	家長手冊
price guideline	價格指標
rental guideline	租金準則
road guideline	道路指南

（5）了解英語和美語之間的差別

　　"Students must not speak aloud in the hall"這一句英國學生會理解為"不要在學校大堂中大聲說話"。可是，美國的學生會以為是指不要在學校通道或走廊中大聲說話，只因"hall"在美語中可作"hallway"解。可知同是英文，但英語和美語卻有相當多同詞不同義的情況。翻譯之前，必須注意原文的來源和作者使用語言的地域性。

（6）根據不同實際情況

　　以下兩段譯文各有一個重要的字詞是譯錯了的：

例子 1

This Patient/Family Charter provides information to patients and families about rights, responsibilities and relationships through a hospital stay.

（譯文）本病人 / 家屬憲章列明病人與家屬在住院期內的權利、責任和與院方的關係。

例子 2

The hospital offers a complete range of services including Emergency, Outpatient, Obstetrics, Medicine, Paediatrics, Surgical, Mental Health and Long Term Care.

（譯文）本醫院提供一系列全盤服務，包括急症、門診、產科、醫科、兒科、外科、心理健康和長期護理。

先討論例子 1，把"charter"譯做"憲章"是錯誤的。這漢詞只適用於政治性的組織，不適合社會一般機構。詞典提供的其他譯詞如"特許狀"、"憑照"、"許可證"都不可用，"契據"、"契約"、"執照"等更無論矣。固此只能按情況另覓新詞，也許"守則"是其中一個最為適當的譯名。

在例子 2 之中，英詞"medicine"當然是醫學、醫科的意思，但和醫院所提供的各科相提並論時，"醫科"一詞便顯得格格不入，非把它改譯成"內科"不可。

英語一詞多義，按照不同情況而有不同的意思，漢譯時就需有不同的譯名，否則必多錯譯，造成不少誤解。

（三）小結

最後要一提的是，辭典無疑是翻譯上不可缺少的參考工具，靠了它，可以知道原詞的基本意思，也可以選用適當的譯詞。不過在相當多的情況下，辭典卻不能提供令人滿意的詞彙，有時連詞義都缺如，就拿以下這句英語及其漢譯作例：

We formally introduce the services which our company can provide as listed below.

我們正式推介本公司所能提供的各項服務如下。

以上"formally"一詞值得斟酌。除了"正式"外，這詞的其他意思如"形式"、"外表"、"整齊"、"勻稱"等可不可以用呢？如果有一本好的辭典，就會發現有多一個詞義，那是"隆重"，這才是該詞在句子中真確的意思。辭典容納的詞義多寡可以直接影響到翻譯的質素，該是翻譯者要特別注意的。

還有一點，辭典所提供的詞彙甚多不能作翻譯用途。舉個例子"competitive"譯作"競爭性的"，固然不錯，但又不能盲目應用，機械式地照搬，試看下句譯文：

Our firm offers you competitive prices.

本店向你提出競爭性的價格。

請問這句譯文的中文通順嗎？

55 怎樣解決翻譯疑難？

在翻譯過程中，譯者所遇到的各種困難，無慮萬千。事物範圍無窮，而譯者的知識有限。即在最普通的文章中，也會有難於了解的地方，涉及專業的文字更不用說。最基本的解決疑難方法，莫過於有一本字典或詞典在手，這是初學翻譯的學生也會做的事。但即使是最齊全的詞典，也不能完滿地解決疑難，因為疑難的種類太多、太雜了，不是一種參考或工具書籍所能應付的。有甚麼種類的疑難，便需甚麼種類的解決方法。

在翻譯上有疑難的種類，大致是：

1. 在詞義字音上的：包括字詞解釋、俗語、方言、成語、讀音等。參考字典、詞典、俗語詞典、成語詞典、讀音字典等，都有幫助。

2. 在術語上的：包括各科的專門術語。參考各科術語書籍、百科分類詞典等，應有助力。這類書籍，以最新出版的為宜。倘再有困難，便需向人請教，不可妄譯。

3. 在內容上的：包括事物的始末、背景、影響、概念等。參考百科全書輔以各科的專門詞典等是不二之選。或如在翻譯時要做註釋，便需借助手冊、年鑒等找尋資料數據。

4. 在寫作上的：為使譯文用詞精確、行文流暢、應該不時參考字詞用法、語法規則、文章格式等語文參考書和寫作參考書。

當上述的參考書籍都幫不了忙時，便須向外間有關機構或人士查詢請教。有關機構除可提供最新資料外，可以幫助譯者更清楚地知道內容細節。在音譯外國人名，地名等專有名詞時，尤其有效。請教專家指示正確譯名，其效果等同向機構查詢，兩者都可解決書籍中無法應付的問題，而且準確可靠，省時方便。即使工具書已有譯名，也不妨查詢請教，可能書中所載，已是過時了。

現時上網找尋資料，容易便當，極為流行，亦有不少翻譯軟件可資運用。對於翻譯人士來說，提供極大方便以解決疑難問題。

56 在翻譯中怎樣運用漢語四字詞組？

漢語存着大量的漢語四字詞組，這是漢語的特點。不管是創作還是譯作，都離不開使用一些這樣的特點。如果譯文要流暢簡潔，洗脫翻譯的痕跡，運用四字詞組是不可或缺的手段。下列的譯文，一看就知道是翻譯的文字：

例子 1：

She has seen little of life.

她對世事所見很少。

例子 2：

They become lasting friends.

他們成了永久的朋友。

例子 3：

The sky is blue and cloudless.

天空是藍色的和無雲。

這些都是照原文硬譯的語句，意思是有了，可是了無生氣，有時還會變得不倫不類。試比較運用一些四字詞組之後，表達是如何的不同：

例子 1：她閱世不深。

例子 2：他們成為金石之交。

例子 3：天空一片蔚藍，萬里無雲。

參看 9 "英漢翻譯要有甚麼工具書？"和 10 "怎樣活用詞典？"兩專題。

以上數句，用字較少，意義相同，豐富了文采，加強了氣勢。

從這些例句可見，四字詞組可以分成兩大類：一是普通詞組。如"一片蔚藍"。另一是既定成語，如"金石之交"。四字詞組的優點是顯而易見的，在內容方面，則言簡意賅；在形式方面，則整齊勻稱；在語音方面，則順巧悅耳。無怪目前運用四字詞組的趨勢是越來越頻繁。

四字詞組可以單獨運用，如上例子 1、例子 2，也可排比連用，如例子 3。由於在漢語中，四字排比結構兼有修辭效果和氣氛渲染，在各種文體中都給大量使用來加強文章的感染力。例如：

例子 4：

Asia is a vast land with a huge population, abundant natural resources and enormous potential for development.

亞洲幅員廣闊、人口眾多、資源豐富、發展潛力巨大。

例子 5：

They have the training and expertise on medicine.

他們對醫術，訓練有素，專業超卓。

【解說】譯文中無一動詞，只用四字結構連接排列。雖無華麗文采，但達意自然，語氣有力。

在廣告和宣傳文字中，人們對四字詞組尤為喜愛樂見。以下那些廣告譯例，都以四字一組來加強廣告的吸引力和記憶力。如：

It's simple. It's versatile.

操作簡單、用途廣泛　　　　　　（按：取其對仗均勻）

Little look. Big taste.

外表小小、味道多多　　　　　　（按：取其鮮明生動）

Sony, the one and only.

新力製造、唯我最高　　　　　　（按：取其押韻順口）

在譯文中採用四字詞組，應該避免的是：

1. 不可亂用：即是在用時要徹底清楚詞組或成語的涵義，有甚麼感情色彩或語言特徵，以免歪曲原意或表達錯誤。但如為稍作潤飾，不過於誇大，無損原意，可以提高譯文質素，則亦或可用。

2. 不可濫用：即是要用得恰當，與上下文環境、人物等配合，更要與漢語表達習慣相符。推砌詞組，尤不可取。

3. 不可硬用：即是把漢語中生僻的、有典故的、帶地名、人名和民族色彩特濃的用語或成語棄而不用，免鬧笑話。🐾

57 怎樣處理不可譯的文字？

（一）概說

　　一篇或一段文章、一個句子、短語甚至一個詞語，都可依據原文的可譯性（translatability）而分為完全可譯（completely translatable）、部分可譯（partly translatable）和絕對不可譯（absolutely untranslatable）三種。

　　就英漢兩種語文來說，文化背景和語法結構都有很大的差異，再加上文體和風格問題，導致有些文字絕不可譯，即使勉強為之，也不易使人看懂，甚而會產生誤解。在文章體裁而言，學者大致認為文學作品的不可譯性最高，其中又以有格律的韻文為最，自由體裁韻文次之，散文又次之。實用文章如新聞、科技性、商業性的則多數部分或完全可譯。

　　文字有不可譯的情況，前人早已深有體驗。一千五百年前中國唐初玄奘法師在譯經時就在《翻譯名義序》中發表了他有名的五種不翻論：

如要譯文減少翻譯氣味，運用四字詞組是個可行的辦法。但要注意不可濫用，也不要硬用，尤其是不要在不明含意下胡亂採用。

五種不翻：一。秘密故，如"陀羅尼"（Dharani）；二。含多義故，如"薄加梵"（Bhagavat），具六義；三。此無故，如"閻浮樹"（Yanbu tree），中夏實無此木；四。順古故，如"阿耨菩提"（Ayobodhi），非不可翻，而摩騰以來，常存梵音；五。生善故，如"般若"（Prajna）尊重，"智慧"輕淺，乃七迷之作，乃謂釋迦牟尼，此名能仁，能仁之義，位卑周孔，阿耨菩提，名不遍知，此土老子之教，先有無上正真之道，無以為異。菩提薩埵名大，道生眾生，其名下劣，皆掩而不翻。

按玄奘的五種不翻原因：所謂秘密故，即不明；含多義故，即不全；此無故，即不存；順古故，即依舊；生善故，即不便或不可說。

（二）不可譯的例子

前述文化和語法是構成"不可譯"的主要因素，現分別舉出一些英譯漢的例子來證明。

在文化方面：

（1）家族稱謂（names of relatives）

cousin; uncle 等

【解說】*多義 — 譯名必須從上下文方可決定*

（2）會話用語（colloquial expressions）

Have a nice day.

【解說】*此無 — 日常會話與生活習慣有關，不同文化便有不同的表達方式。上句英語在用華語的社交圈子中便不存在，不得就其意思以本國相等用語譯出。如本例只可譯為"再見"。*

（3）慣用語（idiomatic expressions）

It's all Greek to me.

【解說】*不明 — 慣用語屬語言文化的核心部分，從文字表義查究其真正含義每不可得。例如 Greek 義為希臘人或希臘語，用此釋義連有意義的句子也譯不到，遑論真正的意思，只要把意思弄明白才可作正確的翻譯。*

（4）獨特性（uniqueness）

　　Bhuttan; pint; rupee; Farbinose; Helen of Troy 等

　　【解說】獨特性的詞彙與用語繁多，舉凡一國、一地或一民族獨有的特別事物都在此範圍。因而國名如"不丹"（按此譯名不妥，但為順古故，不宜更改）；容量單位如"品脫"；貨幣單位如"盧比"；物名如"阿拉伯糖"；慣用語的"傾國傾城"等都包括在內。

在文辭及文體方面：

（1）同音字（homonyms）

　　A canner can can anything he can can, but he cannot can a can, can he?

　　【解說】翻譯上文不難，但難在傳達原文由同音字所構成的音韻與幽默風格。

（2）雙關語（puns）

　　We must all hang together or we shall all hang separately.

　　【解說】意思雖可譯出，但運用相同文字，使意思不同而語帶雙關之妙處盡失。

（3）雙聲與疊韻（riming locution）

　　flip-flap; fair and square

　　【解說】首詞是英語的雙聲詞，次為疊韻，要譯成漢語同聲韻的同義詞，那是百不得一。以上兩詞勉強可譯成"劈啪"和"平正"，但多受限於押韻，只能譯意，失去音色之美，這也是為甚麼有韻律的詩詞成為不可譯文字的主因。

（4）迴文（palindrome）

　　Was it a cat I saw?

　　Madam, I'm Adam.

　　【解說】這些都屬於文字遊戲的範圍，絕對不可譯，即使意思可譯，讀來亦索然無味。

（5）韻文（rhymed verse）

　　詩詞的格律體裁韻文是眾所公認的難譯以至不可譯的文字。試看以下譯英詩一首：

> *One Truth*　　　by Alexander Pope
>
> All Nature is but Art, unknown to thee;
> All Chance, Direction, which thou canst not see;
> All Discord, Harmony, not understood;
> All partial Evil, universal Good;
> And, spite of Pride, in erring Reason's spite,
> One truth is clear, whatever is, is right.
>
> ### 道　理
>
> 整個自然都是藝術，不過你不領悟；
> 一切偶然都是規定，只是你沒有看清；
> 一切不協，是你不理解的和諧；
> 一切局部的禍，乃是全體的福。
> 高傲可鄙，只因它不近情理；
> 凡存在都合理，這就是清楚的道理。

　　以上詩翻譯得貼切準確與否，姑且不論，但最少原文韻律的抑揚（如句尾押韻）、意象（如名詞的擬人化）和警句（如 "whatever is, is right"）等，在譯詩中都領略不到。

（三）翻譯方法

　　前文所舉各例在翻譯上來說都是難譯或不可譯的文字，但為了完成翻譯使命，總要盡量努力來找出某些譯法，克服困難，斷不能就此放棄不譯。以下提供一些方法：

（1）採用音譯 (transliteration)

　　這是最便當的方法，適用於任何事物。遇有不明、不全、不存等等的因素，都可先行譯音，透徹了解後才改用意譯。中國佛經翻譯便多用音譯法，其弊端是譯成難讀難明的文章。但音譯仍然通行於後世，對於有獨特性的外來事物如 Parliament 先譯"巴力門"，後意譯"國會"。至今仍有不少因意譯過長而只用音譯的例子，如醫學用語 hysteria "歇斯底里"或音義兩者並用的如 insurance "保險"或"燕梳"。

（2）採用近似譯（approximation）

這是意譯的一種，也是"不可譯"文字中不得不用的手段。所譯出來的意義和原義會有距離，只求把這距離拉得最近便算是最好的成績。慣用語中這種方法用得最多，韻文翻譯更甚。即使在單詞中，亦往往只能翻成近似的意義。好像 curtsey 一詞，譯為"行屈膝禮"，實則屈膝只是該動作的一部分，其他動作在字面上就表達不出來。英文慣用語如"neither fish nor flesh"，中譯"非驢非馬"，也是取其近似意思。

（3）採用註釋（annotation）

有時音譯或近似意譯都不能作清楚表達時，就只好多費筆墨，加以註釋。最常用的註釋法是在詞語後插入括號，有更多文字的就在頁下甚至章末詳加解釋。例如在法律名詞中，"property"譯為"物權"，意思清楚，但"property in action"譯做"無體物權"，就令人摸不着頭腦，非要註譯不可了。

（4）創造新詞（word formation）

遇到一些新字新語而前人未譯過的，在明白語義後，就可自行利用以上三種譯法創造新詞。一用音，如"pump"，創新詞為"泵"；另一用義，如"fjord"，譯"峽灣"；又可用註譯，如"John Doe"譯"都約翰"（虛構之人名或人物）。✿

文化問題是構成原文絕不可譯或部分不可譯的主要因素。在處理詞語方面，最便當的方法是採用音譯，或意思相近的意譯，不然就只好另創新詞，而整篇文章就以意譯為主。

第四部分：應用實踐

58 怎樣翻譯人名？

洋名中譯，在不同地區便有不同譯名，殊難劃一，試看如今兩岸三地加上海外華人社區五花八門的譯名便可知道。替洋人取個中文名字，可謂各師各法，集文字遊戲的大成。

有只譯姓的： 如愛因斯坦 Albert Einstein
有連名帶姓的： 如蕭伯納 Bernard Shaw
有求簡稱的： 如莎翁 William Shakespeare
有求漢名的： 如美國總統
羅斯福 Franklin Roosevelt
有自取漢名的： 如瑞典漢學家
高本漢 Bernard Karlgran
有特意分男女的： 如 Leslie 之名可男可女，男譯名可
稱李斯理，女譯名可作李絲妮

從以上可見洋人的中文譯名，可說純由音譯決定。但也有例外，美國著名文學小說家 Pearl Buck，她的筆名是賽珍珠。但賽是她原姓 Sydenstricker 首個字音的音譯，珍珠則百分之百是意譯了。用意譯方法譯名的到現在也非罕見，如高爾夫球名手 Tiger Woods，便給譯作老虎·胡茲。如果有位女士叫做 Rose Doe，也許會有人譯做杜玫瑰，這也可以接受，尤以小說的人物為然。

音譯是很難一致的，原因有二：一是漢文一音多字，二是方言問題，所以 Bush 就有布殊、布希、布什；Kennedy 甘迺迪、肯尼地、堅尼地的異譯。

洋人除了族姓（family last name）與教名（first / Christian

name）外，還有其他放在姓與名當中的名字（middle names），如英國戰時著名首相邱吉爾，他的全名是 Winston Leonard Spencer Churchill。如果用中文音譯其全名，為了避免混淆，就非特把各個名字隔開不可。中文既無大寫，又不能空格，最好的辦法自然用標點符號，問題是哪個呢？現成的無一合適，只好另創一個像句號一樣的標點，位置在名字之間的行格正中，只佔半格。用這標點在外人姓名時，邱吉爾的中文全名就成了"溫斯頓・倫納特・斯賓塞・邱吉爾"了。

有些歐美人的姓名用上了某一名字的首字母的，例如西班牙名畫家 Pablo R. Picasso 或是美式足球名將 O. J. Simpson，他們的名字一在中，一在前。遇到這種情況，只好照搬字母在譯名上，譯成巴布魯 R. 畢加索和 O. J. 辛普森了。

還有一些姓名之後加用了 Jr. 和 II, III 等等，前者如名歌星 Samuel Davis Jr.，後者如美國富豪 John Rockefeller II，都給分別譯為小森美・戴維斯和約翰・洛克菲勒三世。

漢譯外族人姓名首要注意的是其人屬於何國族，原因有二，一是不同語文發音各異，外國人名的發音應以本國的發音為準，而漢譯的發音則以普通話音為準，不能採用方言。如想譯音正確，英美人名自然要參考 Daniel Jones 的 *The English Pronouncing Dictionary*，其他國族人士的原音，可以查考一些人物詞典，如 *Webster's Biographical Dictionary* 等，如果不知道本國發音，就只好先用英語發音替代。

二是外國人姓名都會有不同的排列方法或獨特字詞，要弄清楚。例如法國人的姓名如有 de 在姓前，則必須譯出，前法國總統 Charles de Gaulle 就要譯為戴高樂。德國與北歐人的姓名，其譯法大致跟英美人相同，不過要注意其個別的獨特發音，例如德國音樂家 Johann Bach 要譯成巴哈，不是英語發音的巴治。

西班牙、葡萄牙和拉丁美洲的外國人名，一般包括其本人名與父姓和母姓三部分，例如古巴政府領袖卡斯特羅全名是 Fidel Alejandro Castro Ruz，漢譯時如譯姓則以最後第二個姓為準。通常在翻譯時都會略去其母姓，只保留其本名和父姓，有時為簡化，譯其本人姓或名即可。

俄國人的姓名音節比較多，用中文來譯他們的姓名往往很長。譯 Pictr Illisch Tchaikovsky 為柴可夫斯基還可接受，到譯 Feodor Michailvich Dostoyevsky 杜思托爾夫斯基一共七個字已屬極限，過此則似未有見過，中譯洋人姓名當然不宜太長。阿拉伯民族的人名，一般都很長，首先是本人的名字，其次是父名，再其次是祖父名。假如有阿拉伯人全名為 Mohammed Ibn Alxinl Aziz Ibn Alxinl Rahman al Taisai el Sand 總共十一個字，全譯當無必要，只譯第一個字"穆罕默德"或最後的"沙特"已足夠，當然也可名與姓兼譯，或再長些多譯兩三個名字，以資識別。還有 bin 的意思是某某人之子，如 Omar bin Laden，譯時多數也把 bin 字譯出，以上譯為賓拉登是其例。

如果是日本、韓國、越南等國家的人名，那就一定要查出其漢文，不可照英語或其他語文轉譯，那會百分之百弄錯。如有該國的人名錄等參考書就最好，查不出就只有音譯，以括號註明是譯音的。

東南亞國家的人名，也不好辦，有時已非譯者的能力所及，非要熟識其國的稱謂習俗不可。例如泰國男子的人名前常冠以"乃"，也有用"鑾"。至於"披汶"，乃是國王所封，不能隨便加上。緬甸的族人沒有姓，一般在人名加上男女或長幼輩的區分。男子長輩或有地位的人士尊稱為"吳"，也有譯為"宇"。年青男子平輩的在名前加"郭"或稱"哥"。對幼輩或少年稱為"貌"，男子一般也有自稱"貌"。女子長輩稱"杜"或"都"，女性平輩則稱"碼"。高棉的平民也一般沒有姓，但貴族則有，姓在前，名在後。寮國的情形與高棉剛剛相反，那是貴族沒有姓，名字前冠個"馮"字。平民就大多數有姓，名在前，姓在後。男子往往稱為"陶"，即是先生的意思。

不論洋名如何，所譯的中文姓名應有如下幾項條件：

1. 意義良好：舉例如前美國總統福特 Gerald Ford 既福氣又特出，當然是個上佳譯名。翻譯時避用含義惡劣或容易引起誤解的字詞，例如美國名教育家 John Dewey 譯杜威，不可譯刁狠；女性名字 Susan 譯素珊，不可譯騷珊等。

2. 聲調鏗鏘：舉例如俄國大文豪 Maxim Gorky 譯為高爾基，清越動聽。譯名最忌發音低沉。試想如把德國音樂家 Ludwig van Beethoven 譯做裴圖奮，含義雖好，但讀之無聲，當然不及用貝多芬三字之琅琅可誦。

3. 易讀易寫：舉例加拿大醫生白求恩 Henry Norman Bethune，其漢譯姓名都簡單普通，顯淺易懂。實在譯名不必深僻，太過咬文嚼字，反為不美。例如把丹麥童話家安徒生 Hans Christian Andersen 改譯為安達遜，雖也不錯，但在兩相比較之下，譯者當知取捨。

最後值得一提的是，如外人之譯名已為世人所知，則無論譯得如何差勁，亦不可更改。舉例如拿破崙 Bonarparte Napoleon 的"破"字，意義雖不良，但切不可擅改為"坡"或任何字，以免誤為另一人。

用漢語音譯外人姓名，國內外都有出版專書，例如北京商務印書館出版辛華編的英語、德語、意大利語、西班牙語等姓名譯名手冊，都可供參考。有些英漢詞典都有附錄英美常見人名表，亦可作參考之用。

至於譯名與原名之間的發音是否一定要依足，愚見以為如能符合上述三條件，而又不太離譜，不會是很大的問題。翻譯究竟是依靠想像力和文字技巧的創作，如果機械式地一音一字毫無意義地翻譯，例如把 Bethune 音譯比頓，與上譯的白求恩相比，一看便知孰優孰劣了。❀

人名是專有名詞，主要靠音譯，譯時首要注意發音準確；次求用字雅俗共賞，詞義良好；三要讀來響亮。譯名如不太遷就當地人士，或要名從主人，就一定以普通話發音為宜。上佳的譯名，除文字優美外，還要富有想像力。

59 怎樣翻譯地名？

　　法國南部城市 Cannes 每年五月都會舉行影展，中國大陸把這城市譯做戛納，台灣名之曰坎城，香港則叫做康城。這種差異在翻譯人名、地名時是可以理解的。中國地方大，方言多，譯法繁雜，譯音紛歧，以致迄今兩岸三地對不少地方譯名都未能統一。

　　按用中文翻譯外國地名，不外有下列幾種方法：

　　一是音義兼顧：這種譯法最理想，也是最難得，大都是從發音中取其美好含義，如美國西部大城 Seattle 為西雅圖，意大利中部名城 Firenze（Flroence）給徐志摩譯做翡冷翠的，都不可多見。

　　二是音義參半：只要地名帶有意思，或其中一部分音，另一部分義都會採用此法。地名有表示方向或某些形容詞的，十居其九都會用此法。例如 North Borneo 北婆羅洲，Prince Edward Island 愛德華王子島，New Dehli 新德里等。"New" 之譯法比較漫無準則，舉例 New York 就不稱新約而稱紐約，但 New Zealand 卻可譯為新西蘭或紐西蘭。

　　三是全名音譯：此類譯法最普遍，惟舛誤亦不可勝數。主要的錯誤大概可分譯音不確、發音不準、用詞不當三種：

　　1. 先說譯音不確，原因是各國語音皆有其獨特之處，而譯者若純以英語譯之，每多謬誤。舉例如國際法庭所在地的 The Hague，通譯海牙，但此荷蘭語的第二音節讀為 "k" 而非英語的 "g"，據此，海牙便須譯為海克。又如南美大國 Agentina 中譯阿根廷，此亦拜英語發音所賜。若用西班牙語發音，第二音節的 "g" 在 "e" 前，應唸作 "h"，故譯為阿亨廷方合。即使以英語譯英國本土地名，錯誤亦觸目皆是。最常聽到的如格林威治時間，Greenwich 這地名的 "w" 是不發音的，"威" 音從何而來？英語裏不發音的輔音為數眾多，不少錯誤便從此而生。隨手拈來，不發音輔音的地名就有 Durham、Markham 的"h"，Maugham、Vaughan 的"gh"等等。此外，元音不發音的情況也常見。總之，發音不規則的英語專有名詞多得很，在翻譯地名前不先查發音字典作實，誤譯的機會相當高。

音譯地名當以該地所屬國家的原音為準，可參考世界地名的詞典，如美國出版的 *Websters Geographical Dictionary*。

2. 其次是發音不準，這裏指的是譯者並不依照標準語言（即國語），而各自用其本身的方言來譯，做成本文開首所指 Cannes 一地異名的亂象。現存不少中譯地名，都非用國語音譯。最顯著的莫如有"加"在內的國名和地名，如加拿大 Canada；牙買加 Jamaica，阿美利加 America 等。"亞"字是另一非國語發音的譯法。例如用"亞"在前的亞洲 Asia 和在後的西伯利亞 Siberia。有時則"亞"、"阿"都可用，如亞拉伯或阿拉伯 Arabia。

3. 至於用詞不當，大概可分兩點討論。一是用字深奧難讀，舉例如蘇彝士運河 Suez Canal 的"彝"字，戛納 Cannes 的"戛"字等。二是用字易生誤解，舉例有不丹 Bhuttan 的"不"，波羅的海 Baltic Sea 的"的"等。

四是全名義譯：主要是地名全部都有意義，無須借助音譯，如用音譯，反為不美。如珊瑚海 Coral Sea、好望角 Cape of Good Hope、春田 Springfield、牛津 Oxford 等都是。

五是截長取短：也就是把過長的譯名截短，以便易記易讀。大抵譯名有五個字便算極限，超此便是過長。截取的方法是只取譯名的第一或第二個音節，附以其地的地理區分，如譯 Africa 為非洲，California 為加州，Philadelphia 為費城等。

遇到俄國地名多音節的，就要看情況來定。俄國西伯利亞東部的 Vladivostok 市，中國人稱做海參威的，音譯是符拉迪沃斯托克，這是多麼長的地名，即使減掉一兩字，仍然累贅又難記。加拿大西部省份 British Columbia，全譯英屬哥倫比亞，現已簡稱卑詩，為利用英文第一個字母音譯以截長取短的例子。一向以來，譯者用普通話音來譯人名地名都會把某些送氣音當作一個音節，如把"k"和"g"音譯"克"，"d"和"t"音譯"特"，"l"和"r"音譯"爾"等。於是加拿大名城 Montreal 就給譯成蒙特利爾，或蒙特婁。相比用粵音譯名就少了這些包袱，粵譯滿地可這地名是否比國譯來得簡短可喜，又有深意呢。

六是名從主人：這種情況需要查考當地原名，不能謬然去譯。例如深受中國文化薰陶的日本、韓國、越南的地名，甚至華僑聚居的東南亞各國地名，都已有中文名稱，沿用即可。如一時無從查出原名，可按英語發音暫時譯出，加括號註明是譯音。還有一種譯名根據更古的國名或地名，與現今所用絕不相同。為甚麼 Germany 和 Greece 譯做德意志和希臘呢？那得要追溯到他們的原名 Deutsch 和 Helles 了。

七是約定俗成：以前很多地名譯來不知所謂，所採之音既不妥，義亦不佳，好似加拿大省份 Quebec 為魁北克（舊譯古壁更能引起懷舊遐想，音亦較相近），非洲東岸國家 Mozambique 曾給譯為莫三鼻給（用數字及人體器官入文會引誤解），現有改譯為莫桑比克。總之，以前譯名一經為眾常用，雖有不是，也不可以己意改譯，聽之可也。有些地名的中文名既非從音譯，也非從意譯，例子如稱美國加州的 San Francisco（三藩市）做舊金山，或叫大埠，Sacramento（薩克拉曼多）叫二埠，Honolulu（火奴魯魯）叫檀香山，澳洲城市 Melbourne（墨爾本）則是新金山，加拿大城市 Edmonton（愛民頓）叫點城等，都是當地老華僑所用的，不在翻譯範圍之內。

總之，地名的翻譯和人名一樣，都需要用想像力和創作力。如果死硬機械地只靠音或意來譯，雖無錯誤，但譯得生氣全無，或難於記憶閱讀，殊非善譯之道。文藝作品的地名翻譯，更要多用心思，不但要達，還需求雅。

60 怎樣翻譯書名？

　　書的種類繁多，有學術性的、科技性的、資料性的、文藝性、宗教性的等等，不一而足。翻譯書名，首要當然是根據原名，然後看書是屬於哪種類的，內容如何，了解透徹，譯者才可下筆。某些書名如 *A Brief History of China* 令譯者毫無周旋餘地而不得不照譯為《中國簡史》之外，其他的作品，尤其是文藝性的，會給譯者有較大的想像空間，即是有較多的選擇。例如名著 *Gone with the Wind*，有人譯為《隨風而逝》，也有人譯為《飄》，更有的譯為《亂世佳人》。前者直譯，後兩者意譯，都能貼切原題或故事情節，各有所好。

實在翻譯書名是有多種方法可供選擇的：

1. 直譯原書名，不予更改，例如把 *War and Peace* 譯為《戰爭與和平》。

2. 直譯原書名，但加字增強表達力，例如把 *The Book of War* 譯為《戰爭全書》，"全"是加上去，使得書名讀來流暢，又更添吸引。

3. 直譯原書名，但減字而使精簡易記，例如把 *Inquiry into the Nature and Cause of the Wealth of Nations* 一書譯名只有兩個字《原富》。

4. 意譯原書名，原名文字與譯文相仿，但譯文經藝術加工後，令人印象深刻，易於記憶，例如把 *Playboy* 譯為《花花公子》。

5. 意譯原書名，雖與原名文字無一相同，但仍與其內容性質或精神有關，例如 *Gulliver's Travels* 譯為《海外軒渠錄》，意為使人讀之可捧腹大笑。如譯《加利佛遊記》，則為半音半義。

地名翻譯的原則，應與人名者相似。現今世界的主要地名都已有漢譯，譯者沿用即可，即使本來譯錯者如格林威治，也不可憑己意改動。如需新名，須先求讀音準確，然後再求用詞適當。有義譯意，無義譯音，幾乎是譯地名通用的方法。

6. 半直半意譯，例如 The New Arabian Nights 譯為《新天方夜談》，"談"為譯者按內容之意而加。

7. 音譯原書名，例如 Hamlet 譯為《漢姆列特》。如譯《王子復仇記》則變成意譯了。

8. 音譯原書名，但加字作解釋，例如 Robinson Crusoe 的譯名為《魯濱遜飄流記》。

9. 音譯全書名，譯名有意思，音義兼善，例如 Jane Eyre 譯《簡愛》。

10. 半音半意譯，如 Aesop's Fables 給譯為《伊索寓言》。

11. 完全用新名，與書中所述者了無關係。例如 Tales from Shakespeare 一書給譯為《吟邊燕語》，從譯名看只知是文藝書籍，不知是採自莎翁劇作故事的散文集。

翻譯書名有幾點原則需要注意：

1. 非文藝作品之書名，以直譯為尚，無論何類書籍，譯名總以能貼切情節內容或書中要旨為佳。

2. 如係文藝作品或哲學、神學等書籍，須留意書名是否出自典故，切勿謬然下筆。

3. 用詞太雅或太俗均不宜，僻字更應避免。在文藝作品方面，中文之四字成語或五、七言詩句之一部分都可用以入題，以加強表達。

4. 短小精悍，易讀易記。大抵字數不宜多過七字，副題例外。

5. 書名吸引，對銷路大有幫助，故必須倍加推敲。出版社對市場及讀者之需求愛好，有深刻認識，可求取其意見。

6. 書名翻譯後，調查有無相同書名，以免混淆。

61 怎樣翻譯物名？

（一）

本文所說的物名，是包括一切物體、物質、物料、物品的名稱，人類發明、發現、生產和製造的各種各樣物品都在討論之列。

在翻譯過程的發展上，物名的翻譯可能是最早的，因為這是人類最常見而在生活上也有需要的。當人類看到別人有而本身無的東西總不免要知道這些是甚麼？有甚麼用途？叫甚麼名字？每當一件物品傳到某一地時，當地人不明其特性和用途，往往在翻譯上走音譯的路，等到明白了，才改用意譯。在中國也是這樣，不少物名都是先根據外國原音譯為漢音漢字。但漢語究竟是標義性的文字，音譯違背了中文的語意基礎，使人很難從音譯中了解詞彙的意思。好像 tobacco，初音譯為"淡巴菰"，這個怪異而可使人誤解的譯名，現已改為意譯的"煙草"了。但音譯用得久了，人們都習慣了，也知道是甚麼，便仍然保留使用，如 cigar"雪茄"，最多加個"煙"字在後。也有些音譯和意譯都並用，如 engine，音譯的"引擎"和意譯的"發動機"或"內燃機"都在同時應用。

外來物品的譯名由於地區和方言的差異，很難取得一致，這在中國廣袤的領土上尤其如此。就拿 motor 一名來說，既有音譯的"馬達"、"摩托"、"摩打"，又有意譯的"發動機"、"電動機"、"內燃機"等，如何取捨，視所在地區和所用方言而定。

（二）

翻譯物名，正如前述，主要分意譯和音譯兩大途徑，但如單靠上述譯法，是不能滿意地譯出千千萬萬各種各類的物品名稱，勢非借助其他翻譯方法不可。為了能確實和生動地表達物品的外表、特色和用途，除了意譯和音譯之外，又可採用音意兼用、附詞說明、象譯和創製新詞等。下表所載的方法和例子，只供粗淺參考，以方便討論。

	意 譯	音 譯	音意兼用	附加說明	象 譯
食物	egg plant 茄子	curry 咖喱	chocolate bar 巧克力條	wafer 威化（餅）	cross cake 十字餅
衣物	rayon 人造絲	nylon 尼龍 / 耐綸	miniskirt 迷你裙	swallowtail 燕尾（服）	embossed fabric 凹凸布
藥物	tonic 補藥	aspirin 阿士匹靈 / 阿司匹林	calcium tablet 鈣片	antiager 抗老（劑）	lozenge 寶塔糖
飲料	milk 牛奶	coffee 咖啡	lemon juice 檸檬汁	cocktail 雞尾（酒）	rainbow 三色酒
機械	boiler 鍋爐	pump 泵	water pump 水泵	compressor 壓縮（機）	shear legs 人字起重機
文具	paper 紙	card 卡 / 咭	index card 索引卡 / 咭	scotch tape （透明）膠帶	pin 大頭針
樂器	harp 豎琴	guitar 結他 / 吉他	classic guitar 古典結他 / 古典吉他	banjo 班卓（琴）	theorbo 雙頭大琵琶

從以上例子可看到無論是那類物品，大概都可應用不同的翻譯方法來表達物品特色和用途的名詞。

（三）

意譯在物品翻譯中無疑是主流，凡是兩方面有的事物，都可以對譯，如 saw "鋸"。西方有的鋸是中國沒有的，或是新科技產品，以前從沒有過，如 keyhole saw, slotting saw, whip saw 等類。但不要緊，只要是屬於鋸類，也可按照字面或意思譯出"開孔鋸"、"割槽鋸"和"絞繩鋸"。還有另一種物品在字面上看不到屬於何類，如 brush, chalk, crayon, quill, tylus 但一曉得可作筆的用途時，便分別以筆名為主，其他形容詞彙為副。以上的筆類譯名便是"毛筆"、"粉筆"、"蠟筆"、"粉彩筆"、"鵝毛筆"、"尖頭筆"等等。意譯的方法構成了物品譯名的絕大部分。

音譯在物名中佔有極重要的地位，許多外來物品一時未知底細的都可採用音譯來應急。採用音譯可用以避免過長的譯名，如 radar"雷達"或需要多費唇舌才能解釋得清楚的物名，如 pudding"布丁"。物品種類中最多應用音譯的包括外地傳來或新出的物品如藥物類的 penicillin"盤尼西林"；酒類的 vodka"伏特加"，衣料類的 dacron"的確涼"等。音意兼用的譯法極為流行，只要組成物名的原文一部分有音譯，便可採用這種譯法。因而 hydraulic pump 譯"水力泵"，chestnut pie 是"栗子排／批"，其他數不清的物品也是音意的混合。

加詞表義的譯法是用以補音譯或意譯的不足，這種加詞可在主要物名的前或後，目的在加強表達，免生誤會，參考上表的各種例子，當可明白這種譯法的作用。

象譯在物名翻譯中雖較少見，但也非聊備一格，象譯所具有的生動形象、深刻效果，不是別的譯法所能代替的。例如把 cashew 譯做"腰果"，取其果實形如腎狀，不是比意譯的"都咸子"遠為高明嗎？還有一些保持英文字母的譯名，如 X-ray"X-光"，O-ring"O 形環"等，都屬象譯的範圍。

倘使上述所有的方法都不管用，那就只好另創新詞。

新發現或新發明的物體、氣體、物質、物品等的漢語新詞，便都是在這種情況之下產生的。✿

物名翻譯能用意譯者使用意譯，使讀者容易了解，且知其性質用途。音譯只是不得已而用的權宜之法。

62 怎樣翻譯商品名？

外來商品要打入華人的消費市場，不能不借助於譯名。靠着漢語一詞多義和同音（或近音）異詞所產生的聯想，中文譯名所起的作用，除了能夠美化商品，增加吸引力和說服力，使顧客感到有需要而提起購買意慾外，還能同時提供資訊，說明物品的性質和用途。

初期的商品譯名多為音譯，如 Pond's 龐氏（冷霜），Ovaltine 阿華田（飲品），Kodak 柯達（菲林），Gillette 吉列（刀片），Cartier 卡地亞（手錶）等，都是有音無義。

如果牌子名稱是有意義的，自然可以意譯，好像 Concord 和諧（手錶），Nestle's 雀巢（奶粉），Palmolive 棕櫚（肥皂）等。可是為了要吹噓商品的應用價值和效能，即使原文本身有意義，很多譯名還是拋棄了原意，根據發音來另取他名。好像 Cross 高士（筆），Dove 多芬（肥皂），Crest 佳齒（牙膏）等。也有另外採用其他意思，以作強調商品效用，例如以下兩種洗髮水，Rejoice 和 Head & Shoulder 的譯名分別為 "飄柔" 和 "喜潔"，與原意相距甚遠。

用半音半意的方法來翻譯商品名稱也有不少，7 Up 七喜（汽水），Gelusil Plus 健樂加（胃藥），Toilet Duck 潔廁得（清潔劑）等是其中的表表者。

還有一些索性就用商標象形來做其譯名，舉例如 Nestle Carnation 三花（淡奶），Quaker Oats 老人牌桂格麥片，Schweppe's 玉泉（汽水），Wrigley 白箭牌（香口膠）等。

外來商品競爭激烈，譯名方面就更刻意經營，吸引顧客，務求音義可以兼顧，到現在已成為一時風尚，其中不乏神來之筆。早期的 Coca Cola 可口可樂（汽水），Revolen 露華濃（化妝品），Sheaffer 犀非利（墨水筆）等早已膾炙人口。近起的 Citron 雪鐵龍（汽車），Libogen 力寶健（飲品），Sprite 雪碧（汽水），Strepsil 使立消（喉糖），Zest 西施（洗髮水）等，都能義隨音轉，直指產品效果，引起購買興趣。

總括來說，以上各種譯名方法都旨在利用遣詞造句來推介商品與眾不同的特質，吹噓商品的效用，加強用家的信心，而所採取的策略，主要有下列三種：

第一種強調商品的實用價值，使顧客樂意採用。這在藥品和清潔用品兩類中最為顯著。例如藥品的 Alka Seltzer 我可舒適，Pandadol 必理痛，Suzaran 睡康靈。清潔用品的 FAB 快潔，Jif 潔而亮，Magiclean 萬潔靈等，都能望文生義。

第二種標榜商品的優良效果，適應用家心理。這在化妝品的譯名中，就可隨意找到"美"字，如 Academie 愛琪美；"嬌"字，如 Guerlain 嬌蘭；"麗"字如 Nina Rici 麗姿，"蘭"字，如 Ulan 玉蘭等等。

第三種毫不強調商品的實用，也不標榜商品的效果，而在着意誇耀用家的社會地位，財富和品味。這又可分三種翻譯方法。一是只譯其音，即使譯得不知所謂也不要緊，反正捧場客並不在乎。例如法國的 Dupont 都彭（鋼筆），Lipton's 立頓（紅茶）等。 二是音義兼顧而有所指，如 Volvo 富豪、Lexus 凌志等汽車。三是完全不作中譯，以原來面目示人。例如某些名牌服裝鞋物中的 Polo, Louis Vuitton, Versace, Reebok 等都是。

商品為了要外銷他方，不得不順應當地的社會和文化，滿足當地市場的需求，在推廣時會採取 "Think global, act local" 的策略。在遇上文化差異時，就不能不調整商品的形象，取悅顧客，以求多銷。最簡單便捷的方法便是從譯名去着手，所以有些產品在行銷多年後也不得不順應時俗變更。例如飲品的 Lectogen "勒吐精" 含義惡劣，後改名 "力多精"。就連推銷嬰兒和護膚用品的大公司 Johnson & Johnson's 也要把譯名從 "莊生" 改為 "強生"，以助長顧客的信念和喜好。在商品的譯名中，可謂一名之立，足以影響銷路的興衰。

在當今同行競爭激烈，大眾崇尚名牌的商業社會中，商品譯名之受到極端重視，也就不言而喻了。🐾

63 怎樣翻譯政、商、教機構名稱？

（一）

現今人類社會分工精細，工作單位林立，各以性質及服務對象劃分。單位有大小之分，亦有高低之別，這在政府部門、各行各業機構以及社會服務團體等莫不如是。數其性質，何只萬千，主要的分政府、工商界、文教、科學、宗教、經濟、法律、軍事、娛樂、體育等，各有機構，專司其職。

在英漢翻譯之中，初時中國人對西方有些機構不知其性質，本國亦無相等機構可作比較，便無法不先譯其音，待弄清其何所指，方譯其義。最顯著的例子是 Parliament，初音譯為"巴力門"，後方改稱國會或議會。

現代中國政府的行政機構取法西方，譯名多有對應詞，成問題者，只在漢語本身對機構的名稱繁多複雜，而各名稱之間誰高誰低，亦頗見混亂，很難決定譯名。

（二）

西方最高的行政機構，當以 Ministry/ Secretariat 為首，中央及地方政府皆然。其下分設 Board, Department, Office 等，再分為 Division, Branch, Bureau, Section，等而下之有 Sub-Section, Sub-Division, Station 等。還有甚麼 Committee, Centre 等貫穿其間，略有脈絡可尋。

翻譯商品名稱必須兼顧商品的性質作用、市場趨勢的需求、社會的風俗習慣和顧客的心理喜惡。

西方政府行政架構中，其部門以高低排列大致如下：

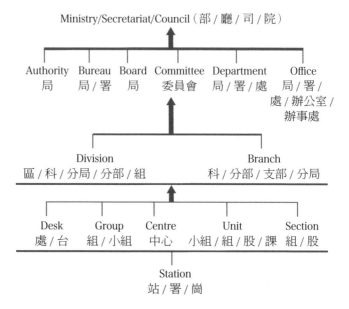

Ministry/Secretariat/Council（部 / 廳 / 司 / 院）

Authority　Bureau　Board　Committee　Department　Office
局　　　　局 / 署　局　　委員會　　局 / 署 / 處　局 / 署 /
　　　　　　　　　　　　　　　　　　　　　　　　處 / 辦公室 /
　　　　　　　　　　　　　　　　　　　　　　　　辦事處

Division　　　　　　　　　　　Branch
區 / 科 / 分局 / 分部 / 組　　　科 / 分部 / 支部 / 分局

Desk　　Group　　Centre　　Unit　　　Section
處 / 台　組 / 小組　中心　　小組 / 組 / 股 / 課　組 / 股

Station
站 / 署 / 崗

　　現代中國政府機關架構之最高行政機關為院（可譯為Council），如國務院。其下分部 / 廳，如外交部，部下有司，如亞洲司，司下有局、處、署，再之下有組、科、股、課等。專業單位又有所、中心等，名稱繁多，有時在選擇適當譯名時，就頗費思量。

（三）

　　機構名稱為數眾多，未能盡錄，現擇有關政府、商業及教育部門之工作單位名稱製成下表，以供參考，並特選名稱之具有廣泛性和複雜性的，抽出個別討論。

政、商、教機構譯名一覽表

	政　府	商　界	教　育
Academy		會 / 社	學校 / 學院 / 研究院 / 學會 / 學派

	政　府	商　界	教　育
Agency	機構	代理 / 經紀公司	
Assembly	會 / 議會	會	會
Association	會 / 聯盟	協會 / 工會 / 聯會	學會
Authority	當局 / 局 監理處		
Bank		銀行 / 庫	
Board*	（下文第四節個別詳細討論）		
Branch	分局 / 分署 / 支部 / 分部 / 科	分行 / 分店	部門
Bureau	局 / 司 / 署 / 辦公處	社 / 所	部門
Cabinet	內閣		
Centre	中心	中心	中心
Chamber	議院	商會 / 會所	
College*	（下文第四節個別詳細討論）		
Commission	委員會 專員公署	委員會	委員會
Committee	委員會	委員會	委員會
ad hoc	特設 / 專責	特設 / 專責	特設 / 專責
seasonal	會期	會期	會期
standing	常務	常務	常務
steering	策導	策導	策導
Community	公社 / 共同體		
Company		公司 / 商店	
Confederation	同盟 / 聯盟 / 邦聯 / 聯合會		
Congress	代表大會 / 國會 / 議會		
Cooperative		合作社	合作社
Council*	（下文第四節個別詳細討論）		
Counter	服務台	服務台	

	政 府	商 界	教 育
Court	法院		
Delegation	代表團	代表團	代表團
Department*	（下文第四節個別詳細討論）		
Depot		站 / 庫	
Desk	處 / 台	處 / 台	
Division	區 / 科 / 分局	分部 / 組	
Faculty			系 / 科 / 學院
Federation	同盟 / 聯盟 / 聯邦		
Force	部隊 / 隊		
Front	陣線		
Fund	基金會	基金會	基金會
General Assembly	大會	大會	大會
Group	組 / 小組	組 / 小組	組 / 小組
Headquarters	總部 / 總局 / 司令部	總部 / 總公司	總部
House	議院	機構 / 所	機構 / 所
of Commons	下議院		
of Lords	上議院		
of Representatives	眾議院		
Institute	機構 / 所	協會 / 所	學校 / 學院 / 所 / 學會 / 協會
League	同盟 / 聯盟 / 團		
Ministry	司 / 部 / 廳		
Office*	（下文第四節個別詳細討論）		
Organization	組織 / 團體 / 機構	組織 / 團體 / 機構	團體 / 機構
Panel	組 / 小組	組 / 小組	組 / 小組
Parliament	議會 / 國會		
Party	黨 / 政黨 / 團	社 / 團	社、團

	政　府	商　界	教　育
Room	室	室	室
School		學校 / 院	學校 / 學院
Secretariat	書記處 / 部 / 秘書處 / 司	秘書處	秘書處
Section	處 / 科 / 股 / 組 / 小組	處 / 科 / 股 / 組	處 / 科 / 股 / 組
Senate	參議院 / 上議院		大學評議會 / 大學教務會
Services	服務處	服務處	服務處
Society		會 / 社	學社
Station	局 / 所 / 站 / 台 / 崗位	站 / 台	站 / 台
Team	隊 / 組	隊 / 組	隊 / 組
Union	聯邦 / 聯盟	聯合會 / 協會 / 工會	
Unit	分隊 / 小組 / 單位 / 組 / 股 / 課	單位 / 組 / 股 / 課	單位 / 組 / 股 / 課

（四）

在所有行業的部門名稱中，英文的 office 一詞相信是最常見的，從政府的高官以至商界的小職員都可以把他們的辦公地方稱為 office。因此之故，office 的譯名也就廣泛得很。

政府官員用的是辦公廳或辦公室、辦公處等，商界人士用的是辦事處、營業所等，學校用的稱校務處，律師用的是事務所，醫生用的叫醫務所或診所等，譯法因用者而異，視乎性質與服務對象。大抵在政府機關可用部、司、局等的名稱，而在商務部門則可叫公司、行、所或社等。

Department 也是機構常見之名，所謂 department 原意是整個機構中其中的一個部門，以工作性質劃分。百貨公司有玩具部、女裝部；學校有教育系、歷史系。在行政機構中，則視該部門大小而定名。大的可稱部、司、局、處或署，小的可稱作科或室。

Board 從會議用的桌子意義引申為商討與掌管某一事務的一批人員或部門，各行各業都有設置，可譯為委員會、理事會、董事會、商會或部、局與會等。

College 的譯名也眾多，主要在教育方面。College 是高級的與專業教育的學校，通常稱為學院或書院。英美的綜合性大學往往由多個學院組成，所以又可以譯作大學。但 College 在英國是指中學程度的公學，所以譯為中學。College 又指專科學校，職業學校或技術學校，翻譯時先要弄清楚學校性質，以免譯錯。團體中如用 College 之名，就是具有共同目的和特權的組織，如 The College of Dentists 可譯為牙醫學會。

Council 原指一組人員，受任命或被選出向有關機構提出建議、制定規則、推行計劃、處理事務，兼有顧問和立法功能，故有時譯作院、議會或理事會、委員會、政務會等等。上述多為政府行政機構。如屬社團，又可譯作俱樂部。在大學組織中，Council 是行政的最高機構，稱為大學校務會。

（五）

機構的譯名正如機構本身的名稱一樣，錯綜複雜，因一國有一國的制度，一地有一地的架構，甚至同國同地，名稱等級亦不一致。實在機構之譯名彈性頗大，而所用之中文有時亦模棱兩可，如"處"、"署"即無明確界定，使人無所適從。"部"及"廳"亦各隨所好，凡此都增加了翻譯時的難度。總之，譯者須隨當地之通行譯法和按照已採用之譯名，譯時適應當地情況及常用制度，舉一反三，以期取得較理想的譯名。

64 怎樣翻譯政、商、教職位名稱？

（一）

機構的建立必須依賴人員去執行，方才能夠達成目的，發揮功能。不同的機構名稱，就有不同的人員職稱。在同一機構內，人員的職位除以工作性質劃分外，亦有上下高低之分，方可各守其位，各盡本分。

人員的職稱，大都隨機構之名而行。如領導一部者稱部長，一局者稱局長，餘類推。不過亦有不以長稱，如共和政體國家之長為總統、主席，君主立憲國家為國王、首相；商業機構為總裁等。低級職位的名稱在任何性質機構中則約略相同，如文員、接待員、打字員等。

（二）

下表僅列出政治、商業和教育三領域的主要職位，藉供參考。

政、商、教職位譯名一覽表

	政　府	商　界	教　育
administrator	行政官	管理員	行政員
advisor/consultant	顧問	顧問	顧問
chairman	主席 / 議長 / 委員長	主席 / 會長	主席
chancellor	總理 / 首相 / 大臣		名譽校長
chief	元首 / 酋長 / 主任	主任	主任
clerk	文員 / 書記 / 職員	（名稱與政府同）	

	政　府	商　界	教　育
commissioner	專員 / 委員 / 特派員		
comptroller	審計員	財務總監	財務主任
councilor	地方議員 / 顧 問		
coordinator	主任	主任	主任
dean			院長 / 系主任
director*	（下文第三節個別詳細討論）		
executive	行政官	總經理 / 董事	行政人員
governor*	（下文第三節個別詳細討論）		
lecturer			講師
manager		經理 / 幹事	
mayor	市長		
member	議員	會員 / 社員	會員 / 社員
minister	部長 / 大臣		
officer*	（下文第三節個別詳細討論）		
premier	總理 / 首相 / 省長		
president	總統 / 議長 / 主席	會長 / 社長 / 主 席 / 行長 / 董 事長 / 總裁	校長 / 院長
prime minister	總理 / 首相		
principal	首長		校長
professor			教授
chair -			講座教授
full -			正教授
associate -			副教授
assistant -			助理教授
research -			研究教授
visiting -			訪問教授
guest -			客席 / 座教授
emeritus -			榮休教授
programmer	程序編製員	程序編製員	程序編製員

	政　府	商　界	教　育
secretary	大臣 / 部長 / 司長 / 書記	秘書	秘書
senator	參議員 / 上議員		評議員
speaker	議長		
supervisor	監督	管工	督學
trustee		理事 / 受託管理員	理事 / 評議員

（三）

Director 為一廣用的職稱，官商教都分別有不同稱謂。此職位屬領導級別，故在政府部門可以用首長名之，在局為局長，在所為所長，在中心為總監或主任等，不一而足。在商業機構則可稱董事或理事、幹事，在教育界為校董、校監，在音樂界為指揮，電影界為導演、舞台為監督、比賽為裁判長等。

Governor 在職位級別中，要比 Director 更高，不只領導，還要管轄，此所以英國殖民地的統治者便以總督為名。地方的最高長官如省長、州長，亦用此名。商界的 governor 為銀行總裁等高位人員，教育界較為少用，如有可譯為董事或校監。

Officer 為各界最多採用之職稱，幾近於濫。如譯為"官"者僅限於任職政府之高級人員，如 administrative officer "政務官"、executive officer "行政官"，。中級者便不用官而改稱"主任"，如 labor officer 勞工主任。低級者則稱"員"而已，如 clerical officer 文員等。如係商業機構，則一定不能用"官"為名，只可稱作"主任"。"主任"一名在中國社會內各行各業中大大流行，只要沾上一些領導氣息，手下有幾個人向他負責，便可應用"主任"之名。

翻譯職位首先要看屬於那種行業，甚麼機構，然後才看職位高低和工作性質。當地的習慣用語和用法也是必須考慮的先決條件。

（四）

職位既有高低，於是便可在職位的名前名後另加名詞或形容詞作指示。用於或綴於職位之前的有以下各詞：

acting 譯 "署理"，如

acting head	署理首長

alternate 譯 "候補"，如

alternate secretary	候補書記

assistant 譯 "助理"，如

assistant mayor	助理市長

associate 譯 "準"，如

associate member	準會員

或 "副"，如

associate professor	副教授

chief 譯 "首席"，如

chief justice	首席法官

或 "總"，如

chief inspector	總督察

deputy 譯 "副"，如

deputy director	副處長

general 譯 "總"，如

general manager	總經理

honorary 譯 "榮譽"，如

honorary Aide-de-Camp	榮譽副官

senior 譯 "高級"，如

senior inspector	高級督察

under 譯 "副"，如

under-secretary	副大臣

vice 譯"副"，如

    vice- president   副總統

    用於或綴於職位之後的有以下各詞：

assistant 譯"助理"，如

    clerical assistant   文員助理

designate 譯"候任"，如

    governor-designate   候任總督

elect 譯"當選"或"候任"，如

    speaker-elect   當選議長

    president-elect   候任總統

general 譯"長"，如

    secretary-general   秘書長

    或"總"，如

    consul-general   總領事

（五）

    稍對職位名稱有所認識的都知道譯名沒有準則，例如商業機構的第一把手的 CEO (Chief Executive Officer) 就譯名眾多，有直譯為"首席行政主任"，也有譯為"行政總裁"或"執行長"的。美國 Secretary of State "國務卿"，稍低的首長級雖同有 secretary 之名，卻只能譯為"部長"，如 Secretary of Labor "勞工部長"。還有不同國家的政府部門首長各有不同的名稱，這點也極須注意。例如 Prime Minister，民主國家譯"總理"，君主國家則譯"首相"。

    Premier 一詞隨不同國家有不同譯名，有譯"首相"、"內閣總理"或"省長"。美國國務院的首長是"國務卿"、中國的國務院首長是"總理"，台灣的行政院則是"行政院長"。職稱譯名正如機構譯名的多變一樣是對翻譯工作者的一種挑戰，應付之法，是了解社會各行業的機構組職，並熟悉業已譯出的通行名稱，再請教行內人士，切忌憑字的表面意思譯出。例如英聯邦大學的校長叫做 Vice-Chancellor，把這職位譯做副校長是不對的。

65 怎樣翻譯科技術語？

（一）科技術語的構成

科技術語隨着科技發展而不斷增加，英語是以創造新詞和擴展原有術語的詞義來應付這些需要。英語科技術語一般有三類形式：單詞（如 robot）、複合（如 networkqueue）和詞組（如 subsystem for nuclear auxiliary power），其構成方法大概如下：

（1）借用法（borrowing），可分兩種，一是多借用希臘文或拉丁文創造，如 haeomoglobin 血紅蛋白，用希臘文的血 haima 和拉丁文的球 globin 組成。醫藥名詞就多這樣的術語。二是借用現行普通名詞轉為術語，如電腦的滑鼠 mouse、物理學的磁場 magnetic field 等。

（2）結合法（compounding），用兩個或兩個以上的單詞組成，如 space + ship = spaceship 宇宙飛船；volt+a+meter = voltameter 電量計。

（3）混合法（blending），用兩個或多個單詞的部分組成一詞，如 variable + resister = varistor 變阻器；medicine + care = medicare 醫療保健。

（4）派生法（derivative），附上前綴或後綴，如在詞頭：antifreeze 抗凝劑或在詞尾：fluorine 氟。

（5）剪裁法（clipping），刪去單詞部分字母，如
在單詞前部：	omnibus 簡化成 bus
在單詞後部：	propeller 簡化成 prop
在單詞前和後部：	refrigerator 簡化成 fridge
在單詞中部：	regulations 簡化成 regs

（6）首字母縮略法（acronym），最方便也用得最廣，如 laser

(light amplification by stimulated emission of radiation) 譯為鐳射（音譯）或激光（意譯）RAM (random access memory) 譯為隨機存取存儲器。

（7）專有名詞法（proper noun），以人名、地名或其他專名組成，如：

curie 居里　　　　　　　　（放射性強度單位）
Dolby system　　　　　　多爾貝降噪系統

（8）造詞法（coinage），即自行創造新詞，如物理學、化學和其他科學的新發現和新發明的名詞和術語等都是。

（二）英文術語中譯方法

英文術語的中譯，大概可分五種方法，即意譯、音譯、音意兼譯和中譯詞有英文部分，與及中譯後附以英文在括號內等。

（1）意譯為翻譯術語的基本方法，顧其名可思其義，便於理解和記憶。上述的借用法、結合法、混合法、派生法、剪裁法以至首字母縮略法等都可用意譯方式。採用意譯必須對術語意義全部徹底了解才可下筆，否則錯誤十居其九。

（2）音譯是將原文術語的發音以漢語譯出，有時因地域不同而有標準漢語和方言之別，這適用於首字母縮略法和用專有名詞構成的術語。

（3）音意兼譯是把原文術語的一部分音譯，另外部分意譯，例子如醫學的 Parkinson disease（柏金森疾病）、物理學的 Galilean telescope（伽利略望遠鏡）等。

（4）保持英文專有名詞或英文字母原文部分，其他部分中文意譯，例如： IBM system（IBM 系統），Y-section（Y 形接頭）等。

（5）中文譯語後附英文原文，如：兩性離子（zwitterion）。

總括來說，翻譯術語應盡可能採用意譯，使得表達更明確，避免音譯所做成的誤解和混淆。譬如 dacron 是一種衣料，音譯之為"達克龍"，也還罷了，但香港人卻偏偏把它譯做"的確涼"，那知這衣料卻一些都不涼，誤導了不少人。但音譯也有其優點，即可將意譯術語的字數大大縮短，例如 AIDS 愛滋病，如用意譯的後天免疫缺乏症候羣，那就冗長得多了。外來的哲學理論或科技產品和術語等，在輸入初期，多採音譯，好像 democracy、telephone、meter 等，便給音譯為德謨克拉斯、德律風、米突，後來才以意譯代替，稱為民主、電話和公尺。不過有些術語例如 vitamin，到現在還是音譯"維他命"和意譯"維生素"並用的。

（三）自譯新詞的方法

現代科技一日千里，新創術語層出不窮，即使熟諳有關專業，有時亦不知何所指，業外人士更不用說了。無論如何，查閱字典總是最基本的方法。除有關專業的字典或詞彙外，一些綜合字典或縮略語詞典，亦應常備聽用。如果譯者精通語義知識，就了解到從派生或語根發展出來的術語，省卻許多查字之勞。以往中國採用的科技術語，不少沿自日本，現時日本翻譯科技術語亦比中國先進快捷，不妨參考該邦業已使用的術語，肯定有助。翻譯過程中不時請教業內專家，有時勢不可免。

以上各法均無效時，只好自行斟酌，盡所能譯出新詞。

如果自譯新詞，有幾點需要注意：

（1）按照上下文和所屬詞組來確定術語詞義，例如 procedure 一詞，可作多種譯法，如：

check procedure	檢驗過程
manpower allocation procedure	人力分配程序
office procedure	管理方法
numerical procedure	計算方案

（2）以語義學知識確定術語詞義，例如 schizophrenia ，中

譯精神分裂症，因此詞由希臘文的 *shizein* (to split) *phren* (mind) 組成。

（3）以通用名稱翻譯。

（4）多查外文專業詞典。

（5）避用艱深冷僻字詞。

（6）可附原文，以備查考。🐾

66 怎樣翻譯科技文章？

（一）概説

在這個知識和資訊爆炸時代，科學、技術和經濟等等的發展與引進國外的先進技術和獲得有關的科技情報和資料，密不可分。記載科技發展的文章大都以外文寫成，其中英文就佔了絕大部分，因而翻譯英文的科技文章就很重要。

英文的科技文章寫作和一般的文章沒有太大的分別，所不同的是，它的構詞造句都頗有特色，成為別具一格的科技語言。所謂科技語言，就是科技工作者用以交流和思考科技問題的工具。

一般説來，科技語言有些基本特點，反映在科技文章上的是：

1. 大量使用科技上的專業術語和專業符號，再配以圖表、照片、數字等來幫助說明。

2. 敍事說理按事物發展順序，用詞簡單明確，段落 層次清楚。

3. 文章主題單一，所有敍述解釋都圍繞着主題進行。

由此而知，科技文章最主要的特點是在它的術語和句法兩方面，術語在前題已述，本文專討論句法。

科技術語，最好是用意譯，但音譯則可補救意譯過長之弊。如需另創新詞，除注意用詞得當外，可附以原文，幫助讀者了解。專業詞典是這類翻譯必備的書籍。

（二）科技文章的句法風格

科技文章在寫作方面大致與一般文章大同小異，在句法上有些特點，而在文體上也有些不同風格，可歸納如下：

（1） 常有較長句子，但句法結構較簡單且少用修辭技巧，敍述次序也較直接。

（2） 句法結構常用先行主語（preparatory subject）的 it 或 there。

（3） 句法結構多用名詞或名詞短語（noun phrase），以解釋抽象化的科學概念和釋義。

（4） 句法常用被動語態（passive voice），以增強客觀性。

（5） 修飾語（modifying words）往往放置在被修飾的名詞之後，此為英語科技文體的特色之一。

（6） 引用之參考資料出處多用以插入文章句中（即夾註）或句後（即註腳）。

以上各種句法和風格特點，分別在下節舉出例子並用中文譯出。

（三）科技文章的翻譯方法

科技文章的翻譯方法亦與其他各類文章相埒，例如長句的處理，內容的重新排列、被動語態的轉變，修飾語的前後倒置都是因應中文的句法要求而作適當表達的。

翻譯科技文章的標準必須是：
1. 內容明確完整，略可增減；
2. 文句簡潔精煉，通順易懂；
3. 術語和詞彙為專業行內應用。

以下按照第二節科技文章的句法特點，舉出例子，並附以譯句。所有例子均摘自同一篇有關精神分裂症的科技文章，名為 *Dopamine Receptors in the Brains of Schizophrenia Patients: a meta-analysis of the findings*，刊載於 Behavioural Pharmacology 2007; 12：355 – 371.

（1） 長句的例子和翻譯：

As would be expected, the post-mortem studies involved patient samples that were significantly older and more likely to be medicated, and contained a higher proportion of females when compared with the *in vivo* studies.

譯文

一如所料,死後驗屍研究包括病者的樣本都是年紀明顯較大,及多數可能已有服藥,與在活體內研究比較時,女性比例會較高。

【解說】 科技文體時有長句,但句法結構並不太複雜,多用直譯方法譯出。所注意的除術語外,主要是內容材料的排列方面,使用短句,譯文表達便會更清楚。

(2)句法中先行主語的例子和翻譯:

原文

It is important that sample-size correction be used with caution if sample size is confounded with methodological factors.

譯文

如果樣本的大小和方法理論的因素混淆,那麼在樣本大小的改正方面,就應該小心去做,這是很重要的。

【解說】 科技翻譯為求客觀,常用先行主語的結構。翻譯時通常應用適當的倒裝句法。

原文

There was no marked dissimilarity in the density of the D1-rich or D1-poor zones of the schizophrenic cases, as compared to control cases.

譯文

從控制方面比較,在精神分裂病例中,含有 D1 豐富或貧乏地帶的密度，兩者<u>沒有</u>顯著的不同。

（3）名詞或名詞短語轉為動詞的例子和翻譯：

原文

It is also very clear that the major <u>reduction in D1 receptors</u> is larger in degree than the <u>decline in D2 receptors</u>.

譯文

<u>D1 受體</u>主要地<u>減少</u>，在程度上要比 <u>D2 受體下跌</u>為大，這也是清楚不過的。

【解說】科技文體多術語和名詞或名詞短語，這是其特色。為使語氣生動，行文時將抽象名詞轉為動詞，是常用的手段。

（4）被動語態轉為主動語態的例子和翻譯：

原文

This conclusion <u>should be considered</u> tentative, however, as systematic comparisons of the dorsal and ventral striatum <u>have not been conducted</u>.

譯文

無論如何，這結論應當作暫時性，因為<u>還未進行</u>系統性地比較背部和腹部的紋狀體。

【解說】英語科技文體多被動語態用以表達客觀性，中文不必如此，如改用主動語態，文氣當遠為自然。

（5）修飾語後置轉為前置的例子和翻譯：

原文

<u>Experts in the field</u> warn that <u>measures of quality</u> can be equivocal and therefore it is best to examine <u>differences in study quality</u>.

譯文

在<u>這學科內的專家</u>警告說，<u>品質的測量</u>可能模棱兩可，因而最好還是考查研究質素各項不同的地方。

【解說】科技文體一如其他文體，後置的修飾語多的是，翻譯時，按照中文語法便可。

（6）引用參考資料出處在句中或句後的例子和翻譯：

原文

Results from studies using DA D2 receptor ligands other than benzyl groups or amino groups (i.e. Cross Reynolds and Mason. 1994, Tibbs et. al., 1997) were included in other analyses (Knable and Czudek, 1998, Martinot et. al.).

譯文

除苯甲基類或氨基類之外，使用 DA D2 受體的研究結果（即 994，Tibbs *et. a* Cross Reynolds and Mason. 1*l.*, 997）都包括在其他的分析中（Knable and Czudek, 1998, Martinot *et.al*）。

【解說】科技文章多有參考資料並在句中附上出處，在中文譯文內可照原文位置插入，並照搬原文，作者姓名、略語及年份均毋須翻譯。

（四）小結

翻譯科技文體，亦可應用刪削、增益、換詞、倒裝、正反互譯等手段，以達到進一步明確表達內容的目的。相對文學和其他語言，科技語言的藝術性是較低層次的，翻譯困難的程度會比其他文章為少。總體來說，翻譯最大的阻礙當在術語，解決了這方面之外，還須注意到內容敍述次序的安排，作出適當的顛倒附益，使得文氣通順，表達清晰。另外科技譯文中文體的風格，樸實直述，不尚虛浮，與其他文章頗有不同，這也是不能忽略的。✿

翻譯科技文章要處理較多長句和被動的語氣句子，可容許作極少限度的內容增減和調整敍述次序，以求解說清楚。

67 怎樣翻譯慣用語？

（一）

甚麼是慣用語（idioms）？慣用語又叫習語，或稱為成語。語言經過長時間的使用之後，抽取其精華，提煉之成為短語或短句。世界上歷史比較悠久的民族都會有很多這種富於含蓄、意在言外的形象化語言。一般來說，慣用語都是短小精悍、深入淺出、說來順口，聽來入耳。寥寥數字，深刻傳神，透闢精確，能收畫龍點精之效。

慣用語範圍甚廣，可包括諺語（adages）、典故（allusions）、成語（idioms）、箴言（maxims）、名言（quotations）、格言（proverbs）、常言（sayings）、口語（colloquialisms）和俚語或俗語（slang）。上述的各類慣用語有時難作明確界定。

在中國慣用語中，四字成語很多，佔有非常重要的地位。還有所謂歇後語，其結構分成前後兩截，類似謎語，前半截有比喻，後半截是說明，這是中國語言的特色。

（二）

中國和英國都是歷史悠久、文化淵博的大國，所以英漢兩種語言都有極為豐富的慣用語，其中會有不少意義完全相同或極端相近的。在翻譯慣用語的過程中，譯者不由自主便會引用本國某些同義或近義慣用語，目的在可用精簡的字詞或句子表達，增進了解。例如 "To plunge the people into misery and suffering" 這句，是可以按照原文譯為 "陷人民於悲慘與受苦之境"。但如引用一句有相等意義的漢語 "生靈塗炭" 或 "水深火熱"，不但貼切原意，還使得譯文讀來鏗鏘可誦。

能夠借用同義慣用語來翻譯，無疑是最理想的。試問在翻譯漢語的 "謀事在人，成事在天"，又有那句比英諺的 "Man proposes, God disposes" 更好。所以在遇到雙方的慣用語在字面上、意義上、隱義上、形式上或比喻上都是相同或極相似的，不妨就直接採用對方的慣用語，以下便有一些這樣的例子：

（字面上相似）： Like father like son.

中譯 "有其父必有其子"

"隔牆有耳"

英譯 Walls have ears

（意義上相似）： By leaps and bounds

中譯 "突飛猛進"

"禍不單行"

英譯 Misfortunes never come singly.

（隱義上相似）： Birds of a feather flock together.

中譯 "物以類聚"

"不入虎穴，焉得虎子"

英譯 Nothing ventured, nothing gained

（形式上相似）： Neither fish nor flesh

中譯 "非驢非馬"

"煙銷雲散"

英譯 To end in smoke

（比喻上相似）： To lock the stable door after the horse isstolen.

中譯 "亡羊補牢"

"掛羊頭賣狗肉"

英譯 Cry wine and sell vinegar.

（三）

譯者採用借譯的方法，首先便得透徹了解雙方慣用語的內在意思，方不會誤認馮京作馬涼。有些借譯得來的慣用語，乍看似乎很相似，但其實頗有出入。舉個例子："To be in the same boat"和"同舟共濟"對譯，似是天衣無縫，因為兩者不但同義，而且又有相同的比喻。但如深入研究其含義，便會發覺這英諺是中性的，甚至有些消極意思。中國的那四字成語卻是勉勵性的、積極性的。如譯為"同一陣線"可能在含義方面，比"同舟共濟"更會接近英諺，可惜卻犧牲了"同舟"的形象了。又拿英諺"as mad as a hatter"來說，有人譯為"大發雷霆"，這是把"mad"當成發怒，其實是發瘋之意，發怒和發瘋當然不一樣。可能譯者心中只有美國當代口頭語的"mad"，而忘記了這句出自十九世紀英國小說 *Alice's Adventures in Wonderland*，或者更早，其中"mad"的意思當不會是發怒的了。

從以上的舉例可知不同語言中的同義慣用語，不免會在含義上、語氣上以至用法上都有各種微妙的差別，應用時一不小心，往往就會"差之毫釐，謬以千里"。

（四）

慣用語有只可意會，不可言傳之妙，既言傳之不可，按照原文翻譯便失卻其妙處。譬如英諺有"Many kiss a baby for the nurse's sake"，譯之為"為了乳母之故，許多人都去吻嬰兒"。意思隱約可得，但譯句太長而原文的幽默味道也沒有了。如果用句中國現成的說法"醉翁之意不在酒"，便把原有意思活形活現，令人發會心微笑。

慣用語究竟與普通詞語或句子不同，見字譯字的直譯方法許多時候根本行不通。一個最簡單的例子是"black sheep"，如照字譯為"黑羊"，那會是中國讀者所不能理解的。唯一之法，只好棄字取義，轉羊為馬，以"害羣之馬"這成語來適合中國的說法和民情。類似譯法還有"Love me, love my dog"譯為"愛屋及烏"，"To put a fifth wheel to a coach"譯為"畫蛇添足"等等。慣用語中如有典故，翻譯起來自有困難。困難之處在於人名地名等的專有名詞，如加以翻譯，恐外人不知底蘊，而且譯文會相當累贅。如不翻譯，又恐失真。英諺的"Helen of Troy"既有人名，又有地名。直譯之為"特洛城之海倫"，令人摸不着頭腦，即使在海倫之前加上美麗字眼，亦於事無補 。中國的"黔驢技窮"，最難弄的是黔的地名。外人看到了"The tricks of the donkey in Qian (Guizhou) come to an end"這樣的譯句，心裏就不免想這地方在哪裏，為甚麼有這樣叫法。當然加個註解會是解決辦法，但太麻煩了。最簡便的譯法是，跳過人名地名，乾脆把他們來個意譯。"Helen of Troy"就叫"傾國傾城"，至於"黔驢技窮"嗎，就說是"at one's wits' end"好了。

（五）

由於慣用語是一種文化或語言的特色，以中國和英國的地理環境不同、歷史傳統不同、政治經濟不同、思想信仰不同、風俗習慣不同、語言文字不同，以至草木禽畜、飲食器具等等各有其異，兩國從生活經驗中產生出來的日常用語，其分別之大，是可以理解的。

除了以上的原因外，還會有慣用語結構上的因素，譬如中國的歇後語就是由前後兩部分組成的，那真是舉世所無，當然就不會有外國相等的慣用語。實在，在不同國家中找到意義、形式和比喻相同的慣用語是不容易的。即使最普通的如中國的"人山人海"，英國的"Jack of all trades"就沒有相應的成語，而只能照原意譯為"countless number of people"和"雜而不精的人"。

（六）

慣用語翻譯之難處是在如何傳達其所包容的文化內涵。對於體現文化差異的慣用語，常見的翻譯方法有：

（1）避而不譯，淡化其文化色彩，如：

英語：It's the last straw that breaks the camel's back.
漢譯：煩惱接二連三，不能再忍。

（2）借用慣用語，以譯入語文化替代原語文化，如：

英語：Make hay while the sun shines.
漢譯：打鐵趁熱

（3）直譯原語保存其文化形象，如：

英語：All that glitters is not gold.

漢譯：發光的未必都是金子。

（4）直譯加意譯，將外國文化引入譯文，如：

英語：a rain check (a promise to give some kind of favor, e.g. invitation to dinner, reduced price, etc. at a later date.)

漢譯：補償票

（5）直譯加註譯，將原文文化傳達與譯文讀者，如：

英語：The police are looking for a John Doe who stole the diamonds.

漢譯：警察正在追尋一個偷了鑽石的傢伙。

註：John Doe 是個給予未知姓名者的假名，為警方和法律界人士採用。

（七）

總括翻譯慣用語的方法，以用慣用語譯慣用語，即所謂借譯法為首選。如有不能借譯，便只好照字面來譯，這種直譯法以譯名言（quotation）為最多，好像 "I came, I saw, I conquered." 就只好譯為 "我來、我見、我征服"。其他的慣用語如能直譯便可採取直譯，但用直譯會不合邏輯或不知所云的，那就不能不假手於意譯，如："to carry coal to Newcastle"，中譯 "多此一舉"。"提心吊膽"，英譯 "to be in a state of suspense"。

也有太特殊性的說法如俗語、俚語等："Serve you right." 中譯 "該死"。"他媽的" 英譯 "Damn it." 以上都是撇開文字，就其內容意義來譯的例子。有時單靠直譯或意譯是不能確切表達原意的，在這些情況中，可以結合上下文的內容，兼用兩種譯法，如："More haste, less speed" 譯 "欲速則不達"。"斬草除根" 英譯 "to pluck up the evil by the roots"。

最後一提的是在譯文中也可用慣用語來譯原文非慣用語的詞句，只要意義相合便成了。舉例說中文的"拼命工作"，便可用"to work like a dog"。英語的"to fall apart"也可以用中國成語的"土崩瓦解"去譯。總之，慣用語在譯文中的應用，沒有嚴格限制，可把原文非慣用語翻做慣用語，也可把原文的慣用語譯做非慣用語，更可以慣用語譯慣用語，全由譯者根據情況決定。

（八）

寫到這裏，似乎在鼓吹借用彼此慣用語來互相對譯。中英慣用語浩如煙海，在意義上可作互相借用的其實並不太多，而偶有完全巧合的就更少了。如能有此機會，為甚麼不加以利用呢？在譯文中用上一些中文成語，對提高譯文的可讀性是大有幫助的。有些人或會批評說，如果濫用借譯方法，許多似是而非，不倫不類的成語就會充斥在譯文之中，並且往往以辭害義，弄成不少笑話。這種情形不可能說沒有，但如果譯者能精於選擇，善於運用，他所用的慣用語和比喻，就會使整體譯文流暢生動，大大提高譯文的素質。✿

68 怎樣翻譯廣告？

（一）概說

如果說文學可以反映人生，那麼廣告就可以說反映社會。各種各樣五花八門的廣告最能表現當時的社會現象和羣眾心態。

廣告的特徵是以精煉濃縮的語言，標奇立異的手段帶出最大的宣傳效果。在英譯中時，廣告語言經常利用中文字詞的多重意義，以暗示、風趣的形式，配合多種修辭技巧，突

能夠借用相等意義的慣用語是最理想的，但非要額外小心不可。在大多數的情況中，以適合中文習慣來意譯，會是最好的翻譯辦法。

出要表達的主題，使人印象深刻，過目難忘。廣告辭彙的匠心和巧思，有時真令人擊節讚賞，拍案叫絕。

廣告語言經過長期的發展，到現在已經成為一種獨立的語體。某些傑出的廣告，不啻是語言藝術的結晶，說是文學創作也不為過。有些美國大學，更在商學院內特別開設廣告撰寫課程。

在現時的社會中，廣告的範圍已不限於推銷商品。舉凡政府推行政策、機構製造形象、團體發表意見、商戶提供服務等等，都會利用廣告宣傳。廣告出現在報刊、電視、電台、海報與各種宣傳形式，幾於無處不在。廣告的翻譯日益普遍，需求也日趨強烈。廣告翻譯的好壞，會直接影響廣告宣傳的效果。

（二）廣告語言的特點

廣告語言是一種鼓勵性語言（loaded language），鼓勵的目的在於說服羣眾接受宣傳，獲得他們的信任，或最少引起他們的好奇，因而就可使他們樂意購買商品、支持政策、參與服務、改變觀念。這是廣告語言所發揮的力量，被稱為說服力（persuasive power）和推銷力（selling power）。廣告語言的力量來自兩項條件，一是能夠引人特別注意，二是能夠使人容易記憶。前者稱為注意的價值（attention value），後者稱作記憶的價值（memory value）。

因為要引人注意，所以廣告的形式要生動、醒目，用詞別出心裁，使人一接觸便生好奇之心。因為要使人易記，所以廣告的造句要簡單，言詞要淺白，表達要直接，看起來清楚易明，讀起來瑯瑯上口。大概造詞必須具有吸引力（appealing）、說服力（convincing）和誘惑力（impressive），而巧造新詞（coinage），亦是譯作廣告的另一有效手法。

廣告語言涉及文學、語言學、心理學、社會學、推銷學、經濟學、和美學等多種學科。

廣告語言的設計不但要求文詞上的技巧，表達上的巧思，還須顧及當前政治、經濟和社會的形勢，而文化背景和羣眾的心理也是撰寫和翻譯廣告時要特別注意的因素。

（三）廣告撰寫的基本原則

廣告的撰寫，巧思與詞彙並重。通常是先作構思，後作用詞，兩者互為表裏，相輔相成。以下即以英文廣告為例，分此兩方面略述撰寫廣告的幾個基本原則。

撰寫廣告在構思想像方面

（1）廣告以短小精悍為主，一開始便須直入主題，如：

The name is NISSAN　　　(Nissan)

或擊中要害，如：

Never late, on Valentine's Day.　　(Hershey's)

（2）幽默風趣，如：

Daddy always said nothing good happens after Midnight.
Daddy was wrong.　　(Midnight Musk by Bonne Bell)

（3）親密友好，如：

Like a good neighbor, State Farm is there.
(State Farm Insurance)

（4）加強信心，

在直接方面如：

A Car You Can believe in.　　(Volvo)

在間接方面如：

Get your share of tomorrow.　　(Stein Roe Mutual Fund)

（5）良好感覺，

在直接方面如：

Feeling good about the PLAYSKOOL years.　(Playskool Toys)

在間接方面如：

Get the feeling.　　(Sports Illustrated)

撰寫廣告在遣詞造句方面

（1）多用短字，即單音節詞（monosyllables）或小詞（midget words）如：

Go for the sun and fun.　　(All- American Vacation Tour)

（2）多用短句，用句子如：

Shoot for the stars.　　(Chinno Camera)

用短語如：

Idea At Work　　(Black and Decker)

（3）多用簡單字詞，如：

The Art of Joyful Flying.　　(Korean Air)

（4）巧用錯拼字詞，如：

We know eggsactly how to sell eggs.

（取其諧音，故意拼錯 exactly）

（5）善用鑄造新詞，如：

Come to OUR fruice.　　（fruice=fruit+juice）

（6）造句用字首尾兼顧，如：

Expensive electronics without the expense.

(Gold Star)

（7）造句用字有力，聲調鏗鏘：

Here, there and everywhere.　　(Lufthansa)

以上第（6）和第（7）條，已屬修辭技巧範圍。撰寫廣告非善用修辭手法不可，翻譯廣告也同樣需要利用修辭方法修飾和表達。運用修辭的方式繁多，不得不另闢下節詳述。

（四）廣告撰寫的修辭手法

一個成功的廣告和巧妙的修辭處理是分不開的，以下試從三方面來分析英語廣告撰寫的常用修辭手法，對於漢譯英語廣告詞句應該有幫助。

（甲）在意象上的修辭手法

（1）明喻（simile）：

It smells like a man.　　(Brutmen's Perfume)

（2）隱喻（metaphor）：

Every Kid Should Have An Apple After School.　　(Apple Computer)

（3）借喻（metonymy）：

A little bit of Eden.　　(The Abacos Islands)

（4）比擬（personification）：

The World is Waiting

Be an Exchange Student.

(International Exchange Students)

（乙）在語義上的修辭手法

（1）反語（irony）：

If people keep telling you to quit smoking cigarettes, don't listen ... they're probably trying to trick you into living.　　(American Cancer Society)

（2）誇張（hyperbole）：

Go Bass or go barefoot.　　(Bass Shoes)

（3）相關（pun）：

Light my Lucky.　　(Lucky Strike cigarette)

（4）矛盾修飾（oxymoron）：

Somethin' good is comin' up

When you get the Bisquick down.　　(Bisquick biscuit)

（丙）在詞句上的修辭手法

（1）排比（parallelism）：

We are not in the computer business.

We are in the results business.　　(IBM)

（2）對照（contrast）：

Nuance always says Yes.

But you can always say No.　　(Nuance Perfume)

（3）重複（repetition）：

Reach out, Reach out and touch someone.

(Northwestern Bell)

（4）押韻（rhyming ）：

When you shave with Daisy,

you go a little bit crazy.　　(Daisy razor)

（五）翻譯英語廣告的要點

翻譯廣告的困難絕不比撰寫廣告少，所運用的語文技巧，所考慮的政治、經濟、社會因素，有時比撰寫還要複雜得多。

翻譯廣告要注意
的地方是：

1. 透徹了解廣告的原意，和它所要宣傳的對象。

2. 研究廣告原文的語文特點，和它有甚麼修辭技巧。

3. 考慮用甚麼翻譯方法，大致有直譯和意譯兩種。

（1）直譯方法，如：

You don't have to be an angel to wear it.　　(Heaven Sent Perfume)

你不須一定是天使，才可以使用。

From Sharp Mind Come Sharp Products.　　(SHARP)

聲寶產品來自敏銳的頭腦。

照字譯字是翻譯廣告最常用的，有時需要略加變通，以適合表達習慣和本土民情。

（2）意譯方法，如：

The Ultimate Driving Machine.　　(BMW)

車中極品

意譯取代直譯，只因直譯會行文生硬，而意譯則會簡短
有力，又不違背原意。下例是更自由的意譯，因為即使
普通意譯也不可能：

The Who, What, Where, When, And"Y" of basketball
shoes.(Converse Y-bar system)
涵蓋一切的籃球鞋。

（3）斟酌用甚麼語文技巧、修辭手法，使之不落俗套，加強
說服力和吸引力。例子如：
SONY, the one and only.　　(SONY products)
Sony 日本的電器名牌，華譯新力，又可譯索尼。

以上廣告可以有幾種譯法：

1. 新力唯一僅有
【解說】　直譯原文，索然無味，且亦未達原意。

2. 新力產品，無與倫比
【解說】　意譯原文，善用成語，通達暢順。

3. 新力製造，唯我最高
【解說】　因應原文 Sony 和 only 的諧音，譯文亦採用押韻，並以四字
　　　　　一句比配，此為廣告最通行的方式。

　　除應用韻腳使廣告詞句易記可誦外，把眾所周知的現
成慣用語更改一兩字，以適應宣傳主題，也是常用手法。
例子如：
Getting to the Bottom of THINGS.　　(Things shoes)
追"跟"究"底"

（4）順應當地風俗習慣和所用方言，以取得最大的宣傳效
果。例如在香港或說廣州話地區，不妨使用粵語，使得
廣告貼切、生動、醒目，而又容易上口、便於記憶。
Great taste.

Great for your waist. 　　(Star-kist Tuna)

味道正，身材靚。

（六）翻譯廣告者的理想條件

翻譯廣告的工作不易為，看上文各類廣告所包含的種種語文技巧和修辭手法便可知一二。廣告既屬於宣傳工具，它最大的目的首先就要緊貼主題，使人易明。其次即可利用一切的語言手段，吸引注意、加強記憶。如何使廣告翻譯得與原文天衣無縫，而又生動風趣、雅俗共賞，終至深入人心，達致宣傳的最佳效果，那就要看譯者的文字功力、工作經驗、有無豐富的想像力和創造力，是否對當地的社會、文化和民間習俗有深刻的認識，這些對於一個成功的翻譯廣告者來說，都是重要的條件。

69 怎樣翻譯新聞？

（一）概說

新聞翻譯大都是指在報館中翻譯新聞稿件的工作，這些稿件由各通訊社提供，經電郵傳遞發給報館，報館編輯會根據新聞的價值、報館的立場和讀者的需要等等選擇和決定要翻譯的內容。

新聞翻譯是文化交流的工作，是民眾的傳播工具，及時和快速地傳送世界上發生的最新消息。無論是政治事件、經濟狀況、社會變化、科學成就、文娛活動以至花邊新聞、人生趣事等，都能一一以文字呈現於讀者眼前。新聞翻譯對社會大眾生活的影響，個人對事物看法的改變，都起着很重要的作用。

（二）甚麼是新聞英文？

新聞英文（journalese）就是在報刊上使用的英文，和一般的英文略有不同，在遣詞造句方面，形成一種特殊的結構形式和風格，自成一體。新聞英文由於時間所限，倉卒為文，故行文不免疏漏，用字亦難典雅，素為正統的英語學者看不起。試看 *The Random House Dictionary of the English Language* 對新聞英文所作的解釋："A manner of writing or speaking characterized by neologism, archness, faulty or unusual syntax, etc., used by some journalists, especially certain columnists, and conceived of as typifying the journalistic style." 這解釋充滿負面評價，在例句中還說 "This word is not English, it is journalese."，簡直將新聞英文摒諸英文門外。

無疑，新聞英文的語文水準絕不能與文學英文相提並論，新聞英文只是一種便捷文體，目的在快捷清楚地交代事物，因而就以達意、直接、扼要、清晰為主，不事修飾；為求通俗易懂，就多用口語；希望讀者注意，就創造新詞，並通過各種修辭手段，使標題和內容生動風趣，增強吸引力。

總之，新聞英文很難以正統的寫作章法看待，在翻譯時，必須對新聞英文的各種句法結構和用詞特色，加以留意。

（三）新聞報導的組成部分

新聞報導一般是由以下三個部分組成：

（1）標題（headline），包括副題（sub-heading）

標題或副題都要貼切新聞內容，言簡意賅，富吸引力，通常被視為新聞報導的眼睛。

（2）導語（lead）

導語置於報導的開端，概括地敍述事件發生的時（when）、地（where）、人（who）、何事（what）、為何（why）、怎樣（how）等六大報導要素。敍述全面，文字精簡、通常被視為新聞報導的靈魂。

（3）正文（body）

正文可長可短、可簡可繁。翻譯時有幾點需要注意，詳情請看下文。

英文報章上的新聞報導,很多都具有以上的組成部分,下段財經消息是個標準的例子:

Headline: Boeing enjoys banner year in '06

Sub-heading: Firm chalks up orders totalling $31.2 billion

Lead: SEATTLE (Reuter) - Boeing Co. said yesterday it enjoyed a banner year in 2006, which orders for 346 new airplanes worth $31.2 billion (U.S.) last year, giving it a commanding 69.7 per cent share of the world market.

Body: The report, which included previously announced orders for 31 jets worth about $3.7 billion, provided the latest evidence that the world's commercial aviation market has turned up after a long industry recession dating from before.

從上文導語裏可找到六個 W 的報導要素,那是:

Who: Boeing Co.

What: enjoys a banner year

When: in 2006

Where: in the States

Why: had a 69.7 % share of the world market

How: received orders for 346 new planes worth $31.2 billion (U.S.)

(四)新聞英語的特色

在英譯中的新聞翻譯過程中,了解新聞英語的特色是相當重要的。報刊中的用語為了節省篇幅,多以簡短為主;報刊中的行文為了普及,就避免用艱深字詞;報刊中的表達為了引人注目，便會用誇張、風趣、暗示或聳人聽聞的筆調，尤以在新聞的標題為然。這些特色，可分從下面兩方面討論。

首先在新聞用詞方面：

（1）廣泛使用縮略詞（abbreviation），如：

全　詞	略　詞	方　法
advertisement	ad.	只用開首的字母
Canadian dollar	Cdn $	略去元音字母；及以符號代替
science fiction	sci-fi	各用開首的字母以連字號拼成一字

（2）廣泛使用首字母縮略詞（acronyms），如：

全　詞	略　詞	方　法
American automobile Association	AAA	全用首字母
Test of English as a Foreign Language	TOEFL	選用首字母
United Nations Children's Fund	UNICEF	拼用數個首字母，合成可發音的字

（3）廣泛使用合成語（compound word），如：

全　詞	略　詞	方　法
slang language	slanguage	以兩字組成，為數甚多
European Common Market	Euromart	精簡字數，以達意為主

（4）廣泛使用短小同義詞（short synonyms），即以音節較少之字代替較多之字，而意義相同，如：

235

音節較多長字	音節較少短字
advantageous	helpful
approximately	about
assistance	aid

（5）廣泛使用新聞用語（journalistic terms），此等用語多不勝數，做成新聞報導文體的主要特色，舉例如：

新聞用詞	英語普通用詞	中文譯詞
to boost	to increase	增加 / 增強
KO	to knock out	擊倒
to quit	to resign	辭職 / 退出
to shift	to transfer	轉移
to voice	to express	表達
to woo	to seek to win	爭取 / 討好

其次在標題或內容表達方面：

（1）刪除次要字詞，專注表達主題。有時只用單詞為標題，如：

Landslide!

如有所刪，大都會是冠詞、連詞、甚至是動詞與意義無關的字詞等。如：

Torture photos fake：U.K. Minister
【解說】 上題無冠詞和動詞

Missile, bomb attacks kill 112
【解說】 上題無冠詞和連詞

（2）採用表達方法，別出心裁，主要是能走在時代尖端，追求時尚，筆法語帶雙關，富於比喻，引人聯想。如：

It's cold out there!

Declining car and house sales reflect deep chill gripping our economy.

【解說】英語 "cold" 這字有很多含意，在這裏當然不是指天氣寒冷，只要一看副題，就知是經濟走下坡，令人不寒而慄了。

又如：

TV ad finds purr-fect spot for cats.

【解說】上文是個很好的例子，顯示編造一字，即能大收幽默風趣之效，令人作會心微笑。

（3）廣泛引用他人言詞，作用是增強報導的客觀性、真實性和生動性。分直接和間接兩種：

在標題上，如直接性的：

"Prison abuse 'a body blow to all of us'"

間接性的：

Slain dancer 'loved by everyone', friends say.

在內容上，使用直接或間接的引語更是常有，舉例如：

For now, the job market has shown 'hopeful signs', said James Glassman, an economist. "But it is still not clear at all that we're growing at an above-trend pace."

（4）採用不同時態，在英語新聞報導中是個顯明的特色。即使事情發生在過去，敍述所用的時態仍用現在式，例如在下面的標題：

Boy, 5, dies after being hit by van.

在新聞報導的內容中，所用的時態亦現在式和過去式互用，極不一致，例如：

The central bank will have four more months of employment data - enough to be sure that the surge in job creation this year wasn't a fluke.

（五）中譯英語新聞的要點

上述第三節簡述英語新聞報導的特色，對於中譯英語新聞的標題和內容，應該有些幫助。但翻譯的成效如何，卻要看譯者的功力和經驗，以下提供幾點翻譯時要特別注意的地方。

（1）內容信實可靠

新聞報導以客觀正確為主，切勿妄加己意，或望文生義。如有不明之處，竭盡所能之外，最好請教他人。倘仍有不明，寧可不譯，勝於誤導讀者。偶有含義模糊的詞句，直譯後可以酌量加上註釋，增加讀者了解。

（2）用詞準確無誤

新聞報導內容包羅廣泛，所接觸各行各業的用詞、術語、行話、切口等無慮千萬，要想盡識，勢無可能。正因如此，專業用語的詞典和參考書，就成了新聞譯員必備的工具。但世事瞬息萬變，科技日新月異，雖有最新的工具書，亦未能對所有用詞全面包羅。譯員面臨如此情況只有盡力而為，除檢閱有關書籍外，求教專家亦為善法。如需自譯，切記不要望文生義，亦戒草率以音譯普通名詞。在通曉全文內容和根據上下文意思譯出用詞之後，可附以原文，以便讀者。

（3）調整敘事次序

英漢兩種語言的行文習慣不盡相同，敘述次序和手法亦不相同。在英語新聞報導中，最少有兩種現象為中文報導極力避免：一是英文敘事頗見重疊囉唆，時有贅語。二是英文敘事手法頗喜作交叉描寫，一事未完，另事又生，隨又轉返前事再述，此種手法多見於記敘運動員表現之體育文章。中文譯文會對累贅重複的敘述精簡並會留意調整敘述次序，以便符合中文報導的寫作習慣，適應華人讀者的閱讀口味。

（4）體裁風格適當

新聞報導有其本身的體裁和風格，譯文亦無例外。用詞與行文必須迎合讀者大眾，不許太俗，亦不宜太雅。現在以英文寫成的新聞稿件接近談話體英語（conversational

English），而中文的新聞文體就多用白話文，或用淺白語體文。總之，英譯中的新聞體裁和風格，都是時下讀者大眾所能接受的，並能清楚正確表達訊息內容。

（5）譯音譯名標準一致

新聞內容多人名、地名、機構名、商品名與及社會人生日常可見可用的各種事物。有關這些事物的標準譯音譯名往往是新聞翻譯工作者不易應付的問題，方言和地域是決定名稱的主要因素。音譯與意譯的取捨，隨讀者對象和本地用詞習慣有所不同，並無規則標準可循。但名稱既定之後，便須注意一致性，不能隨意更改，混淆讀者。

（6）標題切合內文

翻譯標題，能與原題含義貼切，用詞相合，殊不容易。若照原題文字直譯，恐讀者不易明白。基於標題須切合內文的原則，如照譯不可能，就只好捨棄原題，或就原題增減修飾，按內文意思另創合適的標題。

70 怎樣翻譯標題？

（一）概說

標題是用簡短的語句來標明文章的性質和內容，不同體裁的文章所用的標題會有不同形式的表達，試看報紙上的和其他實用文章上的標題，便可了解其主要分別。

標題撰寫可說是作者或編者的心血結晶，反映其語言水平和文學修養功力的深淺。翻譯標題所費的心思精力，比起創作，其過程之困難處不遑多讓。有時因受原題字句及意思

可參考 70 "怎樣翻譯標題？"。

新聞譯文需要內容準確、用詞恰當、譯名通用、造句簡明，敘事暢順，標題命名須與內文切合。

所限，譯者之用詞表意皆受束縛，尤見舉步為艱，慨歎翻譯標題之不易為。

大致上標題可歸屬於兩大類，一是新聞的標題，另一是其他實用文章的標題，尤其在科技文獻。

（二）新聞標題

新聞標題的好壞，足以影響讀者閱讀內文的興趣。新聞標題表達內容的方式多采多姿，所採用的修辭手段，往往使人歎為觀止。某種修辭方法如押韻、比喻、雙關語等等，不是別種語文可以對譯的，以下各例，可見一斑：

押韻的如：	How sweet is a Swede!
隱喻的如：	Axe may fall on outdoor centres.
借喻的如：	The Pope extends an olive branch.
對照的如：	Good genes, bad habits.
反復的如：	Crash ... crash again!
雙關的如：	You know what bugs me? Flu season.
設問的如：	Bleeding? Here's a simple solution.
引用的如：	'No benefit' in pollution plan：Critics

以上各題大都可譯，但某些押韻的、幽默的原文可能都譯不出來了。

有的標題用詞看似平平無奇，但其中含意非內行或專業人士就無從了解。例如在英語標題的 "How to make friends 101?" 中，必要知道 "101" 是甚麼？了解到它原來是大學學科中的編號，是一年級生學習的最初入門課程之後，再配合原文內容，方可將這標題漢譯為 "交友入門"。

有的標題意義不難明白，可是如照字面直譯，則韻味全無。例如 "China's Education Bears with Mission"，直譯可作《中國教育帶有使命》。這樣的譯法，不但用筆平淡，而且達不到其中的含意。較為理想的譯文，應該是《中國教育任重道遠》，方能譯得內容、寓意與典雅皆備。

標題由於要使讀者一覽即知內文大概，有時只好廢棄簡短的原則，多用字數敍述。這在報導重要大事時尤喜採用，大致分二至三行，第一行為主題，字體稍大，以黑體印出。第二行為副題，用作修飾或說明主題，字體比主題小，亦用黑體。第三行為另一副題，簡述相關事項。現時西報所用標題形式多有二或三行，層層開展，主副分明，讀者只看標題，即可知道報導內容，如無興趣閱讀內文詳情，大可略過。

試把以下新聞標題漢譯：

原文

Good times rolling at our city firms

Poll finds half expect better results in '09

Hiring good staff biggest challenge in a hot economy

譯文

本市商戶生意滾滾而來

調查發現半數商戶預期 09 年生意更佳

招請優秀僱員為經濟熱之最大挑戰

如嫌上譯不夠理想，當然可以按報導原文內容，自行製作標題。

翻譯標題最重要的是與內文敍述的事件性質相合，不能單看標題字詞盲目譯出，例如在 "The Director who shot a President" 一題中，"Director" 和 "President" 兩詞都有多種職稱而 "shot" 這一動詞又可作不同意義，不靠內容指引，斷不可譯。

在英語新聞中，標題被視作報道全文的扼要縮寫。新聞標題的撰寫往往迎合本國讀者的需要和思維習慣，有其個別的表達方式。英漢翻譯的過程中，譯者必須要充分考慮到中外有別的原則，對於本國讀者的閱讀心理、文化背景知識與及讀者不太熟悉的有關資訊和不符合他們閱讀習慣的表達方式等，都要作出必須的變通。正如劉宓慶在《文體與翻譯》一書中指出"即使是明白、易懂的新聞標題，我們在漢譯時也常需加上邏輯主語，或電訊中有關的人的國籍、事件發生的地點等等。總之必須增補介紹性、註釋性詞語以利中國讀者的理解，避免讀者產生誤會。"

由於新聞標題本身文字簡潔精煉，又運用各種修辭技巧，不但有效地傳遞一些微妙的隱含資訊，還使讀者在形、音、義方面得到美的享受。因此，翻譯者就需運用各種翻譯手段，盡可能把原題的意義和風格以漢語形式再現出來，最好是能夠體現原文的修辭特點，如相關、比喻、押韻等，使譯文和原文在修辭上基本吻合，讓譯文的讀者得到與原文讀者差不多的感受。

為達到這個目標，翻譯時應能兼顧到下述的三個要求：

1. 準確地理解標題意義，尤其要透過字面理解其深層意義。
2. 在不曲解原意的情況下發揮漢語的特點，以增強譯文的可讀性。
3. 在文化背景差異或空白的情況下，注意譯文的可接受性。

（三）科技標題

科技文章的標題長短不一，其體裁雖有多種，但都要求用詞簡明質樸，直指內文主題。因此其撰寫風格與新聞標題大異其趣，無論在意象上、語義上和句法結構上都少卻修辭手法。

科技文章的標題也許用字比新聞的少，但亦可分主題和副題，用以敍事清楚和便於編製主題索引。主題大抵以主要研究探討的物事為中心，而以其方式或過程為副題。例如：

Light Microscopy：Emerging Methods and Applications
Inflammation：Historical Perspective.

　　在英語的科技文章中，常見的標題用詞可與漢語相對應的大概有：

英　語	漢　語
Analysis of	分析
Comment on	評論
Discussion on/about	討論
Evaluation of	評價
Experiences on (of)	經驗 / 體會
Exploration of	探討
Impact of	影響
An Introduction of	介紹 / 初探
An Investigation of/ Investigation on	探討
Observation on	觀察
A Review of	評論
A Report of	報告 / 綜述
A Study of/Study on	研究
A Summary on/of	總結 / 綜述
A Survey of	調查

　　比較而言，英語用的詞彙就多些，例如還有 "Aspects of"、"Approach to"、"A Treatise of" 等等。在漢譯時，一般可按照以上譯詞，例如："Introduction to tissue fractionation." 譯為 "組織分鑀初探"。但有些文章性質不言自明，漢文譯詞亦可以省略，例如：

　　"A Treatise of the blood, inflammation and gunshot wounds" 即可譯成 "血、發炎與槍傷"，"A Treatise" 可以不譯。

　　標題翻譯所用的技巧，與一般翻譯無異，例如在下句的稍長標題中，就要運用翻譯的長句拆譯法、倒裝轉譯法和增詞法的技巧：

原文

Enhancing Economic and Technological Cooperation
with the Reform of Large and Medium-Sized State Enterprises

譯文

推動國有大中型企業技術改造，進一步加強對外經技合作

71 怎樣翻譯廣播新聞稿？

翻譯廣播新聞稿與翻譯報刊上的新聞有許多不同的地方，因為前者具有與其他類型語言不同的特點。廣播新聞使用的是口語，以聲音和聽覺作為手段，交際的形式是直接的。報刊上新聞用的多是書面語，以文字和視覺為手段，交際的形式是間接的。廣播新聞使用的語言是經過藝術加工而通過機器播出的特殊口語，具有以下的特點：

（一）句子結構簡短

廣播新聞的語言與書面語比較，在結構方面明顯簡短得多。即使是較為複雜的內容，其主要成分也表達得很緊湊，每句用字較少，這是由於播音時受到呼吸限制的關係，句子過長或結構複雜唸出來就會困難。例如：

美國目前的安全做法是派遣政府官員實地訪問希望從美國進口高科技的外國公司，以確保美國科技在進口後不會用於軍事目的。

以上句子用在報刊上沒有大問題，可是在廣播上就不會

適合。首先是第一句字數過多，不能一口氣讀出，勢須切斷不可。第二句不但重複"進口"一詞，還嫌過於書面化，可作簡單處理。這段新聞讀出來便可以分成以下幾個分句：

美國目前的安全做法，就是派遣官員，實地訪問外國公司，希望這些公司從美國進口高科技之後。確保不會用於軍事。

為了使分拆了的句子讀起來有連接的感覺，不妨適當地加些"就是"、"這些"等使意思更清楚。同時，過長的修飾語也要避免。

廣播稿多用短句少用長句的規則是便於播音員調節呼吸，更容易表達內容上的層次。在翻譯過程中如能邊譯邊唸，對於處理短句的問題，自會得心應手。

（二）次序重新安排

廣播新聞稿與報刊上的新聞比較，在表達上會有一些顯著的差別，例如以下一段：

造成五千多人喪生及二十多萬棟建築物受破壞的印尼中爪哇日惹大地震發生已一個月，但對災民的生活費沒有準時發放，緊急救援工作未能如期完成。

這一句子，用在報刊上還可以，但在廣播上就不方便了，原因是主語的修飾詞過長，聽眾聽了很久才知道地震在甚麼地方發生，非要將次序重新安排不可，以下修改了的句子就適合播出：

印尼中爪哇日惹發生大地震已一個月，造成五千多人喪生，二十多萬棟建築物受破壞，……。

為了使聽眾能即時明白廣播的內容，作出一些句子中各部分的變動是可以容許的，只要不影響內容的意思就是了。

適合口語和易於聽覺理解的正常語序，應該先交代主語，然後才交代修飾主語或謂語和賓語，在翻譯時就應該將次序倒過來。

（三）變更句法形式

廣播新聞稿中如照用報刊中新聞稿的形式，雖則句子的長短適可，有時並不宜於廣播，例如以下一段：

在世界杯賽事中，巴西先後以 1 比 0、2 比 1、3 比 2 戰勝了英國、阿根廷和德國，取得了世界冠軍。

這種句法形式，難使聽眾記得巴西以多少分戰勝甚麼隊。因此在翻譯時，就必須將句法形式改動：

在世界杯賽事中，巴西先後以 1 比 0 戰勝了英國，2 比 1 戰勝了阿根廷和 3 比 2 戰勝了德國，取得了世界冠軍。

既然廣播要口語化，譯文當然要接近口語為宜，因此就要注意下列幾點：

（1）文字通俗易懂：語言的通俗化在廣播宣傳的效果上起着特別的重要作用。聽眾遇上難懂或不懂的詞語往往會給打亂聽覺，影響對整條新聞的理解。在四字詞語的應用上，只限於簡單易懂的，例如描寫人羣眾多的也許可以用"人山人海"，深一點的如"萬頭簪動"便絕不可用。總之，在廣播譯文中，四字詞語如可不用就避免使用。

（2）語氣緩和得宜：在翻譯時，應根據具體情況來選擇合乎口語的譯法。廣播宣傳時，最重要的是避免命令式或機械式的口氣，帶點勸說味道，方易使聽眾接受。

（3）避免連用同音詞：某些容易誤聽費解的同音詞，例如把"Cecil died at the age of forty-four"譯成"施素死時四十四"，既非口語化又很容易誤聽或聽不清楚，應該在播音時加多字數譯為"施素死的時候是四十四歲"。

（4）多用全稱：從廣播的收聽效果而言，除了語音清楚而為大眾所了解接受的專有名詞（如奧運）外，最好用全稱，少用簡稱，例如：

	簡　稱	全　稱
General MacArthur	麥帥	麥克阿瑟元帥
WHO	世衛	世界衛生組織
World War II	二戰	第二次世界大戰

讀出簡稱名詞所佔的時間比較少，聽眾若不留神，很易錯過。而且簡稱有時所指事物，可能不止一端，例如“中大”可以是“中山大學”、“中文大學”、“中興大學”等。

廣播稿的作用是給播音員閱讀以供大眾收聽的，在翻譯過程中一定要照顧到播音員的表達和聽眾的理解，務求做到譯文通俗易懂，層次分明，音調清楚，理解無誤。🌸

72 怎樣翻譯實用文？

（一）概説

一些中國學者把各種文章歸納為兩大類："文學之文"和"應用之文"。實在文章寫作的目的，本來就是為了應用，無論抒情、敍事、載道、言志等都不外是人生的實際需求。古時候"文學之文"和"應用之文"沒有甚麼很嚴格的分別，一篇應用文章也可入於文學之堂。劉勰《文心雕龍》所載自頌讚、詔策至章表、書記十餘類，都是應用之文。

隨着社會的進展，人民的需要，文章就漸漸的劃分得較清楚，分為藝術、哲理、實務這幾條路。到了現在，一篇文章能集藝術、哲理和實務於一身的就很少了。

"應用之文"不等於"應用文"，"應用文"是應付日常生活，用於對外溝通的文章，種類繁多。它和普通文章不同的是要有規定的格式行款，有自己的獨特用語，還有約定俗成的體裁。"應用之文"要比"應用文"的範圍廣闊得多了，後

翻譯廣播新聞稿主要是多用口語，少用長句，調整次序，使能層次分明。連用和同音字詞，一概不用，避免混淆。使用簡稱之專有名詞，可免則免。

者只是前者汪洋大海的一條支流而已。為了避免和"應用文"有所混淆，就將"應用之文"另名之曰"實用文"。

（二）實用文的範圍和翻譯歷史

一位著名的翻譯家高克毅 George Kao 在他寫的《廣播與翻譯》一文中，把筆譯根據原文的性質分為四類：

（1）科學、數理及其他技術性的資料

（2）學術論著 ── 當今政治學、經濟學、人類學、歷史學等等的社會科學

（3）文藝創作 ── 包括詩歌、小說、戲劇等

（4）新聞文字

"實用文"範圍除了上述的（1）、（2）、（4）類的文章外，還要包括一切日常應用、生活來往、工商業所需的文書等等。因此"實用文"就是實際用於社會和生活的文章，也即是包括了不屬於文學範圍以內的文字。"實用文"翻譯歷史悠久，最早期見於歷史記載的大規模筆端翻譯，就是宗教經典文獻的翻譯。西方翻譯聖經，中國翻譯佛經，都是由於傳教的實際需要而來。除了傳教宣道，其他翻譯尚有外交談判文書，商業來往信件，學術交流知識等實務工作。

緊接着宗教經典的翻譯，就是科技方面的翻譯。近代的科技翻譯工作，以中國而言，應遠溯到明朝天啟崇禎年間士大夫和耶穌會士所譯的有關術數、地理和天文學等一類書籍。比較而言，文學的翻譯算是晚出的。中國方面直到晚清末年才有林紓、辜鴻銘、蘇曼殊等人。

（三）實用文與文學作品在翻譯上的比較

"應用之文"在傳統上是和"文學之文"相對而言，兩者在翻譯方面確是有些不同之處，只因不同的目的便需有不同的表達。大致上，文學的翻譯除了要表達意思外，還要表達感情。文學的翻譯家並不斤斤計較原文的字面，卻深深地着重原文的精神。好的文學翻譯等同創作，甚至超過創作。

"實用文"的翻譯卻是實而不華的，翻譯的目的是要能正確無誤地表達意思，不容有任何錯漏。文學上的錯誤翻譯，影響不大。但實用的翻譯如弄錯。後果就可大可小。

　　不懂外文的讀者，通常會依賴本國的譯文去辦實務的。試想如果政府機關的公告、社團機構的通告、法律文件、商業函件、機器使用說明書、藥物標籤、科技資料或者論文等偶一錯譯，就會有不愉快事故甚至悲劇產生。

（四）"實用文"的翻譯要點

　　如上所述，"實用文"的翻譯要比文學作品更須小心進行、慎重處理。翻譯"實用文"，有以下幾點需要注意：

（1）信實

　　翻譯時要把"信"字放在第一位，不容加入主觀感情，或者想像誇張。"實用文"翻譯是正確無誤的、不能增減的翻譯工作。

（2）選字

　　"實用文"雖則很少有典故、暗指、雙關語或艱深的字詞，但卻有一般的專門術語或行語，有時非外行人所能應付，即連專門術語的有關詞典也不能解決問題。如何選擇適當的譯詞，就非作更深入的探討、詢問、研究和思考不可。

（3）修辭

　　"實用文"的譯文在遣詞造句方面，不必如文學翻譯的苛求。"實用文"是要把事實或理論敍述清楚的文章，因此用字愈顯淺、造句愈簡單就愈能使讀者了解。在這原則之下，譯者不可賣弄文字，也要盡量避免使用方言。在英語"The Red Cross Society is dedicated to preventing and alleviating human suffering throughout the world."這一句中，假如有人把它譯成"紅十字會希求普世間圓顱方趾之悲愁困苦，得以預防，可使減輕，此其所盡力而為者也。"讀者一定會覺得扭捏做作，轉彎抹角。這種不直接傳達信息的行文作風，不能用以翻譯"實用文"。

（4）風格

"實用文"有自己的風格，這可從一般的通告、公函、啟事、須知等實用文章看到。翻譯時應注意保持這些風格。

例如英語的代名詞在中譯文裏通常作非人格（impersonal）處理，或有時乾脆刪掉，不必照用，照用就失去了敍述事實、宣揚真理的普遍性。例如在政府公文中"Your application must be accompanied by documents of identification."。中文譯本作"申請書必須附有證明文件"便可，不須在"申請書"前加上"你的"。

（5）格式和用語

"實用文"既然包括了"應用文"在內，而"應用文"無論在漢英方面都有約定俗成的格式和用語。雖則目前社會對這些格式和用語已比前隨便，但有些還在應用中，不能違背。故此在翻譯時也要遵守本國或別國通行的格式和用語，很多時是不宜直譯的。例如在學校致家長信中："I have enclosed a copy of your son/daughter's academic report"，如果中譯作"我附上你的兒子／女兒成績報告表一份"，那是不適當的譯法，主要是用語問題。通行的譯法應是"現附上貴子弟成績報告表一份"，那麼格式和用語也都兼顧到。

（6）一致性

在"實用文"的文章中，用詞、術語、詞類等的一致性相當重要。譯名使用的一致性，可以減少許多無謂的誤解，免得讀者對同一事物產生另一事物的印象。例如 computer 倘譯為電子計算機，就不能在同一篇文章中又譯為電腦。

把上述各點撮要來說，翻譯實用文要注意的是：

1. 用詞準確，沒有誤解原意
2. 忠於原文，不能妄加己見
3. 簡潔顯淺，嚴禁賣弄文字
4. 避用方言，照顧各地讀者
5. 譯名一致，避免滋生誤會
6. 文章風格，亦應一併顧及

（五）"實用文"翻譯準則

民初翻譯家嚴復提出三條譯事楷模，就是著名的"信、達、雅"。這三條大可應用在翻譯學術文章尤其在文學作品中，可是在"實用文"中卻並不一定如此，只因"實用文"有其獨特的寫作目的、方式、體裁和風格，有些譯文只需信、達便足，無須一定求雅。如將上述嚴復的三條略加修改，改為"真、達、準"，或可用作翻譯"實用文"的準則。

"真"是真實、真相 — 即是未加渲染，不帶主觀和感情，更沒有顛倒事非，只求保存真實的情況或真相為主。

"達"是達意、通達 — 譯文應該通順暢達，為讀者所明白，這是翻譯任何文章都要具備的條件。

"準"是準確、標準 — 包括選字準確、全篇譯文準確，沒有多譯、漏譯或亂譯。標準則是體裁、用字、格式標準，能為大眾所接受。✿

73 怎樣翻譯商業書信？

（一）概說

在今天的工商社會，相互溝通已不限於使用文字，但信件的來往仍是構成不可缺少的一環。商業書信的質素，與機構的聲譽有關，亦往往影響生意的成敗。如何撰寫商業書信，已成為一種藝術，包括了寫作、心理、宣傳、公關、視覺藝術等等技巧。現代的英文商業書信寫作有所謂五個 C 的原則，那是簡潔 conciseness; 明晰 clarity; 準確 correctness; 完整 completeness 和禮貌 courtesy。在這些原則之下，陳腔濫調廢除了，用詞造句簡短了，措詞語氣溫婉了。但這多是指信中內容而言，在格式方面，仍然保持一些程式化的特徵，表現在信文的起承轉合處，總有某些固定的套語。

實用文的譯寫風格實而不華，這是最重要的一點。如屬公文一類，大抵要用約定俗成的體裁和術語譯作。

中文的商業書信承自公文，其表達手段都帶有很強的規範性。它沒有私人信件的文采修飾、虛禮寒暄，也少卻了政府公文的繁文縟節，稱謂用語。現代的中文工商界來往信件，大多是行文通俗、用詞準確、句法簡潔、結構嚴整、段落層次分明，內容全無廢話，除間有客套語外，盡是實用文字。但正如英文書信一般，也會有固定套式和行業慣用語。

現代的英文信札已廢棄某些陳腐累贅用語，如：In reference to your letter; This is to inform you that; Please be advised that; Replying to your letter of ... ; *We beg to advise* 等和一些短語如 above-mentioned; as per; owing to; at an early date 等。中文信件也取消了不少過時和累贅的公文用語，如"竊"、"奉"、"查"等引述語；、"呈請"、"等因"等起首及收束語；"據此"、"准此"等承轉語；"為荷"、"為要"等結尾語；"在案"、"理合"等處理經過語；"伏乞"、"仰懇"等客套語均認為不宜再在書信中出現。

（二）翻譯要點

漢譯英文的商業信函，有幾個問題值得特別注意：

一是文體問題：以語體為主，取其親切有力；間中也可用簡潔淺暢的文言，使其典雅莊重。普通的白話文則仍未算是適當的文體，太口語化或文藝化更不適宜。

二是格式問題：典型的信函，多用"標準式"，即有發端語（如敬啟者或執事先生大鑒）、正文、收束語（如專此，即頌籌安或此致），外加發文者姓名、受文者姓名、書信日期等。如雙方素有密切往來，亦可用"私函式"，作法與私人函件同。

三是用語問題：這是翻譯的核心所在。商場是有一套程式化了的、固定了的用語。違背了應用這些約定俗成的用語，就不合商函的表達方式。可以說沒有這些套語，商業書信會難以成文。在英譯漢的過程中，以下是譯文常見的套語：

英語原文	漢譯用語
（開首稱呼）Dear Sirs	敬 / 謹啟者
（結尾稱呼）Yours faithfully/sincerely	敬 / 謹上
（短語）as in the list attached	詳見附表
for your reference	謹供參考
to send your order	惠賜訂單
through the courtesy of	承蒙好意
upon the receipt of	一俟收到
under separate cover	另函
well received	深受歡迎
well sold	暢銷（子句）
Enclosed please find ...	隨函附寄……請查收
Please be advised that ...	謹告之……
Please keep us informed ...	請告之……
Thank you in advance for your	承蒙合作
cooperation	容此申謝
This is to introduce ...	茲介紹……
We are in receipt of	來函收悉
your letter ...	謹悉 / 頃接等
We are pleased to inform you that ...	特此奉告
We are looking forward to an early reply	盼早覆
We are sending you under cover ...	隨函附寄
We brought to the knowledge of ...	提請注意 / 煩請注意
We should be grateful if ...	如蒙……，不勝感激
We take the liberty of writing to you ...	冒昧來函
We would like to draw your attention ...	煩請貴方注意

　　四是作法問題：文詞最好是簡潔流暢、不卑不亢，套語既不能避免，但也忌太多堆砌，華麗陳腐更不可用。如非必要，英語中的"被動式"或"非人格"語氣不可照譯，作法按照漢語習慣，是撰寫商函首要的考慮。

　　現漢譯下列英文商業短信一封作為例子：

原文

January 1, 2009

Dear Sir/Madam,

　　This letter will formally introduce the services our company can provide as a beneficial asset to your organization on a competitive fee basis.

　　Our company has 20 years experience in the accounting field in such diverse backgrounds as general contracting, food, funeral services, mortgage insurance and utilities from bookkeeping up to preparation for audit.

　　Our hourly fee for all of the above services is $20.00, including pick up and delivery.

　　We thank you for your time and consideration and look forward to being of service.

　　Yours faithfully,

John Turner
President
Accounting Services Ltd.

譯文

2009 年 1 月 1 日

敬啟者：

　　茲特隆重推介本公司多項服務，收費廉宜，有利客戶。

　　本公司在會計行業中，已有廿年豐富經驗，背景廣泛，包括普通承包契約、飲食業、殯儀業、按揭保險與公用事業等，服務由簿記至安排審計。

所有上述服務包括收發文件每小時二十元。

如蒙惠顧，不勝感激。

此致

各客户

John Turner
會計師樓總裁敬啟

以上漢譯信函如採用直譯方式，會出現臃腫可笑的表達語句，不但內文冗長累贅，更不合現行商函撰寫或譯作的常規。

總括來說，文體、格式、用語和作法是翻譯商業書信的要點，以下是漢譯英文信件的另一範例，供作參考研究：✿

原文

March 8, 2009

Dear Valued Customers,

At ABC Bank, we appreciate the opportunity to do business with you. In order to ensure we meet your needs and improve our services in the way you prefer, we select customers from across the country to take part in a branch service survey.

You have been selected for the current survey and we would very much like to hear from you. By completing the enclosed questionnaire, you will be letting us know your views about the quality of service at your branch.

Your comments will receive careful consideration and your participation in the study will be completely anonymous. Your name will not be identified with your response in any way.

However, should you have any specific comments you would like to bring to our attention, we ask that you direct them to me under separate cover, so that the appropriate person can respond to you as soon as possible.

商業書信譯者必須遵從通行的文體規範格式和行業中習慣了的固定用語和套語。行文表達流暢、內容簡練扼要、措詞親切中肯便可，無須在文字上多下功夫。

Your participation in this study would be appreciated and we would be grateful if you would return your completed questionnaire in the enclosed postage paid envelope by May 1, 2009.

Yours sincerely,

John Doe
Vice President
Customer Services Division

譯文

2009 年 3 月 8 日

逕 / 敬啟者：

　　本行（或 ABC 銀行）與台端有商務往來，不勝感幸。為求迎合台端所需，依從所願改善服務，本行特在全國各地抽選客戶參與一項分行服務調查。

　　台端業已被選參與本次調查，敬希撥冗答覆，填妥附寄之調查問卷，以便本行知悉台端對有關分行之服務質素，有何意見。

　　台端評語定當謹慎考慮，參與調查之客戶完全不須具名，故無論在任何情況下作覆，台端姓名不會為人所知。倘有特殊評語促請本行注意者，請另函直接送交本人，當盡快交由有關適當人員處理。

　　台端參與本次調查，謹致謝意。請於 2009 年 5 月 1 日或以前將填妥之問卷，用已付郵資之回郵信封寄還本行。

　　此致

各位客戶

　　　　　　　　　　　　　客戶服務部副總裁

　　　　　　　　　　　　　John Doe 謹啟

74 怎樣翻譯公文？

　　所謂公文，便是公務文件的簡稱，那是政府機關、商業團體和辦事單位用以傳達訊息，互相往來，聯系事務的文件。這類文件包括佈告、公告、通告、通知、報告、公函、簡報、會議紀要、調查/工作報告、計劃、總結、規章制度、司法文書、備忘錄、合約以至首長講話等等。這些大都是體式完整、內容統一，具有固定格式的書面材料。

公文的特點是：

1. 有特定的格式、結構和用語：一般的格式包括標題、主送機關、正文、附件、發文機關、發文時間、抄送單位、公文編號、機關等級、緊急程度、閱讀範圍等等。當然還有公文的作法、句法結構和用語，都有或多或少的規定。

2. 有廣泛的內容：公文內容的涉及面包羅萬有，各行各業、各種學科、古今中外的事件、社會人生的需要都在其範圍之內。

3. 有眾多的文體：大致可分三類：有關法令的如佈告、條例等；有關工作的如報告、總結等；有關講話則滲雜着如科技、文藝等的文體。

翻譯公文，大概有以下三個標準：

1. 是忠於原文：譯文一定要準確無誤，不可增刪，更不能歪曲。為求信實，在譯文中便要堅持以直譯為主，意譯為輔的原則。由於公文的政策性一般都很強，尤以政府的為然，就非要把原文的思想內容充分表達不可。採用直譯的技巧，是最能保存原文意思，在行文措詞上亦可更為精確嚴謹。在整體上，譯文不但連貫通順，而且顯得嚴肅莊重。

2. 是表達通順：譯文的目的是求讀者易懂，所以一定要依據本國的語法和遵從表達習慣，盡量使得譯文簡淺通俗，條理清晰。所有的生僻字眼、過時古語、方言口語或模棱兩可的詞語都不容許使用。否則便有損公文的嚴肅性，兼且產生誤解，造成混亂。

3. 是保持風格：公文有各種體裁，譯文必須能夠體現其不同的特點。例如有關政策法令的，就要求精確簡練，結構嚴密；有關工作計劃的，就要求簡明清楚；有關講話訓令的，就要求鮮明生動，有說服力。譯者本人的譯作風格更不宜帶到譯文中去。

最後得一談公文格式和用語的翻譯，鑒於英漢社會結構，價值觀念等都有極大的差異，處理公務的手法和習慣也截然不同，連帶公文格式和文體用語，也有天淵之別，並非任何翻譯技巧所能應付。

中文公文的行文程序、體裁和格式，頗為繁複，譯者面對英文原本，雖無礙於理解，但如何做到既信又達，不為原文所困，不致譯成英式的中文公文，那要靠譯者本身對中文公文的認識，加上其語文水平、經驗和努力方可有成。

怎樣翻譯政論作品？

（一）概説

所謂政論作品就是帶有政治傾向性的文章和著述，可分兩大類：一類是國家的政治文件、政府聲明、公報、官員講話、報章社論以至國際文件、條約等。另一類是政治性的論文和著作等。政論作品主要是以事實為依據，以邏輯推理的方法來論證政治觀點和主張。

政論作品兼有文藝語體和科技語體的某些特色。一方面政論作品可以運用文藝作品中的各種修辭方式，如比喻、排比、反語、設問等。另一方面也可採用科技文章特有的表達方式，如圖表、符號、公式等。

（二）政論作品的特點、翻譯要求和翻譯方法

（1）政論作品的特點

1. 政治色彩鮮明：例如某一主義的宣言，國家的憲法等。
2. 宣傳鼓動強烈：政論作品的任務和作用便是說服、號召和推動民眾從事某種政治性的工作。
3. 注重邏輯推理：政論作品的內容都有事實根據，以邏輯思維考慮問題，達到以理服人的目的。
4. 用詞嚴謹確實：少用描繪性言語，用詞深入淺出，通俗易懂。

（2）翻譯政論作品的要求

1. 充分表達原文的政治意識、立場和觀點等，譯好關鍵性的中心所在。
2. 保留原文的嚴肅風格和宣傳鼓動作用，注重陳述和推理。
3. 用詞要周密認真，造句要穩重得當。
4. 詞句不可輕易增刪，以免損害原文的意義和作用。
5. 政治術語要保持一致，注意前後統一，以免使人誤解。
6. 引文要查對正確，註解更要譯來無誤。

（3）翻譯政論作品的方法

1. 在理論述作方面：用詞切實，邏輯嚴謹，文句簡樸，講究分寸，以理服人。
2. 在形象描寫方面：保留形象性表達的感情色彩，下筆活潑，用詞生動，使得嚴肅性的政治文章帶有輕鬆成分，增加可讀的趣味性。
3. 在用意明顯方面：如原文的內容、觀點或主張等表達清楚明白，甚至尖銳激烈，譯文亦需用同等意義的詞句表達。

4. 在用意隱晦方面：如原文的內容、觀點或主張等表達隱晦、含糊或婉轉，譯文亦需用同等意義的詞句表達。🐾

76 怎樣翻譯小說？

小說是一種文學形式，運用語言的各種表達手段來刻畫人物、景色，描寫社會生活。以下略述小說的特點、翻譯小說的要求和翻譯小說的方法。

（一）小說的特點

（1）虛構的內容：小說情節即使有真實部分，但大半仍是虛假的。這些虛構的情節需有現實社會作為基礎，曲線反映人類的社會生活。

（2）優美的語言：小說經常採用各種修辭手段，用詞美妙，造句簡煉，充滿藝術氣息。

（3）生動的形象：小說的內容與思想主要是通過藝術形象來感染讀者，所以在刻畫人物，描寫景色時總是聲情並茂，栩栩如生。

（4）鮮明的色彩：色彩鮮明主要表現在：

1. 小說中人物的語言個性；
2. 內容中的民族、時代和地方特色；
3. 作品與作者不同的風格。

（二）翻譯小說的要求

一部小說之能獲致成功、受到歡迎和具有價值，除了思想內容卓越豐富之外，還須有優美感人的藝術形象，兩者缺一不可。所以要能翻譯得好，必須滿足思想內容和藝術形象兩方面的要求。

（1）能夠確切地表達出原文的思想和內容，因為這是任何文

政論文章都有個中心論點，譯時必須盡量表達，保持原文意義。在表達過程中，需要論說有理，清楚透徹。如能在表達中帶有感情、富說服力，則更是譯作佳選。

章的核心，是翻譯小說的重要目的。

（2）能夠完美地再現原文的藝術形象和特色，只因小說本身就是藝術性的作品。

（三）翻譯小說的方法

小說的語言主要是描述語言，應用在刻畫人物、描寫景色、敘述事件、渲染氣氛等各方面，只要把描述語言譯得好，也即是把小說的極重要組成部分完美解決了。以下是譯好描述語言的一些要注意的地方：

1. 行文要簡潔、造句洗煉。
2. 敘事合情入理，切合事物發展規律。
3. 描述景物要如實生動。
4. 描述人物要情態逼真。

小說另外一個重要組成部分是人物的語言，因人物的身份、地位、經歷、學養、性格等而有不同語言的表現，如何翻譯這些表現就成為譯者最大的挑戰。以下是翻譯人物語言要做好的一些工作：

1. 用詞選句保持原文口語化的特點。
2. 口語措詞要切合個人身份或修養。
3. 突出人物的獨特性格。
4. 注意表現人物的關係。
5. 反映人物的起伏情緒。

 怎樣翻譯戲劇？

戲劇也是一種文學形式，有與其他文學作品不同的特點。如能掌握這些特點，對翻譯戲劇作品非常重要。以下概論戲劇的特點，翻譯劇本的基本要求和翻譯劇本的方法。

（一）戲劇的特點

1. 戲劇是通過聲音、動作和形象來表達思想與感情。
2. 戲劇的劇本語言主要是人物的對話和唱詞。
3. 戲劇劇情是通過矛盾衝突來開展與感染觀眾的。

（二）翻譯劇本的基本要求

1. 掌握劇本的性質，屬於喜劇、悲劇還是諷刺劇等。
2. 了解劇本的主題思想，劇本的情節和發展。
3. 清楚劇中每個角色的特徵、習慣和性格。
4. 弄清劇本的風格和色彩（例如時代色彩、地方色彩、民族色彩等）。

（三）翻譯劇本的方法

劇本只有兩種語言，即是人物的對話和唱詞（也叫台詞）與及說明詞。由於台詞佔劇本語言的絕大部分，所以譯好台詞是翻譯劇本的關鍵。翻譯台詞要注意的各點是：

1. 譯台詞要口語化。
2. 譯台詞要切合角色的地位和身份。
3. 譯台詞要突出角色人物的個性。
4. 譯台詞要前後互相呼應。
5. 譯唱詞要注意押韻和音節。

戲劇中除了翻譯台詞和唱詞之外，還有內容、情節說明描寫詞，如果這部分譯得不好，或者會影響戲劇表演的效果，因此在翻譯時，要做到文句簡潔，切合劇情。

總的來說，翻譯劇本最好是譯者本人也能融入角色之中，熟悉每個角色的思想性格、語言和舉止行為。其次是按照戲劇作品的特色，形象、對白、歌詞、描寫，以適當對應的文體巧妙表達出來。✿

翻譯戲劇時須特別注意人物台詞與語氣的描寫和揣摸，以求切合人物的身份個性。譯詞更要盡量符合本地人的說法和表達習慣，適當地作出刪削添補，泯除文化因素造成的差異。

第五部分：翻譯要點

 翻譯為甚麼重要？

　　論文化活動，從古以來，沒有一種比翻譯更廣泛、更重要的了。翻譯可算是人類最古老、最需要的行業。如果說文明的保存和社會的發展得首先歸功於翻譯，也不算言過其實。在促進人類發展的歷史上，翻譯有其不可磨滅的功績。在當今資訊發達的現代社會中，翻譯的作用尤其重要。舉凡宗教的傳播、外交的開展、經濟的推動、思想的互通、文藝的交流、科技的創新等等都無不藉着翻譯以作媒介。

　　簡括而言，翻譯的重要性和價值，從以下幾點可以見到：

（一）傳播文化學術，影響思想

　　翻譯是人類很重要的交際工具，是促進政治、經濟、文化、科技、軍事交流的工具，也是人類賴以傳播思想、宗教和聯絡的實踐活動。

　　翻譯有傳播文化學術的功能，對於社會的文明進步有極大的實用價值，這是中外歷史都可證明的。

　　東西方的文明都與翻譯有莫大的關係。西方在紀元前希臘、羅馬的文學作品、紀元後的宗教文獻都靠翻譯得以保存發展，促成了以後的文藝復興。宗教文獻的翻譯更對各民族的語言、文學和思想起着巨大的影響。

　　中國的情況與西方相似，佛教輸入後佛經的翻譯使二千年來中國人民的學術思想、文學藝術、社會風習都起着根本的改變。後期翻譯西方政治、哲學、經濟等的書籍就鼓勵着中國人民進行改革，走現代化的道路。文學作品的翻譯提高了中國人對文藝的愛好，開闊了創作視野。

（二）促進和繁榮文化，引進現代意識

翻譯不僅是介紹他國思想、學術和文化，更重要的是有助於本國思想、學術、文化上的充實和進步。翻譯引進現代意識，可以改造一個國家和民族，使之臻於富強。日本就是一個很好的例子，能夠在相當短的時間內，從封閉落後、民窮國弱變成政治開明、教育發達、科技先進、經濟蓬勃的國家，主因就靠了致力翻譯外來最新文獻，不斷吸收現代知識，提高國民的生產能力。翻譯事業使日本躋身於世界強國之列。

（三）激發文化創新，增加精神財富

最佳的例子應該是馬丁・路德把聖經的新舊約全書譯成德文，這對德國人來說是一項"偉大的革命"（黑格爾語）。路德的翻譯使德國人意識到，基督教並非外來的桎梏，而是該民族自己內心固有的財富。若無聖經的翻譯，就沒有德國的宗教改革運動。可見移譯外來書籍正是爭取思想自由，增加精神財富，解除外加桎梏和吸納外來文化的努力。翻譯為創造之始，創造為翻譯之成，外來思想的翻譯可以激發一國文化的創新。

（四）增進各族了解，維護世界和平

翻譯傳遞另一種文化、另一個社會、另一個世界的信息，介紹其他民族的世界觀、價值觀、溝通民族之間的隔膜。因而翻譯的重要功用是在於使各個不同民族的思想觀念和風俗習慣都可徹底溝通、消除隔膜、避免偏見、增進了解，對於消弭戰爭、維護世界和平，大有幫助。

在目前世界，各民族國家比前交往更緊密，新的國際組織快速建立，跨國的商業公司不斷擴展，全球信息的交流日益頻繁，技術文獻以多種語言文字同時發表，使得翻譯的重

要性大為增加。

翻譯改變了人類的歷史、轉移了歷史的軌跡,對人類社會的重大貢獻是不容否認的。難怪幾百年前的德國詩人歌德就曾說過:"翻譯是世界上最主要的和最值得尊敬的工作。"他又說:"每一位偉大的作家都應該翻譯一本書,因為這是對國家最重要的貢獻。"

單就中國本身文化而論,便得益於翻譯的巨大貢獻。名學者季羨林就直接指出"中華文化之所以能長葆青春,萬應靈藥就是翻譯,翻譯之為用大矣哉。"

79 翻譯和創作有甚麼關係?

一般人對翻譯有個錯誤的觀念,以為翻譯只是文字的轉移,與創作無關。他們總以為翻譯有原作為本,所寫所述的盡屬他人意見,全無創新可言。這也非全沒理由,因為在翻譯寫作活動的世界中,譯者的活動範圍是很有限的,他不可以在很大程度上擺脫原作者的約束。即使如此,譯者有其本身獨特的寫作風格,並可以靠着自己的表達能力和見識在翻譯過程中進行創造活動。這好比音樂演奏家或演員,對演繹樂曲或劇本能夠發揮創造的才能。

寫作文體性質廣泛,有詩詞戲劇小說散文等藝術之文,也有日常生活、工商往來等應用之文,兩者迥異。翻譯不同文體,自然有不同的處理方法。大概來說,翻譯藝術之文,譯者能夠發揮的創作才能會較多。翻譯應用之文,譯者能發揮的空間就比較小。身兼寫作與翻譯之長的郭沫若就理解這分別,他強調文學翻譯與創作無以異,好的翻譯等於創作。老舍也有一句名言:"翻譯不是結結巴巴的學舌,而是漂漂亮亮的再創造"。實在,不論是甚麼性質的文章,在翻譯的過程中,總是要透過譯者的思考、經驗、選擇、修正、重組甚至改寫。說翻譯是有限的創作，相信是持平之論。

翻譯的最高境界為何？眾說紛紜，沒有準則。理想的譯文應該在能保存原文的意思外，還應顧及其風格、體裁，以至其情調、精神等。但由於譯出語與譯入語存在不同的形、音、義、語法、修辭、文化背景、思考習慣、美感經驗，妄求譯文等同原文，簡直是夢想。退而思其次，如譯文能盡量在形式與內容上都能緊密追蹤原作，在行文造句上沒有翻譯的痕跡，與用母語寫作毫無分別，那與最高的境界已相去不遠，但要達到這個境界，還須歸結到寫作的技巧去。

著名的詩人兼翻譯家余光中認為創作和翻譯兩者相互間的影響是極其重大的。一位作家如果兼事翻譯，則他的譯文文體會多多少少受自己原來創作文體的影響。反之，一位作家如果在某類譯文中沉浸日久，則他的文體也不免要接受那種譯文文體的影響。在另一方面，創作也會受翻譯的影響。歐洲十五世紀聖經的德譯和英譯，分別對後來德英兩國的散文影響重大，中世紀的歐洲文學就幾乎成了翻譯文學的天下。中國新文學的發展也要歸功於西洋文學的翻譯，如果沒有翻譯，五四新文學運動也許不可能發生，至少也不會那樣發展。約二百年前的英國翻譯理論家泰德勒 Alexander Tytler 就已說過身為詩人，才能譯詩。在所有的翻譯各文體中，詩詞應是最高的一層境界，本身不懂寫詩的人又如何譯得好詩？以此推論，劣於為文的人又怎能精於翻譯。蔡濯堂（思果）就說過：“不能寫作的人最好不要學翻譯。”又說：“作家而又懂外文的，是最好的翻譯人才。”無怪著名的譯詩能手如戴望舒、卞之琳、余光中等，他們本身便是傑出的詩人。傅雷、梁實秋等以譯筆稱雄於世，也都以文筆顯名於時。於此可見文藝創作對翻譯的影響與其密切的關係。

80 文化因素對翻譯有甚麼影響？

文化因素對翻譯的影響是顯而易見的，如果想理解或翻譯一種語言，就必須首先要獲得有關該語言的文化知識。所以翻譯絕不僅是語言形式的轉換，更是自身文化對異邦文化的闡釋。

那麼，甚麼是文化？根據《辭海》的定義分成兩類：

"從廣義來說，人類在社會歷史發展過程中所創造的物質財富的總和，特指精神財富，如教育、科學、文藝等。從狹義來說，特指社會的意識形態，以及與之相應的制度和組織機構"。中國著名歷史家錢穆說得更簡單，他在《文化學大義》寫道："文化是指人類生活之總和，而人類生活則指多方面各種部分之配合。"

西方對甚麼是文化的定義也眾說紛紜。最經典的一個是英國人類學者 Edward B. Tyler 在 1871 年《原始文化》一書中提出"文化是一個複合的整體，其中包括知識、信仰、藝術、法律、道德、風俗以及人作為社會成員而獲得的任何其他的能力和習慣。"美國翻譯理論家奈達 E.A. Nida 則認為文化可以簡明扼要地定為 "the totality of beliefs and practices of society." *Language, Culture and Translation*. 1993.

英語詞典中對文化的定義是："The social and religious structures and intellectual and artistic manifestations etc. that characterizes a society." (*The New Lexicon Webster's Encyclopedic Dictionary of the English Language*)。或更詳細一點如 *Wikipedia, the free encyclopedia* 所闡釋："Culture can be defined as all the ways of life including arts, beliefs and institutions of a population that are passed down from generation to generation. Culture has been called 'the way of life for an entire society'. As such, it includes codes of manners, dress, language, religion, ritual norms of behavior such as law and morality, and systems of belief as well as the art."

現代學者大多同意文化具有以下四個本質特徵：	1. 得自社會習慣積聚，非從遺傳而來； 2. 為社會成員共有，非某一人獨有； 3. 具有特殊性，可作該獨特文化的象徵； 4. 聯合各方面構成統一的整體，而各方面又互有關係。
他們又把文化劃分成四大系統：	1. 社會系統：包括政治、教育、法律、歷史、階級制度等。 2. 經濟系統：包括科技、生產、生態環境等。 3. 觀念系統：包括信仰、思想、宇宙觀、價值觀、認知和思維方式等。 4. 語言系統：文字書寫、語法結構、語音、語義等。

　　翻譯是透過語言來進行，而語言則是組成文化的一部分，受到文化的影響和制約，依賴文化現象而存在，是文化中最重要的象徵特性。由於事物的發展是複雜的，不同的語言不可避免有差異，但也不乏彼此之間有相同或相近的現象。在翻譯當中，凡是兩語共有的現象（即共性）就比較容易處理。遇上文化環境中特有的現象（即特性），如歷史、生活方式、思維方式、風俗、社會制度、價值觀念等就會導致難譯或不可譯。譯者最大的挑戰就是把這些獨特的語言含義換成意義相符或相近的含義，為本國文化所接受的譯語。

　　上述文化結構所蘊含的共性和特性是造成語言間文化重合（cultural overlap）和文化分歧（cultural discrepancy）的根本原因。文化重合是由於人類會在不同的文化環境下都可以產生某些共同的生活經歷和感受。例如中國和英國人都以"心"作為感情的起源，構成很多意義相同或相似的慣用語：因此"to set one's heart at rest"是"放心"，"to take to heart"是

"關心"，"heart-broken"是"心碎"或"傷心"等。在英漢兩方的慣用語中，有不少是可以在文字上與意義上都相同的，"There's no smoke without fire"是個顯明的例子，漢語中便有對等的"無火不生煙"。如嫌這句太近於翻譯，亦有"空穴來風"一語。"To kill two birds with one stone"又是另一例子，漢語有兩句可用，一是"一石二鳥"，二是"一箭雙雕"，前者也許是從英語翻譯過來的。實在，英漢兩語各有不少借用對方的語詞，如英語的"to lose face"，便是漢語的"失面子"，漢語的"事實勝於雄辯"無疑是英文"Facts are louder than words"的漢譯。

文化分歧起源於下列的幾種情況：

一是本國特有的事物或行為，為別國所無，例如英國的"to throw down the glove"，漢語只可意譯為"挑戰"。

二是本國的事物或行為，別國亦有，但涵義有別。如"to be in the same boat"，"同舟共濟"或"同一陣線"，是最常見的漢譯，但不知英語中那微帶消極性的意思到底和漢語的積極意義頗有不同。

三是本國與別國共有事物或行為，但表達的方式不同。例如"a thorn in the flesh"，漢譯捨"肉"為"背"，譯成"芒刺在背"。"A sprat to catch a mackerel"棄用魚類而改成"拋磚引玉"。

上述的情況產生了以下的文化分歧種類，對是否可譯和如何翻譯都有直接的影響。

（一）文化差距（cultural gap），例如漢語的問候語"吃過飯了嗎？"就不能照譯來施於外人身上，必須改用他人在文化上可以接受和了解的用語。同樣英語問候語如"Have a good day"亦不能直譯。在"to mind one's Ps and Qs"中，P和Q兩字母都是漢語所沒有的，這種文化溝壑都需要想法來彌合，最簡單的方法是跳過文字上的鴻溝，從意思上着手，中文成語"步步為營"和上舉的英國慣用語意思相符，便可拿來做對應詞。

（二）文化空白（cultural blank），比起上述的差距還要巨大，理解更要困難，為的是所要翻譯的事物和行為以及表達方式都非本國所有，在文化溝通的領域中，猶如一片空白。漢語的"禮義廉"所指為何？（按：指的是"無恥"，譯為"shameless"）。英語的"A Sisyphean task"又是甚麼？（按：這是 An endless and fruitless task，與我國的神話寓言"吳剛伐桂"異曲同工）。這些都牽涉有關文化的獨特性，不得不在翻譯之前先要了解其含義，還必須以本國讀者所能理解的用語譯出。

（三）文化衝突（cultural conflict），這在不同的文化背景和環境中是常見的現象。例如中國人崇拜龍，以龍為神異吉祥，自稱為"龍的傳人"，這在素以龍為妖邪災難之物的西方人中大惑不解。漢英兩語用顏色來比喻事物或人的意義，許多時也大相徑庭。例如中國人以黃代表"榮華高貴"，西方人卻以之為"膽怯懦弱"。再如借用動物來指喻人的品質，也有極大的區別。中國人說"蠢得像豬"，英國人會說"as stupid as a goose"，他們不以豬為蠢還會說豬很聰明，而中國人就發夢都不會把鵝當作愚蠢的象徵。

以上的這些譯例要注意的是在翻譯時，為了照顧本國的文化和語言習慣，很多時候會捨棄文字形式上的一致而追求意義的相同。

有人認為翻譯的最大困難莫過於原文中含有文化的因素，因為單從文字的表面，大都找不出真正的含意，亦無法憑想像測度。譯者如果沒有兩種文化的對比知識，便無從對原文有正確的理解和表達，更談不到翻譯。

81 文體風格對翻譯有甚麼影響？

中文文體大概可分為文學、科技、應用和政論四種，不同的文體就具有不同的風格。

甚麼是風格？《辭海》中有這樣解釋："指作家、藝術家在創作中所表現出來的藝術特色和創作個性。作家、藝術家由於生活經歷、立場觀點、藝術素養、個性特徵的不同，在處理題材、駕馭體裁、描繪形象、表現手法和運用語言等方面各有特色，這就形成作品的風格。風格體現在作品內容和形式的各要素中"。

要認識甚麼是風格，必須看精神和物質因素兩方面。精神因素是與作者的個人學術修養、生活經驗、心理特徵和價值觀念等有關。物質因素則是作品中的語言運用問題，例如選詞造句、篇章結構、修辭手段以至音韻節奏等。

翻譯一篇文學文章，在語言特徵、句法結構和表達形式方面必然和翻譯科技或應用的文章有明顯的區別。因此，翻譯前先要辨別是那種文體，才能迎合不同的要求，選用恰當的詞彙，採取適宜的譯法。

以下簡述各種文體的風格特點，以便譯者可以在準確通順表達原文的同時，又可確切符合譯文中各種文體的要求和規範。

先說文學文體。文學作品體裁繁多，主要為小說、散文、韻文等。文學作品中風格的形成與作家個人的生活經驗、藝術修養、審美情趣、學識才能、氣質習染等等是分不開的。所以有學者就認為"風格即人"或"文如其人"。一般來說，文學語言雖然不拘一格，但其特點普遍是形象生動、多用修辭手段、語詞凝煉含蓄、富於藝術色彩。文學藝術的三大要素：真實、想像和美是缺一不可的。

散文主要的特點是：形式自由，語言洗煉、篇幅可長可短，結構靈活多變。韻文的語言更要有韻律、有節奏，並有分行分節的形式。小說無論長短，都必備"情節"、"人物"、"場景"三大要素，翻譯時不能忽視。

科技文章的文體較之文學文體在句法結構上有明顯的不同。其不同是比較冗長和複雜，因為有許多的插入成分。此外，科技文體常用現在時態、被動結構和非人稱主語的"it"，以表達科學的客觀性和真理性，譯者對此要加以特別注意。出現在科技文章中的還有大量的專業術語、派生詞和縮略語，譯者首先就要明確所涉及的是甚麼學科，才能迅速地縮窄詞義的選擇範圍，提高所選詞義的精確程度。總括而言，科技文章的特點是結構冗長嚴密、邏輯性強、多專業性詞語而少作修飾語句，故科技文章是比較正式莊重的文體。在翻譯時多注重譯文中的句法結構、語法和所用詞彙是否能表達科技文體的特色，以求切合原文的各種特點。總括而言，科技的詞彙有三多現象，即專門術語多、派生詞多和縮略語多。其句法結構具有三種特式，那是被動句、非人稱主語結構和複合長句。

應用文章的體裁紛繁，但大都有特定的格式和稱謂，對不熟悉此類文體的譯者，可能在表達意義上無誤，卻往往在表達形式上出錯。大致來說，應用文章的寫作風格平實，減少廢詞虛語，行文用詞都以使人容易理解為主。

應用文章如屬廣告一類，其譯作風格就獨樹一幟，大體上它的文體形式簡潔，句法洗煉，內涵豐富，詞語優美而富煽動力。

應用文章如屬新聞一類，其行文多屬程式化，用詞求新，筆鋒犀利，注重客觀性。

政論作品包括有政治傾向性的文章和著述，寫作方法主要用邏輯推理來論證和宣傳政治觀點和主張。文體風格是要用詞嚴謹，文句樸實，講究分寸，以理服人。關鍵性的中心所在，尤須注意譯出，充分表達原文的政治意識、立場和觀點等。

82 方言對翻譯有甚麼影響？

（一）概說

方言是民族語言的一種地方變體，在語法、詞彙和語音上各有其特點，而在一定條件下，還可能發展成為獨立的語言。在民族語言裏，方言隨着共同語的影響擴大會逐漸消失。中國漢語的方言不下千種，最大的方言在北部有北方話（現稱普通話或國語），中部有上海話（滬語），南部有廣州話（粵語）和閩南話等。而漢人的共同語現在是普通話，文字書寫也以普通話為準。

方言可分永久性（permanent）的和短暫性（transient）的兩大類：

永久性

永久性的就是（1）方言（dialect），即某一地區人民 集體所說的語言，但並非通行全國，不是全民共同語，和（2）個人語型（ideolect），即個人在他一生之中特定階段中的說話方式。

短暫性

短暫性的就包括（1）語域（register）：適合特殊原因或場合的語言變化；（2）語式（style）：按照雙方身份和彼此關係的談話態度和語調變化，和（3）傳達方式（mode）：用哪種方式表達：口語還是書面？用哪種文體表達：文言還是白話？散文還是韻文？所有語言包括方言在內都會因時間有古今、地區有遠近，社會階層有高低、人際人倫關係有親疏等等因素而經常變動，這些都對進行翻譯發生一定的影響，造成某種翻譯上的困難。

（二）方言對音譯的影響

由於不同方言便有不同的發音語調，這就決定了譯文裏採用的語音和用詞方式。大致來說，外國的人名全用音譯（除了一些如 Jr. 或 III 等例外），地名主要音譯（但也有半音半意，或是全意的），事物名稱用音譯的也不在少數。

本文所用以解說的例子，都用普通話音和粵音作比較。

先說人名，舉例有：

	國　語	粵　語
Bush	布希 / 布什	布殊
George	喬治	佐治
Smith	史密斯	史密夫

地名中音譯的舉例有：

	國　語	粵　語
Havana	哈瓦那	夏灣拿
Hollywood	好萊塢	荷李活
Montreal	蒙特利爾	滿地可

物名中音譯的舉例有：

	國　語	粵　語
chocolate	巧克力	朱古力
motor	摩托	摩打
salad	色拉	沙律

中國的人名和地名在英譯方面，方言所發揮的影響力相當大。例如人名胡文虎（Aw Boon Haw）、地名番禺（Pangyu）都是用本土語言來翻譯。

（三）方言對意譯的影響

中國地方大、方言多，外來事物引入中國之後，在不同地區便有不同的名稱，這是可以理解的。除了音譯之外，在意譯方面，同一事物也會有不同的稱呼。例如 blower 這件機器，在中國各地就分別有風箱、吹風機、吹氣機、鼓風機、送風機等。再舉例來說，computer 在中國大陸譯電子計算機，在香港則譯電腦，astronaut 宇航員是中國大陸的譯名，而太空人則是香港的譯名。

一種外來事物初到中國，國人不知底蘊，故且以音相譯，等到了解其用法或意義，就會棄音取意。例如 parliament，初音譯"巴力門"，後就改為意譯"國會"，inspiration 也如是，"煙士披理純"是個多麼笨拙可笑的音譯，現在"靈感"一詞自然起而代之了。

因方言而產生對同一事物有不同的譯名或名稱，例子多不勝舉，不算稀奇。但使得問題更趨複雜的，是中國在方言之外，還多了書面語。有時，書面語竟獨立於所有方言（包括共同語的國語）之外。以下是一些例子：

英　語	國　語	滬　語	粵　語	書面語
corn	玉米	珍珠米	粟米	玉蜀黍
jam	果子醬	糖醬	占	果醬
potato	土豆／山藥蛋	洋山芋	薯仔	馬鈴薯

（四）方言對翻譯慣用語的影響

在翻譯之中，方言有時會是很大的障礙，令到不懂當地土語的譯者束手無策，因為如果連意思都弄不懂，就談不到找適當的詞句去譯。

梁實秋有一篇名作，叫做《罵人的藝術》，當中有一段是："譬如你罵他是'屈死'，你先要反省，自己和'屈死'有無分別。"要譯這段文章，不懂"屈死"這上海方言的意思，就無從入手。

粵語這方言也有極其豐富的慣用語和口語，其中有許多即便是廣東人也未全曉。生在不同地域，操着不同語言的中國人，在英譯漢的慣用語或口語時每每有不同的譯法。原因有二：一是傾向自己所慣用的表達用語，二是對其他方言，包括共同語有關的說法並不熟悉，結果就產生了截然不同的譯文。試以共同語和粵語的譯法互相比較，以見方言對翻譯慣用語和口語的影響。

慣用語方面，即諺語、成語等：

英語原文	國語譯文	粵語譯文
A burnt child dreads the fire.	一朝被蛇咬三年怕草繩	見過鬼怕黑
Everyone finds fault with one's own trade.	吃一行，怨一行	做嗰行，厭嗰行
Many hands make light work	眾人拾柴火焰高	人多好做作

口語方面，即俗語等：

英語原文	國語譯文	粵語譯文
to boot lick.	拍馬屁	擦鞋
Serve you right.	活該	抵（你）死

（五）譯文應否使用方言？

一篇英譯中的文章，是要給所有中國人看的，那些是本土人才懂的方言，似不宜用在文中。採用通行的白話文來翻譯，已是翻譯者共同的準則。如果非要用方言不可，最好能有些明顯的指示，例如用括號表明，使得讀者知道這是方言。實在，翻譯要看對象，也要有個目的。假使對象全是當地人士，目的是要廣為人知，好像商業廣告、機構標語、用品宣傳等，為求增強效果，多用方言是無可厚非的。某些方言用語，非常貼切適當，而又生動醒目，不是別的語言所能代替的。完全在譯文中禁用方言，有時並不容易，亦非明智之舉。最好的方法是適當使用，不要讓方言阻礙了對譯文的理解，亦不要使譯文受到方言的污染。✿

除了特殊原因和目的外，譯者必須盡量減少使用土語或方言入文，同時能夠靈活地應用標準的共同語言翻譯。

83 為甚麼譯詩最難?

有人把翻譯各類文體的難易程度排成如下次序（最難的在上）：

格律體裁韻文	rhymed verse
自由體裁韻文	free-style verse
散文	prose
新聞文章	journalistic writing
科技性文章	technical writing

著名詩人兼譯詩家卞之琳的弟子裘小龍想譯詩，卞就要求他在譯詩前先要學寫詩，意思就是譯詩者必須是個詩人。有些學者即認為譯詩的真正難度在於譯者在詩上的造詣。譯詩的確與譯文不同，因詩是有韻文的一種，所具有的某些特質是散文所無，不了解詩的特性便無從寫詩或譯詩。詩的特性可包括其形式中的體裁（form）、文字方面的音韻（rhyme）、行文的節奏（cadence）和風格（genre）、內容描寫的情調（mood）、境界（atmosphere）和神韻（flavour）等。

現試舉兩首譯詩的部分片段作例，首先是 Percy Shelley 的詩 *Dirge*《輓歌》的前四行：

英文

Rough wind, that moanest loud
Grief too sad for song,
Wild wind, when sullen cloud
Knells all the night long.

譯文

嚎啕大哭的粗魯的風，
悲痛得失去了聲音；
橫擋陰雲的狂野的風，
徹夜將喪鐘打個不停。

　　且不要說內容是否譯得精確恰當，單就原文的幾個韻尾，這種自由體裁的譯法就無法表達。試看用格律體裁譯法又怎樣：

英文

The Diverting History of John Gilpin, Liner Draper

by William Cowper

John Gilpin was a citizen
Of credit and renown
A train-band captain eke was he
Of famous London town.
So stooping down, as needs he must
Who cannot sit upright.
He grasped the mane with both of his hands,
And eke with all his might.

辜鴻銘譯文

昔有富家翁
饒財且有名
身為團練長
家居倫敦城
馬上坐不穩
腰折未敢直
兩手握長鬃
用盡平生力

　　辜鴻銘不愧是清末民初首屈一指的翻譯家，以五言詩體譯出，兼顧韻腳，鏗鏘可誦。唯內容信實程度仍待商榷，未臻至善。譯詩之難，可見一斑。

　　不少學者認為單從詩的字、詞、句、段的組合來看，詩的形式感或可言傳。不過，詩的音樂效果是無從翻譯的，節奏感越強就越難翻譯。詩在翻譯中究竟喪失了甚麼？意境、風格、音韻均可喪失，而最重要的還是神韻的喪失。許多譯詩的人都認為譯詩是徒勞的，即使其意可存，其音律和結構卻注定不會再現。

魯迅就認為譯詩是吃力不討好的事。著名翻譯家蔡濯堂（思果）說："詩不能譯，譯就是毀滅。……音調、韻律、辭藻是詩的性命，一經翻譯，就煙消雲散了。只有另創音調、韻律、辭藻；不過這已經不是翻譯，而是創作"。英國大詩人雪萊則認為詩不能翻譯。美國詩人 Robert Frost 也認為："Poem is what gets lost in translation"（詩就是在翻譯中喪失掉的東西），道出了詩歌翻譯的難處。

以下分舉中國某些譯詩家對譯詩的經驗之談：

胡懷琛（1886—1938）首先指出"歐西之詩，設思措詞，別是一境。譯而求之，失其神矣。"

施穎洲（1919—？）亦以為"譯詩，傳神最難。所謂"神"，……是詩人品性的結晶，情感的精髓，靈魂的升華，而經過傳達的工具成功地表現出來的。所以譯者要與詩人品性互換，情感交流，靈魂相照的時候，才能抓住原詩的神韻，譯詩才能傳神。"怎樣譯詩呢？施氏的意見是："在內容方面應該忠實地保持原詩的思想的本質，意象的整一，及情趣的實體。在形式方面應該追蹤原詩的字法、句法、章法、風格、格律、音韻、節奏及神韻。"

資深的報人成仿吾（1897—1984）論譯詩之法說"有些人把原詩一字一字譯了出來，也照樣按行寫出，便說是翻譯的詩，這樣的翻譯，即使很精確地譯出來，也只是譯字譯文，而決不是譯詩。理想的譯詩，第一，它應當自己也是詩；第二，它應傳原詩的情緒；第三，它應傳原詩的內容；第四，它應取原詩的形式。"

不要以為只有中英兩語文之間的譯詩才有這樣那樣的困

難，實在相同的譯詩困難也存在於歐西各種語文之間。以下是西方某些翻譯者的評論：

1. C.T. Winchester:

"It is evident, from considerations, that poetry can never be translated. Its finer and subtler essence always escapes in the process. Dependent for its individual poetic quality, in every instance, upon the inexplicable power of language, that quality is lost the moment the language is changed."

Some Principles of Literary Criticism, Chapter VII, p. 245.

2. Lafcadio Hearn:

"There are translated poems of the very first rank in lyrical production. But there are not many. Great translation is perhaps the hardest of all things to do, except pure creation, which is almost impossible."

Complete Lectures on Art, Literature and Philosophy, XXXIV, "Great Translators", p. 522.

3. Mario Castelnuovo-Tedesco:

"Translations of poetry are almost always betrayals. Even if there is not a betrayal of the contents, there is betrayal of rhythm or of form, and these are poetic elements too precious and essential to be neglected."

Reflections on Art, "Problems of a Song-Writer", edited by Susanne K. Langer, Oxford Press, 1961, pp. 301 – 310.

以上的評論各點，當可補充中國翻譯家意見的不足，為譯詩困難問題提供一個更全面、更清晰的畫圖。

84 翻譯食品名稱有甚麼困難？

各國食品種類，何止千萬，別國所有，多為本國所無，必須譯為本國文字，方為國人所了解。以外文譯中文而論，中國地域大，方言多，同一食品傳至各地，都有不同譯名，例如：

	華北各地 以北京為代表	華中各地 以上海為代表	華南各地 以廣州香港為代表
cabbage	洋白菜	捲心菜	椰菜
corn	玉米	珍珠米	粟米
ice-cream	冰激凌	冰淇淋	雪糕
potato	土豆	洋山芋	薯仔

欲求統一譯名，使全國採用並不容易。有時書寫語又與口語不同，如 corn 之書寫語為玉蜀黍，potato 為馬鈴薯，使情況更為複雜。

翻譯食品名稱所需的專業知識，所花的時間精神，端的非同小可，未嘗譯過此類名稱者，滿以為一本字典在手，便可任意縱橫，可看得太簡單了。如果不信，可試譯下列幾種調味品，便知一二：

（1）bechanmel　　（2）cyclamate　　　（3）lecithin
（4）tarragon　　　（5）xylitoe（譯名答案在文後）

編者並非特意挑揀幾個普通字典也查不到的字來嚇人，實在難處之多，並不在乎其字之偏僻深奧，而在下列所舉之各種原因：

原因之一：食品出處不同，故有各國文字，譯者如不懂該國文字，便感為難。例如：

consomme A la Moelle　　　是甚麼湯？
fondue　　　　　　　　　是甚麼菜式？

einskein	是甚麼肉類？
beche-de-mer	是甚麼海產？
wampee	是甚麼水果？
water convolvulus	是甚麼蔬菜？

這裏有法、意、德、拉丁文，甚至中文英譯的名稱。即使知道 sukiyaki（壽喜燒）是日本火鍋，那其他的 yaki（燒）如 teppanyaki，kabayaki，momoyaki 和 terriyaki 又如何？（本段譯名答案在文後）

原因之二：譯者身處某一方言區，或其翻譯對象是說某一方言者，那他翻譯時所採取的詞彙和用語，自然會遷就當地的方言或主要的對象，其結果是很難令不同方言區的讀者明白，例如北京人民就不知道香港人所說的"芝士"究竟是何物？廣州人也不曉得上海人說的"山芋"是甚麼？

說粵語的香港人在承受外文衝擊的結果，多半走音譯的路，但普通話就往往用意譯的方法，試比較下表：

	粵語（音譯）	普通話（意譯）
cream	忌廉	奶油
cookies	曲奇	小甜餅
jam	占	果醬
strawberry	士多啤梨	草莓

就算同是音譯，用字也有異：

	粵語（音譯）	普通話（音譯）
chocolate	朱古力	巧克力
cocoa	谷古	可可
salad	沙律	色拉
toast	多士	吐司

即使兩者皆用意譯，用字也不同：

	粵語（意譯）	普通話（意譯）
cantaloup	香瓜	甜瓜
egg plant	矮瓜	茄子
orange juice	橙汁	橘子水
peas	荷蘭豆	豌豆

原因之三：查字典所得者，一無所用，因為：

（1）字典所提供者多是動、植物或化學品的學名，例如：lettuce 萵苣；brococoli 花莖甘藍；mussel 詒貝；bicarbonate 酸氫鹽等。但這些豈是我們日常所用的名稱？我們所叫的應該分別是生菜、西蘭花（或花椰菜）、淡菜（或青口）與疏打粉。

（2）字典的意義不明確，如 sole 只載鰨科的魚；vermicelli 是細麵條；bacon 是鹹豬肉。但我們日常所叫的這些食品卻分別是龍利（或撻沙）、粉皮和醃／煙肉。

（3）字典的名稱或是過時，或是非日常通用的，如 scallop 扇貝肉，agar 石花菜，topioca 木薯淀粉，morel 羊肚菌等，都與現時通稱的帶子、紫菜、茨粉和金菇等相去甚遠。

原因之四： 字典譯名眾多，不知何者為是，遇上這種情況，有時頗費思量，但卻有三項原則可以遵循：

一是分別書面語和口語，例如 water spinach 書面語為通菜，口語則是甕菜；instant noodle 書面語是即食麵，口語則是公仔麵。上述兩例之口語都是廣州話。

二是選用簡明用語，如 kidney beans 有三稱：豇豆、菜豆、腎形豆，當以選用菜豆為佳。Cumin 有枯茗、歐時蘿及小茴香，後者便為人所採用。Gin 可作琴酒、氈酒和杜松子酒。Water chestnut 可作地栗、馬蹄、荸薺三名。這要看譯者去斟酌讀者是說普通話的還是別的方言而定。名稱一經選定，即不能隨意改用，以免混淆。如 scallion 之名有三，青葱，韭葱和大葱都有人用，但定名以後，即不宜另用別名。

原因之五：食品名稱的音譯、意譯極不一致，一種食品音譯和意譯並行，不勝枚舉。例如 margarine 麥琪琳 / 人造牛油；tuna 吞拿魚 / 金槍魚 / 鮪魚；salmon 三文魚 / 鮭魚；currants 加侖子 / 葡萄乾；mayonnaise 沙拉醬 / 蛋黃醬等。用音譯還是意譯，取決於譯者本人視當地人士所慣用而定，沒有準則可循。

原因之六：食品如以牌子為名，而譯者對其毫無認識，那便只好擲筆興歎。以下為一些著名咖啡牌子的名稱，可見其中翻譯的混亂程度：

英文名	中文名	翻譯方法
Blue Mountain	藍山	意譯
Kilimanjaro	克里曼加羅	音譯
Maxwell House	紅屋	半意譯（商標有紅屋圖）
Moccona	世紀	仿譯

以上初步歸納出翻譯食品名稱的六種困難，所憑的也僅是從外文翻譯到中文的經驗。倘由中文譯成外文，由於中國人喜用吉祥華美，附會想像的文字來修飾餐菜食物，相信遇到的困難會更甚。你也許可以毫無困難地譯出帶有地名的"西湖牛肉羹"或"京都排骨"，也能應付嵌有人名的"李公雜燴湯"或"麻婆豆腐"。但若你不知"全家福"或"大展鴻圖"是甚麼菜式時，即使抓破頭皮也肯定譯不出來。無怪翻譯工作者一想起翻譯食品名稱的艱苦經驗，便為之食慾大減了。❀

本文譯名答案

bechanmel 白醬油；cyclamate 糖精；lecithin 蛋黃素；tarragon 艾葉；xylitoe 木糖醇；consomme A la Moelle 牛骨髓蛋黃清湯；fondue 奶油酪蛋；einskein 德國豬蹄；beche-de-mer 海參；wampee 黃皮；water convolvulus

翻譯食品名稱首先要記着的是：一，不要全靠字典的譯名，因為多無所用；二，從多種譯名中，選擇當地通用的；三，遇有不懂的外文，查考有關書籍或向人請教。如能看實物翻譯，當可加強譯名的準確性。

通菜；teppanyaki 鐵板燒；kabayaki 饅蒲燒；momoyaki 雞腿燒；teniyaki 豬肉燒；Johnny Walker 尊尼獲加（威士忌酒名）；Tabasco 和 Worcetershire 都是辣醬油牌子名。

85 漢譯行文有甚麼主要的毛病？

譯文質素最高的層次是讀來不像譯文，與用母語寫作無異，但這是很難做到的。退而求其次，譯文如能達到造句正確無誤，表達通暢簡潔，合乎漢語的寫作習慣，令讀者容易明白，就算是很高水準的了。

漢語譯文有毛病與譯者的漢語寫作水平有關。寫得不好，譯作自然會出問題，尤其是翻譯時受到外文語法造句影響，更會在譯文中出毛病。漢語譯文中的主要毛病，大概有下列幾點：

（一）不符漢語行文習慣

如果譯者太拘泥於原文的詞語或句子結構，便會造成呆譯、死譯，歐化中文便是由此而起。例如：

英文

The difficulties created by the shortage of oil in the developing countries are an increase in the demand of electricity and decrease of export-oriented goods.

劣譯

發展中國家缺少石油所造成的困難是電力需要的增加和面向出口貨物生產的下降。

改譯

發展中國家因缺少石油而面臨困難，一方面是電力需求的提高，另一面是出口貨物生產的下降。

（二）不理漢語語法結構

漢語也有本身的語法和句子結構，翻譯時亦須加減或調整字詞與次序，使與漢語語法相合。例如：

英文

He stood watching her go down the street with a slow sway of her body.

劣譯

他站着看她走下街去，以她的身體慢慢搖擺。

改譯

他站着，看着她慢吞吞地扭着身子，走下街去。

（三）不作適當用詞搭配

漢語的用詞搭配往往與英語的不同，故此不能按照英語原文的用詞硬譯，破壞漢語本身的搭配，造成誤解。例如：

英文

As soon as he finished his speech, he brings down the house.

劣譯

他講話一完成，就變得全場喝采。

改譯

他講話一結束，就博得全場喝采。

（四）不明確指示或交代

這種情況以翻譯句子中含有關係代名詞或人稱代名詞為多，解決之法是看情況多作明確指示，避免混淆。例如：

英文

While explaining the meaning of a word to his teacher, he, all of a sudden, left the room.

劣譯

他正向老師解釋一個詞義，他突然離開房間。

改譯

他正向老師解釋一個詞義，卻突然離開房間。

【解說】*英語很清楚地指明 "he" 是學生，但漢語的譯文卻有些混淆，最好是指出是學生離開房間。*

（五）不懂得變通詞類

變通詞類是翻譯的一種主要技巧，按照原文詞類而不懂改換其他詞類去更通順地表達原義，是不良譯文的通病。例如：

英文

They were confident of victory.

劣譯

他們對勝利有信心。

改譯

他們有信心獲勝／有把握獲勝。

（六）不梳清條理邏輯

英語句子有時雖嫌頗長，但結構嚴密，條理分明。漢譯時往往不能順序而為，必須在理解全句後，按敍述邏輯次序，分清主從，使得層次清楚，讀來易懂。例如：

英文

The heaviest load on his mind, after his conversation with his professor, lay in the unforeseen necessity of having to publish about twelve papers in prestigious academic journals.

劣譯

他心中最苦惱的是在與教授談話之後未曾預料得到的必須要在有名望的學報發表大約十二篇文章。

改譯

他跟教授談話之後，未預料到要在有名望的學報發表大約十二篇文章，一想到這個，心裏就苦惱極了。

（七）不應用合理對比

對比的描述是寫作常用的修辭手法。由於語言習慣和關於語言習慣和用法不同，翻譯時往往不能按照原文直譯，避免可笑而不合理的後果。例如：

英文

The man was as strong as a horse, and his temper was as fierce as he was strong.

劣譯

這人壯得像馬，他的脾氣也兇猛得像他的壯健身體一樣。

改譯

這人體壯如牛，脾氣亦壞得如牛。（或）
這人力氣很大，脾氣也很大。

（八）不善用拆譯長句

英語好用長句，漢語則以簡短為主。如果譯文多用長句，就與漢語的行文習慣相違，容易出現文理不通，脈絡不清的毛病。這些例子俯拾皆是，例如：

英文

In the life of a healthy youth there must be opportunities for physical daring and endurance, especially at such an age as ours when there is nothing compulsory to call out the reserves of physical power in the lives of young men.

劣譯

健康的年青人生命一定要有體力勇氣和忍耐的機會，特別是在我們的時代裏，沒有甚麼強制來引出年輕人生命中的身體儲備力量。

改譯

在健康青年的生命裏，必須有機會來讓他們養成身體上的勇氣和耐力。尤其在我們所處的時代中，沒有任何強制的事物，來喚起年輕人生命中內蘊的精力。

（九）同一詞語重複使用

漢譯文章有一主要弊病，便是譯者選得適當譯詞後，就重複在一個句子使用，不加變通。例如：

英文

A delay in reporting an injury will usually mean a delay in receiving benefits.

劣譯

延誤報告受傷也就是延誤了領取福利金。

改譯

延誤報告受傷也就是耽擱了領取福利金。

【解說】*上句有兩個 delay 字，不應執着於同一譯詞。*

英文

For a hundred years, the military has played the decisive role in determining the outcome of power struggle.

劣譯

百年來軍事力量都在決定權力的鬥爭上起了決定的作用。

改譯

百年來軍事力量都在決定權力的鬥爭上起了舉足輕重的作用。

【解說】*上句 decisive 和 determine 都可作決定解，但為使表達鮮明有力，就應在修辭上下功夫。* ❀

譯文中最常見的毛病而在作文中沒有的，當推譯者擺脫不了原文的語法結構桎梏，使得譯文行文不順。翻譯中的各種方法和技巧都是為了減少上述毛病而設，使得文章精簡，加強了解，表達更為暢順，寫出符合規範的譯文語言。

86 漢譯譯文有甚麼主要的謬誤？

翻譯有錯是常見的事，最好的翻譯家也免不了，普通或初學的翻譯者更無論矣。犯錯的原因錯綜複雜，主要還是譯者對外文認識不足，對母語表達欠佳。翻譯謬誤粗略分析起來，大概有以下幾種：

（一）照字譯字的錯誤

見字就譯表義，不求內涵，犯錯機會很高。須知單詞與單詞連結，就會產生與個別單詞不同的意義。而英語慣用語應用廣泛，更不是靠字面的表義所能正確表達的。例如：

詞語舉例

quick march (military term)
快步行進　　　　　　　　　　　　**（錯譯）**
齊步行進　　　　　　　　　　　　（正譯）

a drawing room (a room in a house)
畫室　　　　　　　　　　　　　　**（錯譯）**
客廳 / 休憩室　　　　　　　　　　（正譯）

句子舉例

He has put my monkey up.
他已舉起我的猴子。　　　　　　　**（錯譯）**
他使我生氣。　　　　　　　　　　（正譯）

This makes life difficult for American students studying Chinese.
這使得學中文的美國學生生活困難。　**（錯譯）**
這使得學中文的美國學生大感困難。　（正譯）

（二）理解不確的錯誤

翻譯首重對原文的理解。理解大致有兩方面，一是有關詞義的，另一是由常識獲得。詞義的理解有時還可藉着詞典或上下文的幫助，但牽涉到常識，就得靠譯者本人的文化知識和學養了。例如：

詞義理解錯誤例句

The accused shouted："I am wronged."

被告呼叫道："我錯了。"　　　　　　　　（錯譯）

被告呼叫道："我是冤枉的。"　　　　　　（正譯）

【解說】錯譯的原因是譯者誤把"wrong"和"wronged"的詞義等同。

常識理解錯誤例句

The MPs represent different interests.

國會議員代表不同的興趣。　　　　　　　（錯譯）

國會議員代表不同的利益。　　　　　　　（正譯）

【解說】錯譯的原因是譯者對國會議員的選舉運作和責任不了解。

（三）文化差異的錯誤

翻譯不僅遇到語義上的困難，還有那隱藏着的文化溝通問題。文化包括歷史宗教、風俗習慣、民族心理、表達方式等等。不了解另一民族的文化背景，就會有翻譯錯誤的危險。例如要譯" The project is an economic albatross from the start."普通詞典對"albatross"只解釋為"信天翁"。但這隻海鳥對整個句子有甚麼特別意義，沒讀過英國詩人 S.T. Coleridge 的長詩 The Rime of the Ancient Mariner，就不會知道它是代表累贅或不易解決的困難。跨過這個文化障礙，就能正確地譯為："這計劃打從開始就是一個不易解決的經濟負擔"。

文化差異是很多附會曲解翻譯的根源，好像下一句：

Members of the Congress, liberty, heroes of seventy-six and other words used by the Americans of that time were like riddles to him.

國會議員、自由、七十六烈士和當時美國人所用的字詞對他來說，像是猜謎。

【解說】弄錯的原因是譯者不通美國歷史，不曉得 1776 是美國的開國年份，以為 76 是人數，乃以己意譯之，遂有此誤。

（四）選詞不當的錯誤

一詞多義，何詞為合，是譯者要面對的第一道關口，也是翻譯的第一步程序。只有準確的詞才能適當地表達原文的真義。有時選詞不當未必就構成錯誤的翻譯，但肯定是未達到完善的境界。例如：

Confucius is a great philosopher and teacher.

孔子是個偉大的哲學家和教師。

【解說】這裏用"教師"來翻譯"teacher"，不能算錯，只是似未能配得上孔子崇高的地位。用"教育家"則更為適合，且又與"哲學家"的三字詞語對稱。

Be sure to keep the space between the pan and the heating plate clean and free of foreign matter.

鋁鍋與電熱板之間須保持清潔，全無異物。

【解說】"異物"使人誤解為怪異之物，應用"雜物"為妥。

（五）粗心忽略的錯誤

翻譯時不夠小心謹慎，是造成漏譯的主要根源。譯文要經過再三核對，才可作為定稿，因而校對在翻譯過程中是不可缺少的步驟。例如下句：

Applying by mail must include a self-address stamped envelop and a cheque or money order.

郵寄申請必須附有回郵地址信封連同支票或匯票。

【解說】以上漏譯"stamped""貼上郵票／付足郵資"一詞，如申請人按照中譯本所載規則，而沒有在回郵地址信封貼上郵票，則其申請後果堪虞。

（六）盲從原文的錯誤

原文可以有寫字、植字、排版、漏植、多植等的技術錯誤，也可以有其他人為疏忽的錯誤。翻譯時必須留意原文用字或邏輯是否合理，否則一定有某處出錯。盲從原文來作機械式地翻譯是有責任心的譯者所不取的。例如下句：

The clown ruled that the accused was strong enough for trial.

【解說】這裏的 "clown" 顯明便是 "crown" 的錯字，當然不可把這字照譯為 "小丑"。

87 怎樣避免寫西化中文？

所謂西化中文，或稱英式中文，即是中文的句法和用詞大量採用來自歐西或英國的語言，妄顧漢語的行文習慣，成為另一種寫作體裁，有人稱之為翻譯體。

翻譯體也不是沒有市場的，贊成用這方法的人認為只有如此才更能反映了原作的精神和特徵，更能表達原文的真實意義。而且通過翻譯引進的西化表達方式，經過一段時間，有些便被接納吸收，成為漢語的一部分。

無論怎樣，譯本的寫作體裁能否為大眾所接受，始終是最重要的，達意流暢亦成為譯本的首要目的。西化的表達方法往往流於晦澀難懂，譯者應該避免使用。

翻譯西化可以在以下各種層面出現：

1. 語音層： laser 音譯 "鐳射"，現已通譯成 "激光"。
2. 詞語層： bottleneck 意譯 "瓶頸" 或添加意義成 "瓶頸地段"。
3. 語法結構： "The decrease in his income changed his life style." 翻譯體： "他收入的減少改變他的生活方式。"

除因理解不明、表達不當的謬誤外，譯者更須留意原文之主要部分有無漏譯，原文內容是否敍述合理，原文文字有無錯植或漏植等等問題。

　　中文之有西化，主要是不同語文各有其本身的語法和用語。以英漢兩語而言，英語是形合語言，即借助語言形式手段來連接詞語或句子。漢語是意合語言，不須借助英語般的手段，而注重行文意義上的連繫。這是很重要的一點，說明了為甚麼漢語會比英語簡潔，只因英語要顧及形式上的需要，而漢語就毋須如此。英譯漢時如懂得怎樣刪節，就是向避免西化中文之途走了一半。

　　以下是漢譯時可刪節的英語部分，為簡述起見，沒有舉出例句，讀者可參閱本書有關的專題。

（1）連詞 Conjunction

　　按照漢語習慣，幾個詞或句連接着一起時，漢語只須連起來說便可，不必用連詞。漢語的"和"、"及"、"與"等詞，可省則省。

（2）系詞 Copula

　　接連主語和述語的 to be 動詞，不要常譯為"是"，可以略過不譯。

（3）介詞 Preposition

　　英語常用介詞，漢語則不然。漢詞的"在"、"由於"、"有關"、"關於"等等都是畫蛇添足的句法。

（4）代名詞 Pronoun

　　漢語除非有必要，向來少用代名詞，所有格 possessive case 更不必用。

（5）冠詞 Article

　　不定冠詞的 a 或 an，如指全體，可以不譯。如用太多"一個"、"一種"等等的詞語，會使行文累贅。

（6）形容詞的"的"

　　這是漢語中用得最濫的虛詞，可免則免。

（7）副詞中的"地"

　　這是個對意義無助，多用則使文氣軟弱的虛詞。

除刪削冗詞贅語外，還有以下各點都要留意：

（8）語態 Voice

英語的被動語態 passive voice，應用廣泛。漢語剛好相反，翻譯時宜反被動為主動。又在被動式句子時，應多作變化，不可一味用“被”字。

（9）名詞 Noun

英語喜用名詞，尤其喜用抽象名詞作主語。漢語慣用動詞，甚至有動詞連用的習慣。把英語的名詞多譯成漢語的動詞或其他詞類，也是防止西化的一法。

（10）數 Number

漢語的名詞是單或複，不需表明。用“們”字表示眾數是最普遍的，但卻不要濫用。

（11）前綴 Prefix 和後綴 Suffix

英語用前綴（如： *in*direct）和後綴（如： direct*or*）創造新詞，得心應手，但漢語卻不能。在漢語中，通常不能如英語般的直接加在單詞的前或後。因此 *in*direct 譯為“間接”而非“不直接”；direct*or* 也很少會譯“指導人”，連“指導者”也不多見，因為這詞的漢譯名稱多的是。

（12）前飾和後飾

英漢兩語都可把修飾詞放在名詞之前或後。在漢語中，遇到多個修飾語或關係形容子句，就最好用後飾。例如下句：

英文

He is a politician that people like at first sight and approve his work.

用前飾譯

他是一個人們一見就喜歡和讚賞他工作的政治家。

用後飾譯

他是一個政治家，人們一見就喜歡，也讚賞他的工作。

可以見到前飾的句子頭重腳輕，西化味道太濃了。

（13）長句

　　英語多有句法結構複雜的長句，譯成漢語時必須拆成若干簡短的句子，逐點交代，抓住原文全句的中心思想，按漢語的寫作習慣重新組合，不要拘泥於英文的句法形式，避免譯文過分西化。

　　從以上可以看到翻譯西化主要由兩種語言在表達方式上的差異所造成。

　　語言是常常變動的，如果能夠吸收外來的語言精華，豐富本身的語文，未嘗不好。最怕是不理精粗，照單全收，違背本身語文的規律，做成非驢非馬、似通不通的翻譯文體，那決不是譯者與讀者所願見的了。🌸

88 上下文在翻譯上為甚麼重要？

　　一位英國語言學者 J.R. Firth 很久以前就說過："Each word when used in a new context is a new word."（*Modes of meaning, Essays and Studies*, London, 1951, p.118）.

　　他所說的 context 就是指上下文，其意是指上下文決定了每一個詞的詞義。此所以另一位語言學者 B. Malinowsky 也指出："They regard context as the sole determiner of meaning without which meaning does not exist"。

　　甚麼是上下文？那是文章內某詞前後有關的字詞、事物、情節、主題、題材，直接或間接影響該詞的意義。上下文的範圍有大有小，有簡單也有複雜。小範圍的如詞與詞的搭配組合、一句或一段之內的前後文等。大範圍則出現在本身章節之外，需要從較後的章節去全面了解。

譯文是否屬於西化中文，可以用以下的標準衡量：（一）譯文夠不夠簡潔，有甚麼多餘字詞可以刪削；（二）譯文是不是通順，有那些句子不合中文語法和行文習慣；（三）意思夠不夠清楚，有那些部分文理混亂、晦澀不明。

正確運用詞的搭配，是寫作的基本技巧，當然也是翻譯的基本技巧。初學翻譯的人都會曉得詞無定譯的道理，不同的詞與詞搭配，即使英語釋義並無不同，在漢譯時便需有不同的譯詞。

在動詞方面，試用"to crack"作例：

to crack a nut	敲碎堅果
to crack a code	解破密碼
to crack a mystery	揭開奧秘
to crack a bottle	打破瓶子

在名詞方面，試用"head"作例：

the head of a state	國家元首
the head of a delegation	代表團團長
the head of a department	部門主任
the head of a museum	博物館館長

在形容詞方面，試用"first"作例：

first day	首天
first snow	初雪
first principles	基本原則
first violin	第一小提琴手

可見不論屬於任何詞類，都會隨着詞的搭配而有不同的漢譯。一詞在句子中與其他詞的關係也會影響它的詞義，例如下列三句的名詞"pleasure"的譯詞，就有不同：

1. His pleasure was travelling and sightseeing.
   旅遊觀光是他的樂趣。

2. His pleasure was to have some smoking after a good meal.
   吃一頓美食後吸幾口煙是他的嗜好。

3. His pleasure was visit and news.
   到處逛逛、打聽消息是他愛幹的勾當。

以上屬於上下文的小範圍，大範圍的則要從全篇或甚至

全書的其他描述才能正確找出一詞的真正意思。一些詞語好似 uncle 或 cousin 親屬稱謂等就使譯者難於捉摸,非要從文中另處知悉不可。

有時上下文頭緒多、關係雜,要掌握上下文的脈絡,最好從名詞着手,因為名詞受上下文的影響最大,名詞的翻譯不能脫離上下文,其他各類詞都只有間接的影響而已。

語言學家趙元任最重視上下文與整體性的關係,他說:"說到翻譯中最小的單位,光是一個字或是一個詞,要是沒有上下文,那根本就沒有一定的翻譯。所以在詞典裏頭,每一個詞總不止一個定義。……那個定義用得上,就得看是在甚麼地方用了。"

總結任何詞類,除了極少數單一詞義者外,都不能在孤立狀態下決定其詞義,而必須根據上下文方能盡顯意思。上下文愈豐富,詞義就愈固定,譯錯或選詞不當的機會就愈微。✤

89 英漢語言的主要差異在哪裏?

英漢兩種語言有各種各樣的差別,其中最大的也是最主要而足以影響翻譯的素質的,就無過於在語法造句上的"英語重形合",而"漢語重意合"的這個差別。形合 (hypotaxis) 和意合 (parataxis) 在本書別的專題中也略有提過,但並不詳盡。

1983 年美國著名翻譯理論家奈達 E. A. Nida 在 *Translating Meaning* 一書中首先提出這兩個詞語,他認為"就漢語和英語而言,也許在語言學上最重要的一個區別就是形合與意合的對比。"

 由於上下文影響詞義的範圍可大可小,須先讀畢全文,方可作出決定。掌握詞義後,便要注意詞與詞的搭配關係,以選出最適當的譯詞。

他這論點得到中外學者的認同，以為是切中要害之論。實在在此之前，中國的語言學權威王力在《中國語法論》中，論及英漢句法的差別時，也曾說"西洋語法是硬的，沒有彈性；中國語法是軟的，富於彈性。"他繼續寫道："惟其軟的，所以中國語法以達意為主。"王力用"軟"、"硬"比較漢英語法，而奈達則用"形合"、"意合"，兩者所指相垺，可謂英雄所見略同。

"形合"與"意合"都是語言的表現方法。"形合"的表現方法是用形式，把詞組或句子連接起來。"意合"並不借助形式，而是用意義或邏輯關係連接。以下是英漢詞語和句子用不同方法表現的例子：

英語原詞	漢　譯	表現方法説明
The Isle of Man	人島	英語用冠詞、前置詞、連接詞等詞彙手段連接；漢語全可略去
brothers and sisters	兄弟姐妹	

下句英語有不少的鏈接成分，如 it, to be, by, that, of, an 等；漢語以意相連，只用關鍵字詞。

英語原句	漢　譯
It is believed to be true by psychopathists that nine out of ten insane people have an inclination to steal.	精神學家認為十瘋九偷是真的。

漢譯以上英語句子如不用"意合"句法而採取"形合"來翻譯，譯句可能會是："精神學家認為十個瘋子有九個傾向於偷竊是真的。"這句和上句相比，不但多了翻譯的痕跡，行文也欠流暢。

中國文化向來有很深的重意傳統，影響於語文的則是注重簡約含蘊，不受形式支配。試看《論語‧堯曰章》"子曰：尊五美，屏四惡，斯可以從政矣。"全句沒有主語，也沒有連接詞，但翻譯成英語卻要加上，否則便不合語法。英譯便成：

Confucius said："If one observes the five virtues and gets rid of the four vices, he may then be fitted to take part in governing."

劃線下的字都是受形式規範，是不得不用的。相反漢語句法的結構基本上就靠意序相合，沒有規範化了的語法形式機制。

基於中國語法以達意為主，句子組成部分中可以隱去主語、謂語甚至動詞。又因漢語沒有冠詞，而連接詞和代詞也不多用，所以在英譯漢時，英句中的很多詞類都可以不必譯出，譯出了反成累贅。翻譯中的刪節方法就成了基本而重要的技巧。

90 漢英句子的結構有甚麼主要的不同？

（一）

在中英兩語文中，提起長句，那必是指英語而言，因為中文的句法結構比較簡單，不喜冗長。現代的英語造句已經比以前遠為簡短，英國文藝復興時代（1500－1660 A.D.）的散文或文藝作品，動輒一句四、五十字，即使三百年後的維多利亞時代（1832－1901 A.D.），作品中每句的平均數字也約達三十，相比現代的英文，句子的長度真是短得多了。儘管如此，英語的長句，對英譯中的譯者來說，還是個很大的挑戰。

參考 46 "怎樣應用節譯法？"。

譯者能充分了解語法造句中"英形漢意"的主要差異，對於提高譯文質素大有幫助。在運用這個概念時，先要選出和結集所有的重要關鍵詞之後，再以漢語的造句方法組織譯出。

這個挑戰，在百多年前清末嚴復譯《天演論》時，就已面對過。他在《譯例言》中說："西文句中名物字，多隨舉隨譯，如中文之旁枝，後乃遙接前文，足意成句。故西文句法，少者二、三字，多者數十百言、假令仿此為譯，則恐必不可通，而刪削取徑，又恐意義有漏。"

　　嚴復的意思很明確，如果仿照英文句子的結構、順序、邏輯等等來譯，中文的譯文在意義上必定不會明確，在表達上必定不會通順，非要多方設法作出調整不可，所以英語的長句必須在翻譯上作適當的、技巧的處理，那是無可避免的。

（二）英語長句的組成

　　英語句子不管多長，都是由一個基本簡單句擴展和變化而來。擴展的成分大概會有四類：修飾成分，並列成分、從屬成分和附和成分，就所包含的成分可以把英語句子分成簡單句（simple）、並列句（compound）和複合句（complex）。為便於解述各種成分，就用以下的英語長句作例。

The Spirit of Fair-Play

by William Ralph Inge

The spirit of fair-play, which in public schools, at any rate, is absorbed as the most inviolable of traditions, has stood our race in good stead in the professions (especially in the administration of dependencies), where the obvious desire of the officials to deal justly and see fair-play in disputes between natives, the subjects, and Europeans, the colonists, has partly compensated for a want of sympathetic understandings, which has kept the English strangers in lands of alien culture.

句子長達七十九字，核心的句子是 "This spirit of fair-play has stood our race in good stead in the professions.", 其餘的六十五字都是它伸展出來的旁枝，主要由下述的成分組成：

（1）修飾成分（modifiers）

修飾名詞的，如 "This spirit of fair-play"、"the obvious desire" 等，語法上稱為定語（adjective）。

修飾動詞的，如 "at any rate"、"has partly compensated" 等，在語法上稱為狀語（adverb）。

（2）並列成分（coordinates）

多用連詞，如 "to deal justly and see fair-play" 等。又可包括並列的主語、謂語、賓語、定語、狀語或並列句。

（3）從屬成分（subordinates）

主要是從屬子句，又關係代詞（relative pronoun）-who, whom, whose, which, that，或關係副詞（relative adverb）- what, when, where, why 等引起。這些從句又可分謂名詞子句，形容詞子句和副詞子句等。

以上長句也包括了幾個從屬子句，如 "which in the public school is absorbed as the most inviolable of traditions"、"where the obvious desire has partly compensated" 和 "which has kept the English strangers in lands of alien culture"。

（4）附加成分（additionals）

包括了同位語（apposition），插入語（insertion），介詞短語（prepositional phrase）和其他獨立部分。同位語如 "native, the subjects" 和 "Europeans, the colonists"；插入語如句中的括號文字（especially in the administration of dependencies）；介詞短語如 "in lands of alien culture"。

英語長句的句法結構好比連環套，主句牽着從句，長句套着短句，短句扣着各種短語、同位語、插入語等等，一環套一環，可以前後倒置，而以介詞、連詞、關係詞等的所謂虛詞作為連繫的扣鏈。在英語的句子中,通常是名詞(多是抽象名詞)和介詞用得特別多。

長句雖然複雜,但有語法規則可循,邏輯關係嚴謹分明,故此首先要剖析全句結構,分清邏輯關係,才能明白原文意思,動筆翻譯。

(三)漢語的造句結構

今試把上節一段英語文章譯成中文,以見漢語造句方面的法則。

公平精神

這種公平精神,無論怎樣,都給私立公校全心全意吸取,作為不可侵犯的傳統。這種精神,對於我們民族在職務上,尤其在屬地的行政上,是大有用處的。英國官員都有個顯然的願望,就是對於受統治的屬土人民和殖民者歐洲人之間的爭執,能夠公正地處理、公平地解決。這樣使得英國人在身處異族文化的土地中,因缺乏同情的諒解而陷入陌生的困境,多少得到了補償。

漢語的造句方法和英語的很不一樣,英語裏的長句條件在漢語裏多不存在,這從以下可以組成長句的成分便可知道:

(1) **修飾成分**:漢語的修飾成分主要在中心詞(headword)或主語(subject)的前面,不能太長,太長便照顧不到句子的結構,模糊了修飾的對象,而讀起來也不順口。例子如,漢語不會說:

英國官員都有個對於受統治的屬土人民和殖民歐洲人之間的爭執,能夠公正地處理、公平地解決的顯然的願望。

漢語為避免前綴修飾語太長,就往往使用後綴修飾的手段,如:

英國官員都有個顯然的願望，就是對於受統治的屬土人民和殖民者歐洲人之間的爭執，能夠公正地處理、公平地解決。

（2）**並列成分**：漢語句中的連接關係往往隱而不表，即是將表示邏輯關係的連接詞隱含，不必一定要借助語言形式作聯接。例子如：

"公正地處理、（和）公平地解決。"

（3）**從屬成分**：漢語不像英語，不大喜歡用關係詞來引導從句，而只根據本身的語序原則，大都將從句放在前面，主句放在後面。例子如：

"這樣使得英國人在身處異族文化的土地中……多少得到了補償。"

（4）**附加成分**：漢語行文時極少會在中途插入任何詞句或阻斷句子。例子如：

"尤其在屬地的行政上，是大有用處的。"

首先從句子結構方面分析，很容易發覺漢語的句子一般傾向於短小明快，逐點交代意思，一個完整的意思結束了就用上句號，因此用句號的情況比英語句子多。句子的結構形式較散，只分先後，不分主從，連串起來就如一節一節的火車車廂。即使有較長的句子，也常用逗號分開。

其次從句子的順序方面看，試比較以上兩段英原文和漢譯文，就可知漢語中所敍述的事情先後，與英語的頗有明顯的分別。

最後要指出漢語句子多用動詞，許多時採取運用動詞的方法去表達比較複雜的動作、事物和思想。在翻譯時，把英語的其他許多詞類換成漢語的動詞是翻譯中最常運用的技巧。

有關漢語的主要句子順序，可參考 50 "怎樣應用倒裝轉譯法？"。

譯者在翻譯過程中能夠留意到"英長中短"的造句結構，再純熟運用"英形漢意"的造句方法，則其譯文便不會為英式句法所囿，減少翻譯腔，加強流暢自然的表達。

91 翻譯對中文教學有甚麼作用？

教授語文，一向以來，最基本的技能，是聽、講、讀、寫。在現今文化語言頻密交流的教育環境中，還得加上第五種技能，那就是譯。實在，在目前語文教學的過程中能夠應用翻譯這門技能，會有很大的用處。

近年來很多中國人寫中文，已越來越不像中文。推其原因，主要是受了所謂翻譯體中文的影響。翻譯體中文的最大來源是新聞報紙，其次是小說、文章、公文等的翻譯本。受了這些影響，不要說青少年寫中文不像話，就是成年人的中文也不似樣。很多老師發覺改學生的作文，大部分已經不是改他們的錯別字，或者是不通的文句，而是改西化了的中文，或者確切點說是英式的中文。

本來中文文章的長處是在措詞簡潔、句式靈活，再高一級是語法對稱，聲調鏗鏘，但現在中文的共同趨勢竟是繁瑣與生硬，這些都是受拙劣翻譯影響的後果。

拙劣的翻譯使得中文的西化朝着更壞的方向發展，語文老師當務之急，似乎先要認清甚麼是西化了的中文，才能阻止學生在造句或者作文上受到英文句法的影響而產生寫中文不像中文的毛病。

有很多學生，中了拙劣的翻譯體中文之毒，以致寫出了不合中文語法和寫作習慣的中文。語文老師可在這方面對症下藥，利用翻譯作為教授中文寫作的一項手段。在翻譯的過程中，老師大可指出和改正學生行文的錯誤。這裏舉出一些最基本的常見例子：

（1）Before you hand in your paper, you have to read it over.
　　　學生譯文：你在交你的卷子之前，你一定要再讀。
　　　標準譯文：你在交（你的）卷子之前，（你）一定要再讀。

可參考 87 "怎樣避免寫西化中文？" 的多種方法。

改善分析：在括號內的代詞，都可刪去。中文不需要太多的代詞，英文的代詞則因語法上的需要，不得不用。中文貴精簡，無需多用。

（2）I have brothers and sisters.

學生譯文：我有兄弟和姐妹。

標準譯文：我有兄弟（和）姐妹。

改善分析：中文的連接詞通常都可刪去。

（3）I owe your money and you his.

學生譯文：我欠你的錢而你他的。

標準譯文：我欠你的錢而你<u>欠</u>他的<u>錢</u>。

改善分析：簡化或省略了的英文原文，在中文的句子中就要加以適當字詞，補充意義。

（4）Our parents feed, educate and protect us.

學生譯文：我們的父母養育、教育和保護我們。

標準譯文：我們的父母養育<u>我們</u>、教育我們和保護<u>我們</u>。

改善分析：為了使譯文生動、明確、突出重點，重複一些關鍵性的字詞是必要的。

（5）Exchange of ideas is a vital necessity.

學生譯文：思想交流是不可少的必需品。

標準譯文：思想交流是<u>必需的</u>。

改善分析：中文如作以上的表達是不通的，把原文的名詞轉作譯文的形容詞方能使譯文通順自然。

（6）The workers happily left the factory after they got paid.

學生譯文：工人高興地離開工廠，在他們拿到工資之後。

標準譯文：工人在拿到工資之後，高興地離開工廠。

改善分析：句子不當之處是不符中文的寫作習慣，中國人慣於是先敍事，後結果，故應作倒裝處理。

（7）I don't think it is right.

　　學生譯文：我不想這是對的。

　　標準譯文：我想這是不對的。

　　改善分析：句子不像中文，不能照原文肯定或否定的語
　　　　　　　氣次序，必須正反互調。

（8）The telephone was invented by Bell.

　　學生譯文：電話是被貝爾發明的。

　　標準譯文：貝爾發明電話。

　　改善分析：中文多用主動式，不像英文多用被動語態。

　　以上八條都屬翻譯中最常見的技巧，包括刪節法（條1，2）、增詞法（條3）、重複法（條4）、詞類轉譯法（條5）、倒裝轉譯法（條6）、反譯法（條7）、語態轉換法（條8）等。如有學生滿腦子都是英語句子的結構，教授他們這些基本的翻譯技巧，當可大大糾正他們在中文寫作造句的毛病。

　　應用翻譯來教授中文這辦法，對於海外華僑子弟或其他族裔人士以中文為第二語文（Chinese as a Second Language) 形式學習中文尤其有用。在解釋一些比較棘手的抽象名詞，如靈感、邏輯、幽默等或艱深一些的句子，如能拋出英語的對應詞或直接翻譯，往往能夠更快速準確地解決學生的疑難。

　　實在，翻譯對中文教學的作用是多方面的，它使中文教學的形式多變，教材多樣，學生對中英兩語文的理解和寫作能力都會因而相應提高。雖則翻譯對中文教學有這麼多的用處，但實施起來還是會有限制，最少教師和學生都要有適當的條件才可以。假若師生兩方面的條件都許可，學校當局就應該對在中文教學中應用翻譯予以重視，可能時加以採用和推廣。✿

在把翻譯應用於中文教學的各方面條件都許可下，首先要比較英漢兩語文句法的主要差異，再指出某些中文寫作不合中文語法的原因和糾正方法，各種常用的翻譯技巧在這裏應有用武之地。

92 為甚麼會詞無定譯？

"詞無定譯"是翻譯的一個基本原則。有些詞具有同一的或極相近的意思，也同屬某一個詞類，為甚麼在翻譯時會用上不同的譯詞甚至是譯法？為甚麼在翻譯時不能固定地、不變地在句子中只使用一個詞義，這得從以下各種因素來探究：

（一）詞類搭配

（1）動詞和名詞之間的搭配，如：

| to take an opportunity | 利用機會 |
| to take a taxi | 乘搭計程車 |

（2）形容詞和名詞之間的搭配，如：

| a full figure | 豐滿的身材 |
| a full dress | 華麗的服裝（盛裝） |

（3）名詞和名詞之間的搭配，如：

| a guide book | 指南書籍 |
| a guide missile | 導向飛彈 |

（二）上下文

決定每一個詞的詞義不能脫離上下文；找出適當的譯詞亦要看上下文而定。Good-looking 這個中性詞可用於男女，用於男時就譯成漂亮、英俊等；用於女時就用美麗、貌美等詞。以上只是很顯淺的例子，不充分理解上下文所帶給每個詞的真正意義，譯文的準確性是談不上的。

（三）專業範圍

每一行業都會有些專用詞彙，不能相互換用，也不能用錯，用錯了便不符專業要求，例如在 "philosophy of life" 一詞中，哲學的用語是"人生哲學"；文學上或普通的用語是"人生觀"。

在英美兩國軍銜中，captain 一詞，在陸軍是“上尉”，但在海軍則是“上校”，故翻譯一詞，非先要弄清是哪一專業範圍不可。

（四）詞義褒貶和正反

“Politician”一詞如譯為“從政者”，那是中性；譯作“政客”便為貶義；譯成“政治家”就是褒義。如何選擇，隨描述的對象而定。詞義亦可用正反兩方表達，例如下句：

The boy is not at all bad.

可以直譯成“這男孩並不太壞。”或從另一方面來說“這男孩還是好的。”

（五）個人選擇與風格

試比較以下翻譯莎士比亞名劇之一 *Hamlet*《哈姆雷特》中譯本的譯詞差異，就可見不同的譯者，便有不同的選詞處理：

原 文

Here is your husband, like a mildew's ear, Blasting his wholesome brother.

梁實秋譯文

這是你現今的丈夫；像是一枝霉爛的麥穗，把他的健康的哥哥害得凋萎了。

卞之琳譯文

這是你現在的丈夫，像一個灰麥穗損害它健好的兄弟。

林同濟譯文

這兒，是你現在的男人，簡直一綹麥穗透心爛，摧毀着秀挺挺的同根生。

且不要說譯文風格問題，單是選詞方面就可見兩詞的“husband”和“brother”的表達如何不同。

（六）修辭

譯詞不但要達意，還要典雅，選詞時必須考慮到搭配和對象。例如形容詞 "good" 的基本詞義是 "好"，但不能把這個 "好" 放到任何的對象去。這會是最差勁的譯法，使譯文讀來單調乏味，也違背了漢文的表達習慣。以下才是確當的選詞：

a good teacher 良師	a good worker 能手
a good wife 賢妻	a good child 孝順孩子
good manners 彬彬有禮	in good spirits 精神抖擻

詞義的選擇是否準確精當直接影響到譯文質量的優劣，"詞無定譯" 這個規則在翻譯過程中往往都在應用着，只不過翻譯者並不察覺而已。✸

93 翻譯為甚麼不可以絕對信實？

嚴復說："求其信，已大難矣。"翻譯要信實，確非易事，尤其絕對的信實，更是難上加難。單就翻譯的信實問題，有些西方學者就持懷疑的態度。例如德國語言學家 Wilhelm Humboldt 就說："All translating seems to me simply an attempt to accomplish an impossible task." 意大利哲學家 Benedetto Croce 也說過："Faithful ugliness and faithless beauty." 後人把這句話引申為 "Translations are like women - when they are faithful, they are not beautiful; when they are beautiful, they are not faithful." 在翻譯圈子裏還流行着意大利人的一句名言："Translators are traitors."

以上的諷刺和惡評，多是從西方各語言之間的翻譯着眼，若是拿漢英兩種不同的語言系統作比較，其困難之處又

在應用詞無定譯的技巧中，以適當搭配來選詞和結合上下文決定用詞應該是最基本的了。但為了提高譯文的理解和表達能力，那就不得不在修辭手法方面下功夫。

不知高多少倍。中國許多資深的翻譯家都認識到譯文永遠不能和原文相等的道理，例如朱光潛就說過："達、雅以信為條件，而絕對的"信"，只是一個理想，譯文也只能得原文的近似"（《談文學》）。錢鍾書則說："一國文字和另一國文字之間必然有距離，譯者的理解和文風跟原作的內容和形式也不會沒有距離，而且譯者的體會和他自己的表達能力之間也時常有距離。從一種文字出發，……到達另一種文字裏，……不免有所遺失和走樣的地方，在意義上違背或不盡貼合原文。"（《林紓的翻譯》）。傅雷在《高老頭》一書的《重譯本序》也提到："即使最優秀的譯文，其韻味較之原文仍不免過或不及。翻譯時只能盡量縮短這個距離，過則求其勿太過，不及則求其勿過於不及"。

由此可見東西方的翻譯家們都把譯文當成是原文的"複製品"（reproduction），或只是一種"用相似語句表達的產品"（production of similar expression）。既是相似，當然不會有絕對的信實。所以美國著名翻譯家奈達 Eugene Nida 知道在翻譯上要求等值之不可能，就提出"最近似的自然相等翻譯。"（closest natural equivalence）原則，以便求得切實可行的翻譯結果。

譯文有時為了求達求美，會犧牲對原文文字的信實，為的是能把握到原作的精神風格。英國詩人兼劇作家的 John Dryden 就有這種看法。他在 *Preface to Ovid's Epistles* 的第一句就說："A translator that would write with any force or spirit of an original must never dwell on the words of his author." 當然，很多單詞、短語或簡單句子如"tree"、"my mother"、"I am a boy"都可在形式上和內容上得到完全對應的譯文。但翻譯單位的等級越高，完全對應的可能性就越小，而在整篇文章中有絕對信實幾乎是不可能的。

就算一些似乎可以譯得絕對信實的文字，例如把前句"Translators are traitors"譯成"翻譯者，叛逆也"，其實漢譯也失卻了原文雙聲疊韻兼顧之美，並未能傳達得完全準確。

大致來說，原文的文字越是優美精煉，詞彙越是豐富，哲理越是高深，則譯文獲得信實的程度越是困難。構成譯文難於絕對信實的因素很多，不同的思維方式、文化心理、審美習慣、修辭手法和文體風格等等都是。譯者所能達到的信實程度，是比較的信實，正如林語堂在《論翻譯》一文中說：「凡文字有聲音之美，有傳神之美，有文氣文體形式之美，譯者或顧其義而忘其神，或得其神而忘其體，決不能把文義文神文氣文體及聲音之美同時譯出。」故他慨歎道：「譯者如能達到七八成或八九成之忠實，已為人事可能的極端。」所以十成十的信實，無疑是夢想。

譯文不可能在表達內容和文字上百分之百和原文相對應，原因在於：

1. 兩種不同語言各有不同的詞彙、語法和發音系統，譯者只能盡量以可相類比的文字或意思替代，為了使意義更明白，增刪潤飾勢不可免。

2. 兩種不同語言的背後各有不同的文化，習慣和觀念，要以本國的語言文字來加以完全表達，也勢不可能。

3. 原文作者和譯者在語言的個人運用上不會一致，他們各有自己的用詞特點和個人筆調風格。

4. 原文作者和譯者在意義和評價上各有不同的觀點，這樣使得譯者對原文的解釋帶上個人的色彩。

附錄：史實資料

94 中國有過甚麼翻譯理論？

（一）

在中國的翻譯史上，曾經有過東漢至宋的佛經翻譯，明末清初的科技翻譯，清末民初的文學、哲學翻譯，也曾出現過一些對翻譯理論問題產生較大興趣的翻譯家如道安、鳩摩羅什、慧遠、彥琮、玄奘，以至近人的嚴復、魯迅、胡適、林語堂等人。以下分別簡述各人對翻譯的見解。

（二）

東晉高僧道安（312—385）在他的《摩訶缽羅若波羅密經抄》序中提及"五失本"之說："譯胡為秦，有五失本也。一者，胡語盡倒而使從秦，一失本也。二者，胡經尚質，秦人好文，傳可眾心，非文不合，二失本也。三者，胡經委悉，至於詠歎，丁寧反覆，或三或四，不嫌其煩，而今裁斥，三失本也。四者，胡有義記，正似亂辭，尋說向語，文無以異，或千五百，刪而不存，四失本也。五者，事已全成，更將旁及，反騰前詞，乃已後說，而悉除之，五失本也。"

他又有"三不易"的說法，語見《出三藏記集》卷八："時俗有易，而刪雅古以適今時，一不易也。以千歲以上之微言，傳使百王之末俗，二不易也。阿難出經，去佛未遠，尊者大迦葉令五百六通，迭察迭書，今離千年而以近意量裁，斯三不易也。"

道安本人力求忠實於原文，以不失意為主。

（三）

其他的譯經高僧對道安的理論卻有不同的意見，例如北朝的鳩摩羅什（343—431），他比較傾向於修飾文詞，反對譯文太質直，故對原文頗有刪節，以傳意為主。《高僧傳》有一段說："昔竺法護出《正法華經受法品》云：'天見人，人見天。'什譯經至此乃言曰：'此語與西域義同，但在言過其質。'僧睿曰：'將非人天相見，兩得相見'。什喜曰：'實然'"。

道安的弟子慧遠（334—416）在《序鳩摩羅什〈大智論抄〉》之中以為過於直譯或意譯都非翻譯之道，所以持折中的見解，他說："簡繁理穢，以詳其中，令質文有體，義無所越"。

（四）

隋朝高僧彥琮著有《辨正論》，他認為要譯得好，翻譯者就必須學問修養和人格修養兼備，以下是他列出的翻譯者八個條件，稱為"譯者八備"：

誠心愛法，志願益人，不憚久時，其備一也。
將踐覺場，先牢戒足，不染譏惡，其備二也。
筌曉三藏，義貫兩乘，不諳苦滯，其備三也。
旁涉墳史，三綴典詞，不過魯拙，其備四也。
襟抱平恕，器量虛融，不好專執，其備五也。
沉於道術，澹於名利，不欲高衒，其備六也。
要識梵言，乃嫻正譯，不墮彼學，其備七也。
薄閱倉雅，粗諳篆隸，不昧此文，其備八也。

上面八條中，第一、二、五、六條是就譯者的人格修養而言，第三、四、七、八條是有關譯者的學問修養而言。

彥琮以上的理論有很多地方對現代仍有參考價值。實在，學問和道德對於翻譯者而言，確是缺一不可的。

（五）

唐朝玄奘法師自取佛經回國後即投身於佛經翻譯工作，

他在《翻譯名義集序》一書指出有些名詞，因本身不太明白，或太多意義，或本地沒有，或不便言說，或從前已有，都只譯其音而不譯其義。

玄奘的"五不翻"論說如下：

五種不翻：一秘密故，如"陀羅尼"；二含多義故，如"薄伽梵"具六義；三此無故，如"閻浮樹"，中夏實無此木；四順古故，如"阿耨菩提"，非不可翻，而摩騰以來，常存梵音；五生善故，如"般若"尊重智慧輕淺，乃七迷之作，乃謂釋迦摩尼，此名能仁，能仁之義，位卑周孔，阿耨菩提，名不遍知，此土老子之教，先有無上正真之道，無以為異。菩提薩埵名大，道生眾生，其名下劣，皆掩而不翻。

（六）

中國譯經千多年，所譯的總類和數量不可謂少，但有關翻譯理論的份量卻不相稱。總括來說，佛經的翻譯者討論了譯事之各種困難（"失本"等）、各種方法（"文"、"質"、"厥中"等）、各種譯者的條件（"八備"等），還有關於譯名（"名實"、"音異同譯"等）和專名音譯（"五種不翻"）問題，間有提到"辭體"和"語趣"，並涉及某些翻譯批評和譯場組織等。嚴格來說，這些都不算是有系統的理論，只是一些譯後的心得和經驗。可惜的是像鳩摩羅什和玄奘等這些佛經翻譯大家，他們留下來的翻譯理論實在太少了。

（七）

自玄奘譯經之後，中國的翻譯活動幾乎沉寂了約一千年，期間只有零星的佛經翻譯。明末清初的科技翻譯沒有探索甚麼理論或原則，直到清末民初嚴復的出現，才在翻譯實踐中提出了三個翻譯標準，可算是中國翻譯研究的一個突破。

嚴復在他譯的 *Evolution and Ethics and Other Essays*《天演論》中寫了《譯例言》一文，對三個翻譯標準有以下的說法：

譯事三難：信、達、雅，求其信已大難矣。顧信矣不達，雖譯猶不譯也，則達尚焉。……譯文取明深義，故詞句之間，時有所顛倒附益，不斤斤於字比句次，而意義則不倍本文。……題曰達恉，不云筆譯，取便發揮，實非正法。……。西文句中名物字，多隨舉隨釋，如中土之旁支，後乃遙接前文，足意成句。故西文句法，少者二三字，多者數十百言。假令仿此為譯，則恐必不可通。而刪削取徑，又恐意義有漏。此在譯者將全文神理，融會於心，則下筆抒詞，自善互備。至原文詞理本深，難於共喻，則當前後引襯，以顯其意。凡此經營，皆以為達。為達即所以為信也。易曰修辭立其誠，子曰辭達而已。又曰言之無文，行之不遠。三者乃文章正軌，亦即為譯事楷模。故信達而外，求其爾雅，此不僅期以行遠已耳。實則精理微言，用漢以前字法句法，則為達易，用近世利俗文字，則求達難。往往抑義就詞，毫釐千里，審擇於斯二者之間，夫固有所不得已也，豈釣奇哉。……。

他又指出翻譯作品的弊端是："其故在淺嘗（即是在翻譯時未能深入研究原著），一也；偏至（即是未作全盤考慮，致有偏見），二也；辨之者少（即是未有對譯文多加思考，或參考其他著述辨明），三也。"

(八)

清末除嚴氏外，對翻譯研究頗有貢獻的還有約略同期的馬建忠（1845－1900）。這位《馬氏文通》的作者在 1894 年建議籌設翻譯書院，又提出"善譯"的標準，力求譯文與原文的意思完全相合。

五四時期的文人多著作與翻譯並重，因而都對翻譯有過或多或少的論述。

魯迅（1881－1936）是當時最重要的翻譯家之一，他的譯作字數比著作還要多。他的翻譯主張"寧信而不順"（見其《覆瞿秋白關於翻譯的通信》），表達其直譯的觀點。魯迅談翻譯的文章非常之多，範圍涵括翻譯問題的各個重要方面。其弟周作人（1885－1967）對處理翻譯亦抱同一看法，並說明自己用的是"對譯"方式。

與周氏兄弟同期的梁啟超、羅振玉、胡以魯、胡懷琛、瞿秋白、曾虛白、朱光潛等都各有翻譯論述。

林語堂在《論翻譯》一文提到翻譯的標準，錄之如下：

翻譯有三標準：忠實標準、通順標準、美的標準。翻譯無成規，但須依賴三事：一、譯者對於原文文字上及內容透徹的了解；二、譯者有相當的國文程度，能寫清順暢達的中文；三、譯者對於翻譯標準和手術的問題有正當的見解。

林氏認為譯者要具備的基本條件和責任是："一、對原著者的責任；二、對讀者的責任；三、對藝術的責任。"

胡適在譯者的責任方面也有和林語堂一樣的見解，他說："翻譯文章的人有三重責任：向自己負責；向讀者負責；向原作者負責。"

就以上魯、林、胡三位對翻譯的論述來說，涉及的只是翻譯原則、標準、方法和技巧的問題，離真正翻譯理論的門檻很遠。

其他的如陳西瀅說"譯文如畫像，有形似、意似、神似之分"。或傅雷說"重神似不重形似"。或錢鍾書說"翻譯的最高標準是'化'"。或林以亮（宋淇）說"譯者和原作者要達到一種心靈上的契合"。所有以上這些，都太玄虛空洞，並不是理論，充其量算是翻譯的一種標準。

（九）

翻譯方法、標準、原理等等的理論研究，西方自西塞羅

（Cercero），中國自道安時代起，就開始了。

近百年來，西方的有名翻譯學者輩出，提出不少的翻譯理論，如奈達的交際性翻譯理論和社會符號學理論；費道羅夫的等值性翻譯理論；卡特福德、巴爾胡達羅夫的描寫語言學；列維、加切奇拉澤等的文藝學翻譯理論等。影響所及，中國也有些翻譯學者採用了以上這些西方翻譯理論來闡釋英漢兩語之間的翻譯。

二十世紀八十年代以來，中港台都湧現了不少研究翻譯的專門著作，探討的命題包括翻譯教學、歷史、批評、原理、標準、理論模式、外國譯論評介等，並聯系文化、語言、社會和歷史進行跨學科研究，對建設翻譯理論起了良好的促進作用。可惜到目前為止，還遠遠落後於西方的翻譯理論研究，缺乏宏觀的認識和有系統的體系。有人認為中國翻譯理論之所以落後，歸結在於中國一向以來的翻譯者（一）多靠實踐和經驗；（二）多着重翻譯的技巧和標準；（三）多持守舊思想，沒有創新精神。

綜觀以上中國翻譯者對翻譯研究提及的見解，我們不得不承認他們只是根據自己的經驗來談論翻譯的種種標準、方法和技巧。嚴格來說，有系統的翻譯理論還未在中國出現。中國至今還沒有一套完整的、科學的翻譯理論，也沒有一套系統地闡述譯學研究的權威性著作。

95 佛經翻譯在中國的過程怎樣？

（一）譯經的數量和分期

中國有文字翻譯流傳到現在，實由佛經翻譯開始。佛經的翻譯是中國文化史上一件極為重要、影響深遠，為時千年的盛事。自佛教東傳以來，歷東漢至宋，代代都有名僧譯品。所譯的佛經數量，根據在日本刻的《大藏經》和《續藏經》共有 3,673 部，15,682 卷。以下根據元代《法寶勘同總錄》列出歷代譯人數及所譯經卷之數：

朝代	譯人	部數	卷數
東漢永平 10 年至唐開元 18 年 （67 — 730）	176	968	4,507
唐開元 18 年至貞元 5 年 （730—789）	8	127	242
唐貞元 5 年至宋景佑 4 年 （789—1037）	6	220	532
宋景佑 4 年至元至元 22 年 （1037—1285）	4	20	115

佛經翻譯的歷程長達千多年，由草創、全盛、大成到衰落大致可分以下四個時期。

（二）第一期譯經

第一期譯經：二世紀至三世紀（東漢末至西晉末）

由東漢末、三國、魏、西晉百餘年間，佛教重鎮，北為洛陽，南為建業。首先以漢文譯佛經的是印度人竺法蘭和攝摩騰，他們兩人在 67 年到洛陽，共譯了五部經，現存的只有《四十二章經》，有人以為是中國譯經的第一部。無論該經真偽與否，它並非是一部獨立的經典，只是《阿含經》要點的經抄，相當於佛教概要一類經籍。確鑿可考的第一部譯經應是東漢桓帝時安世高（安清）譯的《明度五十校計經》。

第二世紀的譯書，以安世高為最重要。他由 148 至 172 年在華期間，譯經多關禪數，開中國禪教之源。廿多年間譯出如《安般守意》等禪經約 95 部，115 卷。同時有支讖來華（167 — 189 年），譯出佛典 23 部，67 卷。所譯《道行般若經》，為後世般若學之源。

第三世紀可分前後兩期。前期譯經多在南方的建業和武昌。支謙為支讖徒孫，月支人，由 223 至 253 年在江東譯經，譯文華麗，善用意譯取代音譯，譯文加注，起於此時。他譯《大明度無極經》等 88 部，118 卷。主張一切本無。影響後世玄學。他和北方的康僧鎧同時譯出《阿彌陀經》，成為淨土宗的重要經典。後期又有月支人竺法護由 266 至 313 年在長安、洛陽等地終身寫譯。他譯經有三大特點，一是種類繁多，為大乘教在中國打開廣闊的局面；二是首有漢人如聶乘遠父子等助譯；三是因而提高譯文的質量。

此期譯者多出西域，經書多是西域文譯本，並非梵文原作。因為是間接翻譯，重譯和錯譯不少，很多與原意不符。翻譯又以直譯為主，文字上亦質直，不加潤飾。普遍而言，譯經多不理想。

（三）第二期譯經

第二期譯經：四世紀至六世紀（東晉、南北朝至隋末）

這三百五十年間譯經名僧輩出，譯經卷部以千計。唐《開元釋教錄》稱此時期翻譯名僧 96 人，譯經達 3,155 卷，可能不止此數。四世紀東晉時有名僧釋道安（314—385），為特出之漢人高僧。他註釋整理經典甚勤，而其譯經之規模及人才之培養，對後人譯經及兩晉時佛教之興盛，奠定基礎。他主張譯經以直譯為主。其弟子慧遠（334—416），在東晉亦負盛名，能繼道安衣缽，但卻對譯經直、意之說持折中態度。五世紀時，著名譯者人才濟濟，在南北兩地分譯梵經。南方晉末宋初，重要經書均為覺嚴（佛陀跋陀羅）（？—427）和寶雲（？—449）等兩人所譯。覺嚴為天竺人，晉末到建業，十多年間共譯出《華嚴經》、《文殊師利發願經》等 13 部，125 卷。寶雲與覺嚴共譯《普耀》、《廣博嚴淨》等經，自譯《無量壽經》、《佛本行讚》等。宋時譯人最著名者為中天竺人求那跋陀羅（亦稱摩訶衍）（？—468），譯經既多，範圍亦廣。

五世紀末初年北方出了一位譯經大師，那是龜茲人鳩摩羅什（344—413），早在西域已有盛名。在涼州前後十七年，後到長安主持譯經。這十數年間，長安譯事，稱為極盛。羅什所譯經、律、論等凡 74 部，384 卷，包括《小品金剛般若》、《維摩詰》、《小無量壽》等經。佛經翻譯到了羅什手中，方始成熟。他本身既通經義，又懂漢文，學問文章，均極優勝。羅什譯經，一絲不苟，傾向於意譯，又付出心血創造佛教名詞，無怪所譯經，都為佳作。他介紹了中觀宗的學說，為後世三論宗的淵源。其所譯的經論，創立了成實師、天台宗各派。

當時北方的譯經巨子，尚有曇無讖（？—433），譯經均屬大乘，譯有 11 部，約 100 卷。所譯《涅槃經》闡佛性說，開中國佛理之一派。他首先採用五言無韻詩體譯佛教詩人馬鳴的長詩《佛所行讚經》，全篇口語，造句自然，音調和諧，為佛教最長的譯詩。

五世紀下半以後，譯事稍衰，譯出的多是小品。直到天竺人真諦（波羅末他）（499—569）在 546 年應梁武帝邀請來華，譯事再起高潮。他所譯經有關大乘瑜伽行宗為主，重要譯經有《光明經》、《四諦論》等。二十三年間，共譯經論紀傳 64 部，278 卷。與鳩摩羅什和玄奘合稱中國三大佛經翻譯家。

隋時另有中國高僧彥琮（551—610）譯經 23 部，100 餘卷。他在所撰的《辨正論》中，提出了作為翻譯者的“八備”條件。 📖

綜論此時期的譯經事業，比前期大有進步，推其原因，一是翻譯的途徑正確，務以信達為先，再求文雅；二是主持譯事者都兼善華梵，深諳經義，與前期譯者只嫻梵語或西域語不同；三是翻譯制度嚴密，有譯場，有助譯，有分工。

參閱 11 “翻譯者要具備甚麼樣的條件？”及 94 “中國有過甚麼翻譯理論？”。

（四）第三期譯經

第三期譯經：七世紀至八世紀（唐）

佛經的翻譯至唐玄奘法師（600—664）而集其大成。玄奘感到經義紛紜，難得定論，為求發揚大乘義，以廿六歲年紀不畏艱難，隻身遍遊五印度求經十九年，精通經律論三藏。四十三歲帶經書 657 部回到長安，再以十九年時間譯經，以集體方式譯出經論 75 部，共 1,335 卷。玄奘譯經大致分三階段，前六年以譯《瑜伽師地論》為中心，中九年譯《俱舍論》為中心，後四年則以譯《大般若經》為主。他譯經多取直譯，筆法嚴謹。譯文的質量很高，能熟練運用各種翻譯技巧，如補充、省略、變位、分合、譯名假借等，達到形式和內容的統一。譯本為後世所宗，稱為新譯，並為印度古佛教保存了很多珍貴的失傳典籍。玄奘著有《大唐西域記》12 卷。記載所經各國山川文物、風俗習慣等，被譯成多國文字，為中亞細亞以及印度半島地區極為重要的中古時期歷史參考資料。他又奉詔將老子《道德經》五千言譯為梵文，為中國典籍譯為外文的第一部。

唐中葉譯經名僧，先有中國和尚義淨，後有天竺僧人不空。義淨往西求法 25 年，與法顯和玄奘號稱中國"三大求法高僧"。他主持譯場譯書，非常勤奮。他譯書特點是加寫注文，並還寫了幾本古代印度人民生活情況和唐初往西域求法僧人的事跡。不空在唐玄宗時來，專主密宗經典的翻譯，共譯得經典 110 部，其中《金剛頂經》為最重要，對密宗在中國流行，大有關係。有人把他與鳩摩羅什、真諦、玄奘並稱"四大譯師"，但也有人把義淨來代替他。湯用彤《隋唐佛教史稿》分析此時期佛經翻譯全盛之因有四：一是翻譯人才之優秀；二是佛經原本之齊備；三是譯場組織嚴密，分工精細；四是翻譯律例之完善。

第四期譯經：八世紀以後

　　玄奘譯經，數量之多，涵蓋之廣，質素之高，不但前無古人，亦後無來者。因大部分佛經名作皆已譯出，故此時期雖間有譯經之舉，但其盛況不再。晚唐五代，中國社會動亂，南宗的禪宗不重讀經，再加上印度佛教衰落，往印度求經的陸路每為吐蕃和大食所阻，這些都是一些譯經不振的原因。趙宋以後，則有名僧贊寧（919─1001）在《宋高僧傳》的《譯經篇》中總結譯經理論，又舉出譯經六例，算是譯經的殿軍之作。

96 明末清初科技翻譯在中國的過程怎樣？

　　中國的科技翻譯幾與佛經翻譯同時，那時是印度的醫藥、天文、曆算、星相推卜之術隨譯經的傳入而來，但都只是零星的譯述，沒有引起太大的影響。

　　科技翻譯在中國的真正開始應該是在明末清初耶穌會修士來華傳教之時，意大利人利瑪竇（Matteo Ricci, 1552─1610）是發起科技翻譯的第一人。他首創中西結合翻譯和介紹西方科技文獻的歷史，還是第一個把四書譯成拉丁文，開了將中國典籍介紹給西方的先河。有一說是傳教士在中國譯著的第一本科技書是由意大利人羅明堅（Michele Ruggieri, 1543─1607）口授，而由華人筆錄的《天學聖錄》於1584年出版。與利瑪竇大約同時的還有西班牙人龐迪我（Diego de Pantoja, 1571─ 1618），日耳曼人鄧玉函（Johann Terrenz, 1576─1630）、意大利人熊三拔（Sabbatino de Ursis, 1575─1620）、意大利人艾儒略（Julio Alcni, 1582─1649）等。稍後有日耳曼人湯若望（Johann Adam Schall van Bell, 1591─1666），比利時人南懷仁（Ferdinand Verbiest,1623—1688）和法國人白晉（Jeachim Bouvet, 1656—1730）等。這些明末清初來華的教士，知名的約有七十多位。他們大都博學多才，有豐富的科技知識，而且一般都有著述。他們的譯述對中國的影響以天文曆算為最大，其次是數學、輿地學、物理學和機械工程學。幾乎所有這些譯著都有當時的士大夫參加翻譯，最著名的有明朝的徐光啟（1562—1633）、李之藻（1569—1630）、李天經（1579—1630）、楊廷筠（1557—1627）、王徵（1571—1644）等人。

茲從主要學科各方面查考耶穌會教士與明清兩代士大夫合譯的科技著作，分述如下：

（一）天文

在傳入中國的各學科中，以數量來說，天文學佔第一位，共譯述了八十九部。對中國人來說，這些天文知識，前所未聞，因此影響頗大。明末徐光啟和李之藻推動修曆，各自撰寫及譯出天文學著述。李之藻曾在 1614 年與利瑪竇合譯《圜容較義》一卷。

（二）數學

算數之學，因歷來不受重視，有關著作在宋元時已大多失佚。明末利瑪竇既來華，徐光啟便與之在 1607 年合譯《幾何原本》，並《測量法義》一卷。利瑪竇又與李之藻在 1614 年合譯《同文指算》，並與瞿汝夔把《歐幾里德幾何》第一卷譯成中文。另外艾儒略與瞿式谷合譯《幾何要法》四卷。明亡之後，西方傳教士繼續來華，協助朝廷編譯數學的講義和著作，並譯成滿漢兩種文字。這期間譯出數學著述總計凡二十種。

（三）地理輿圖

利瑪竇是西方地理知識傳入中國之啟蒙者，他改繪的世界地圖，由李之藻在 1625 年刻成，取名為《坤輿萬國圖》，影響最大。艾儒略於 1622 年撰譯的《職方外紀》，是中國第一部用漢文寫成的世界地理著作。清初，龐迪我曾奉命翻譯過《萬國全圖》，而南懷仁又在 1674 年印行《坤輿圖說》兩卷，用以說明同年出版的《坤輿全圖》。這期間譯出的地理輿圖著作總計有 13 種。

（四）機械工程學

機械工程學的代表性著作是熊三拔和徐光啟合譯的《泰西水法》六卷，成書於 1612 年。另有《奇器圖說》一書，則由鄧玉函口授，王徵筆錄，1627 年初刻。

（五）軍器技術

明末天啟年間，耶穌會士受命翻譯西方兵書，其後湯若望在與焦勖合作下編譯了《火攻揭要》一書，再經趙仲修訂，於 1683 年刻印刊行。在 17 世紀之時，翻譯的這類軍事科學書籍，竟有八本之多。

（六）採礦冶金學

明末李天經曾會同湯若望等譯採礦冶金書籍，但不為朝廷所用。1640 年，湯若望口授《礦物尋源》三卷，討論科學探測礦物資源，由楊之華、黃宏憲筆錄。

中國的科技翻譯，從明代萬曆年間利瑪竇來華譯出第一本科技著作到清朝雍正朝實行閉關鎖國，大體歷時二百年，在中國的翻譯史上形成了繼佛經翻譯後的第二個高潮。這次西方文化與科技知識能夠大量傳入中國並促成中西文化交流，耶穌會一眾會士自然功不可沒，但如無本國的士大夫協助與在翻譯上的合作，亦不會取得如此成就。

雖則科技譯著的數量不少，但有關翻譯論述的卻不多。上述徐、李、楊、王諸人的一些論說都只是涉及翻譯的目的、功能和工作的迫切性，翻譯論文渺不可見。而傳教士則概歎譯事之難，間亦議論了信達問題，但只屬於對翻譯的見解和技巧，並未達到理論的層次。

97 文學翻譯在中國初期的過程怎樣？

中國的文學翻譯和佛經翻譯是分不開的，佛經中載有不少故事和寓言，深有文學氣息。故此中國在明以前雖然一直沒有刻意去翻譯外國文學，但卻通過這類的方式，翻譯了佛經的文學部分，影響到中國的文學。

西方文學的翻譯，大概起於明天啟年間，由法國傳教士金尼閣 Nicolas Trigault（1577—1628）口授，華人張庚筆傳的《況義》，即《伊索寓言》Aesop's Fables，於 1625 年出版。無疑《伊索寓言》是最初通過翻譯傳入中國的書籍。繼《伊索寓言》之後翻譯得最多的書是《天路歷程》Pilgrim's Progress，初版於 1853 年，重印多次，亦有譯本多種。英詩中譯最早的是美國詩人郎費朗 H.W. Longfellow（1807—1882）的《人生頌》A Psalm of Life，於 1865 年由華人董恂改譯英人威妥瑪的譯本。晚清同治年間由 1840—1894 年起可以說是外國文學翻譯的萌芽期，此期翻譯雖有長、短篇小說及詩歌，但數量甚少，有資料可查的翻譯小說只有七種，影響極微。

文學翻譯隨西學東漸不斷發展興盛，在 1896 至 1911 年間達到高峰，據當時日人樽木照雄統計，單是翻譯小說便有 1,124 種之多。1906 至 1908 年更是頂峰期，翻譯小說的出版，這三年來分別是 105、135 和 94 種，比創作小說的數量多一倍，但這也不是確切的統計。

翻譯文學除出單行本外，有不少是刊載於文學雜誌或教會刊物上。翻譯文學的種類隨着社會的改革或時代的需求而有所變動，首先出現的是政治小說。此後為配合思想啟蒙，又有教育小說和科技小說的譯本，而偵探小說及探險小說亦大為流行。

要論文學作品的翻譯，來自英國的當推第一位。小說方面不下幾十部，著名的如 D. Defoe 的 *Robinson Crusoe*、J. Swift 的 *Gulliver's Travels*、W. Scott 的 *Ivanhoe*、*Talisman*、C. Lamb 的 *Tales from Shakepeare*、P.L. Stevenson 的 *Treasure Island*、C. Dickens 的 *David Copperfield*、*Oliver Twist* 等。

另外有柯南道爾（Arthur Conan Doyle）的偵探作品。戲劇方面有莎士比亞的個別劇本如 *The Merchant of Venice*。詩歌方面有 G. Byron、P. B. Shelley、W. Cowper、A. T. Tennyson 等人的作品。

次數法國的文學作品，以譯大仲馬 Alexandre Dumas, Pere 和小仲馬 Alexandre Dumas, Files 的小說為多，如大仲馬名著之 *Les Trois Mousquetairs*、*Comte de Monte-Cristo*，小仲馬之 *La Dame aux Camelias* 等。

雨果 V. Hugo 的作品如 *Les Miserables*、*Bug-Jargal* 等亦經多人翻譯。劇作有雨果的 *Angelo-tyran de padoue* 等。

美國文學作品的翻譯有 Ms. H.B. Stowe 的 *Uncle Tom's Cabin* 與歐文（W. Irving）、艾倫坡（Allen Poe）、馬克吐溫（Mark Twain）等人的小說。

俄國文學作品的翻譯有托爾斯泰（Leo Tolstoy）、高爾基（Maxim Gorki）、契珂夫（A.P. Chekhov）等人的小說。

日本作品的翻譯主要有德富蘆花、押川春浪、櫻井楓村等多人的政治小說和私（家庭）小說。

其他國家的作品包括有丹麥安徒生（H.C. Andersen）、匈牙利的育珂摩爾（Jokai Mor）、波蘭的顯克微支（Henryk Sienkeiwicz）、意大利的愛米西斯（E. de Amicis）等說部。在清末民初這三四十年間的文學翻譯發展時期，以翻譯小說為最多，因當時人視小說為革新政治的工具，翻譯者何止百數十人，其中譯書最多，種類最廣、影響最大的莫如林紓。他在1899 年翻譯的 *La Dame aux Camelias*《巴黎茶花女遺事》出版，一紙風行，激動翻譯小說的風潮。

詳情見 100 "林紓對中國的翻譯和文學有甚麼貢獻？"。

　　林紓之外，在民國成立前的著名文學翻譯家有以下各人：梁啟超提倡以小說改良羣治，於 1901 年帶頭譯出日本政治小說《佳人奇遇》，譯者風從，使政治小說大行其道。

　　魯迅的翻譯文字數量比其著作不遑多讓，與其弟周作人合譯《域外小說集》介紹俄國及東歐國家作品。他曾提出翻譯"寧信而不順"的主張，所譯有科幻小說《月球旅行》、雨果短篇小說《哀塵》等。

　　周作人譯作甚豐，成就頗大，愛譯俄國小說，兼及匈牙利、波蘭等小國作品。他譯有雨果的《孤星淚》、愛倫坡小說《玉蟲緣》及《亞利巴巴與四十大盜》等，譯筆多用直譯，用的還是古文。

　　蘇曼殊譯印度作品 *Ghocha*，又與陳獨秀合譯雨果《悲慘世界》，但最膾炙人口的還是他譯拜倫（Byron）的《哀希臘》、《去國行》和《贊大海》。

　　馬君武精通日、英、法、德文字，既長文學，又通科學。生平譯著甚多。1911 年之前他留學時已譯有拜倫、歌德、雨果等詩，收在他 1914 年出版的《君武詩稿》。

　　陳景韓（冷血）在 1905 至 1910 年間翻譯虛無小說盛行時代，是代表人物，譯有《虛無黨》等多部小說。並譯有英、法、俄等小說多部，其中有法國莫泊桑的《義勇軍》。

　　包天笑（天笑生）譯作豐富，獨譯合譯約有八十多種，包括日、英、法、意、俄、美各國，多譯教育小說，《馨兒就學記》（即《愛的教育》）是其代表譯作。

　　吳檮以翻譯俄國小說見稱，最早翻譯契柯夫的著作，為翻譯界之多面手。所譯小說廿餘種，有英、美、德、法、日本等作品。

　　周桂笙譯書多種，不拘一格，教育、科學幻想、奇情都有，以翻譯偵探為最有名。

　　伍光建從事翻譯約五十年，初期為業餘，後轉專業。早

期譯大仲馬 *The Three Musketeers*《俠隱記》，被推為白話翻譯品之代表。

胡適在 1911 年以前也以古體來譯過若干外國詩。

辜鴻銘是當時把儒家經典翻譯為英文的中國人，譯有《論語》、《中庸》、《大學》等。

另外尚有曾樸（東亞病夫）、吳趼人（即我佛山人）、薛紹徽、張坤德、魏易等多名譯作能手。

在翻譯小說的發展過程中，有幾個特點：	1. 由意譯方法逐漸改為直譯，比較忠實於原著。 2. 由文言寫作趨向白話。 3. 由二、三流作品轉向名家名作。 4. 短篇小說翻譯漸多。 5. 專業翻譯者湧現。
在翻譯小說的衝激下，中國近代小說發生了幾個變化：	1. 文學觀念起了變化，鼓吹小說的教育作用，提高小說的文學地位，促進了小說創作的發展。 2. 小說題材起了變化，不但擴展得豐富多彩，更且伸展到描寫社會中普通人民的生活情況。 3. 表現技巧和手法起了變化，不再沿用中國舊章回小說的模式，盡量吸取外國的描寫技巧。 4. 塑造人物和描寫人物心理方面起了變化，使中國小說不再局限於程式化的表現手法。 5. 語言運用起了變化，用文言為寫作的方式逐漸不為時尚，歐化句式與日本式的語法不斷增多，標點符號也為大眾所接受，而新名詞的輸入和創作也出現於作品中。

98 清末民初西學翻譯在中國的過程怎樣？

　　"中學為體，西學為用"，當時以西學為實用之學，所翻譯者多屬治世之文，與載道之文的文學有異。明末清初西方傳教士與士大夫曾有過好幾十年的西方科技介紹翻譯，因清雍正朝的閉關鎖國政策而中斷，直至十九世紀 30 至 40 年代林則徐受命為欽差大臣查禁鴉片，留心西事，設翻譯館，翻譯西書，故有組織翻譯西學實自林則徐始。鴉片戰爭之後（1842 年），傳教士又相繼來華，以傳福音為主，附帶介紹西學。在 50 至 70 年代，通過翻譯，引進了不少工技藝術知識。80 至 90 年代社會改革思潮興起，有關政治、社會、教育、經濟等的學說和理論給大量翻譯，至民國成立後猶未息。

　　為了引進西學新知，清政府於 1867 年設立了同文館，至 1902 年才併入京師大學堂。同文館以培養翻譯人才為目的，又附設翻譯館，出版了師生所譯西書 25 種。官方翻譯機構歷時最久、出書最多、影響最大的，是後於同文館設立的江南製造局翻譯館，譯書活動主要在 70 至 90 年代，譯書選擇以當時的逼切需要而定，多譯科學醫藥等書，譯書種類有 160 種之多。除官辦的翻譯機構外，屬於傳教士所辦而頗有規模的，先後有墨海書館成立於 1843 年，有中國學者合作譯書，出版書刊屬西學者有 33 種。益智書會成立於 1877 年，出版教科書及各種科學技術普及知識的單行本。廣學會成立於 1887 年，除譯書外，又出版中文報刊，其《萬國公報》對當時中國的學術和政治都發生過影響。梁啟超等人亦於 1897 年在上海開辦了大同譯書局。此時以翻譯西學為宗旨的私立翻譯機構，多如牛毛，可見此時期譯風之盛。

　　在翻譯西學方面，最著名的翻譯家，當推嚴復（1854—

1921），他所譯的主要經典著作，最能適應時代的需求，又提出譯事的準則，無怪一致給奉為當時翻譯西學的泰斗。

在嚴復之前，從事翻譯西學的有幾位主要人物。一是李善蘭（1811—1882），早年入墨海書館，與一眾傳教士合譯數學、物理學、天文學等書籍多種，佔譯界的重要地位。另一是王韜（1828—1897），他在受僱於墨海書館時，參與翻譯西書，在史地譯述方面成績卓著。江南製造局翻譯館內亦有不少翻譯俊才，著者有徐壽，共譯書 17 部，以有關化學的最有影響。華蘅芳譯數理、地質學等書，很受重視。徐建寅從事西方自然科學譯介工作，譯書 15 部。

甲午戰爭（1895）之前，據統計翻譯西方書籍共約 581種，方式多是外人口述，華人筆錄，水準並不太理想。過此之後，譯介西學數量比前加倍，水準提高，主要原因是留學生大增，懂外文之譯者亦多，因而在 1885 年至 1911 年之間，譯書之風大盛。嚴復即是此時期之傑出人物，其他主要的翻譯家尚有下列幾位，他們都是國學家兼翻譯家。著名的如王國維（1877—1927），從日文、英文中翻過哲學、教育、法學等書。蔡元培（1868—1940），主要譯德國哲學和教育書籍。章太炎（1869—1936）譯有社會學等書。還有麥鼎華、張相文、趙必振等都是當時譯界的表表者。

翻譯西書有直接從原本外文譯出，其中絕大多數是英文，其次是德文與法文，譯自日文的佔半數有餘。中國翻譯日文書籍，甚為蓬勃。學者如康有為、梁啟超等都主張由日譯文轉譯西書，即通過翻譯日文輸入西方新事物和思想。採用這種間接的方法不在少數，所以在中國的翻譯作品中大量出現日本轉譯的新名詞，直到現在，仍為中國學界與民間所沿用。據統計在 1896 至 1911 年間，翻譯日文書籍共有 958種，其中三分一為社會科學書籍。

要知道此時期譯的多是甚麼種類的西方書籍，可先參考江南製造總局翻譯西書的分類。據傳教士傅蘭雅指出，有以

詳情可參考 99 "嚴復對中國的翻譯和思想有甚麼貢獻？"。

下各門：算學測量、氣機、化學、地理、地學、天文行船、博物學、醫學、工藝、水陸兵法、年代表、新聞紙、造船、國史、交涉公法、零件等。製造局的譯書多與製造有關，這是不難理解的。梁啟超於 1903 年撰《西學書目表》，分為西學、西政、雜書三類。多是物理、化學、生物、工程、礦物和少量政治法律，於思想、文學方面盡付厥如。

1895 年之後，翻譯已由"格致"而及於"政事"，以開啟民智，救亡圖存為先，社會科學與哲學思想的書籍大受青睞，這從嚴復譯書的種類可以想見。公私翻譯機構各有所譯，互補不足，西學各科的譯介，可稱全面涵蓋。

99 嚴復對中國的翻譯和思想有甚麼貢獻？

在中國翻譯史上，嚴復是一位開創性的人物，他的譯作是中國近代史一件劃時代的盛事。他是第一個首先將西方的政治、經濟、哲學和法律名著有系統地翻譯和介紹到中國的人，為知識階層開拓了廣闊的思想視野，成為近代最有名的思想啟蒙家和翻譯家。康有為給張之洞的信中說嚴復"譯《天演論》為中國西學第一者也。"蔡元培在他的《五十年來中國之哲學》中也說"五十年來介紹西洋哲學的，要推侯官嚴幾道為第一。"近百年來的學者對嚴譯的討論延續不斷，大多數都肯定他在譯壇上的貢獻。

嚴復（1853 年 12 月 10 日 — 1921 年 10 月 27 日），福建侯官（今福州市）人，乳名體乾，初名傳初，改名宗光，字又陵，後又易名為復，字幾道，晚號瘳惷老人，別號尊疑，又署天演哲學家、觀我生室主人等。1867 年考入福州船政學堂學習海軍，1876 年派赴英國格林尼治海軍大學學習英語、數理化、地質、天文、航海等，其間廣泛接觸西方自然科學和社會政治學說，尤為讚賞達爾文《進化論》。1879 年回國後，先在福州船政學堂教習，1880 年調任天津北洋水師學堂總教習、1889 年升總辦。1894 年中日甲午戰爭後，感於中國國勢日弱，乃銳意翻譯西方思想著作，以"物競天擇，適者生存"理論闡發其救亡圖存的觀念，提倡鼓民力、開民智、新民德、自發自立，與天爭勝，重建富強。

嚴復的著述收在商務印書館 1930 － 1931 年《嚴譯名著叢刊》中，除一些政治和學術文章外，基本上都是翻譯著作，最有代表性的有以下八種，除《法意》一書原文為法文外，其他都是英文：

類別	西書原名	原作者	中文譯名	冊數	出版
哲學	*Evolution and Ethics and Other Essays*	Henry Huxley	天演論	1	1898
哲學	*On Liberty*	J.S. Mill	羣己權界論	1	1899
經濟	*Inquiry into the Nature of the Wealth of Nations*	Adam Smith	原富	8	1902
社會	*Study of Sociology*	H. Spencer	羣學肄言	4	1903
政治	*History of Politics*	Edward Jenks	社會通銓	1	1904
法律	*Spirit of Law*	C.D.S. Montesquieu	法意	7	1904
倫理	*System of Logic*	J.S. Mill	穆勒名學	8	1905
倫理	*Logic*	W.S. Jevons	名學淺說	1	1909

賀麟在《嚴復的翻譯》一文中把嚴譯的過程分為三個時期，他認為嚴氏初期譯《天演論》、《法意》、《穆勒名學》，只求達旨意譯，略虧於信。中期譯品如《羣學肄言》、《原富》、《羣己權界論》、《社會通銓》等比前期譯得成熟，可謂信、達、雅三者俱備。後期如《名學淺說》等則更以自由意譯，引喻舉例，多用己意。

嚴復是西方天賦人權論、進化論和實證主義三大近代思想在中國的最早傳播者，享有"中國盜火者"之名，宣傳"西學"。辛亥革命後，他先後擔任北京大學首任校長和復旦校長等學界要職，惟晚年思想卻趨向復歸於傳統文化，參與發起孔教會，主張尊孔讀經。及後並參加了籌安會，擁護袁世凱稱帝，為時人所詬病。

嚴復在介紹西學的同時，提出了翻譯的標準。他在譯《天演論》的例言中自定譯例，發表其有名的論說，茲錄其上半篇如下：

譯事三難：信、達、雅，求其信已大難矣。顧信矣不達，雖譯猶不譯也，則達尚焉。海通已來，象寄之才，隨地多有，而任取一書，責其能與於斯二者則已寡矣。其故在淺嘗，一也；偏至，二也；辨之者少，三也。今是書所言，本五十年來西人新得之學，又為作者晚得之書。譯文取明深義，故詞句之間，時有所顛倒附益，不斤斤於字比句次，而意義則不倍本文。題曰達恉，不云筆譯，取便發揮，實非正法。什法師有云：學我者病，來者方多，幸勿以是書為口實也。西文句中名物字，多隨舉隨釋，如中土之旁支，後乃遙接前文，足意成句。故西文句法，少者二三字，多者數十百言。假令仿此為譯，則恐必不可通。而刪削取徑，又恐意義有漏。此在譯者將全文神理，融會於心，則下筆抒詞，自善互備。至原文詞理本深，難於共喻，則當前後引襯，以顯其意。凡此經營，皆以為達。為達即所以為信也。易曰修辭立其誠，子曰辭達而已。又曰言之無文，行之不遠。三者乃文章正軌，亦即為譯事楷模。故信達而外，求其爾雅，此不僅期以行遠已耳。實則精理微言，用漢以前字法句法，則為達易，用近世利俗文字，則求達難。往往抑義就詞，毫釐千里，審擇於斯二者之間，夫固有所不得已也，豈釣奇哉。不佞此譯，頗詒艱深文陋之譏，實則刻意求顯，不過如是。又原書論說，多本名數格致，及一切疇人之學。倘於之數者向未問津，雖作者同國之人，言語相通，仍多未喻，矧乎出以重譯也耶。

從以上嚴復對於譯事的見解，他翻譯的主要目的是求譯文明白暢達，將西文句法變動刪補，以便適合中國人閱讀。內容雖以意譯為主，則仍應盡量信實，不能妄加己意或借題發揮。他又指出翻譯作品的弊端是在未能深入研究原著；未作全盤考慮，致有偏見；未有對譯文多加思考，或參考其他著述。

嚴復每譯一書，都有他的目的。譯書時往往加不少按語來發揮自己的見解。魯迅在《二心集》說嚴復參考翻譯佛經的經驗，根據自己翻譯的實踐來提出他信達雅的翻譯標準。

後世對嚴復的譯作和提出的標準都議論紛紛，不少人指出嚴復各書的翻譯與原文有大段距離，誤譯、漏譯、胡譯比比皆是，談不到“信”的標準。他以古文的雅言譯書，招來頗多非議。嚴譯大部分的定名和術語，現在仍在採用者已甚少。

但這些負面評價仍須結合當時情況方才得到公平的裁決，在嚴復時代，中西文化交流在範圍上和程度上都非常有限，對兩方文化思想的翻譯可說並不成熟，一切仍在探索之中。在社會科學名詞定義和術語方面，正如嚴復自己也說“新理踵出，名目紛繁，索之中文，渺不可得。即有牽合，終嫌參差，譯者遇此，獨有自其衡量。即義定名，顧其事有甚難者。”所以他慨歎：“一名之立，旬月踟蹰”。在那時中文相關詞彙的缺乏和嚴復本人對社會、經濟等知識的有限，他譯得不如理想，是可以理解的。

嚴復堅持“雅”的標準，以古文譯書，有其主客兩方面的原因。從作者本身的條件而言，他是桐城派健將，擅於用古文寫書。而他譯書的對象，則是高級知識階層，認為他們才可改造中國，但要引起他們閱讀的興趣，也只好用他們常用的文字。梁啟超曾勸他譯書改以通俗，他並沒有聽從。

嚴復所提出的翻譯標準，簡明扼要，層次分明，一直為翻譯工作者所沿用，但也成為學者們的討論話題，並且亦有人另提其他標準，如林語堂、胡適等人。

當然嚴復的翻譯標準，無論是抽象的概括力，還是具體的指導性，都有所不足。但一個標準完備與否，仍須看當時特定背景所提供的各種條件。以嚴復所處的時代，他有這樣的翻譯理念、成就和影響，可說前無古人。即使在百年後的今天，在中國譯壇的崇高殿堂上能與他比肩的又有哪幾位？

100 林紓對中國的翻譯和文學有甚麼貢獻？

清末康有為把嚴復與林紓並列，賦詩一首云："譯才並世數嚴林，百部虞初救世心。"這兩人都是中國早期譯壇的巨人，有篳路藍縷開拓之功。林紓的翻譯生涯比嚴復還要早，不過兩人的翻譯題材各有不同。嚴復翻的是學術性著述，而林紓則專注於文學性的說部，成為最早翻譯外國小說的第一人。

林紓（1852—1924）原名羣玉，字琴南，號畏廬，別署冷紅生。福建閩縣（今福州）人。幼年好學，1882 年中舉，以後不再參加考試，專心研習古文，為桐城派古文健將。曾任教於京師大學堂，能詩、工畫，著有《畏廬文集》、《畏廬詩存》及小說、筆記等多種。晚年反對新文化運動甚力，為守舊派代表之一。

林紓四十多歲才開始譯書，直到七十二歲老死為止。林氏不懂外文，譯書皆靠別人口述。第一部譯書乃法國文豪小仲馬 Alexandre Dumas, fils 的 *La Dame aux Camelias*《巴黎茶花女

詳情見 94 "中國有過甚麼翻譯理論？"。

遺事》，與王壽昌合作，出版後一紙風行。嚴復很佩服林紓，曾寫詩道：「可憐一卷茶花女，斷盡支那蕩子腸」。從此開展了林氏翻譯西洋小說的生涯。與林紓合作的口述人員，前後一共有十六人，除王壽昌外，合作最多的是與陳家麟，但與魏易合作的則最成功。

林紓以此口述筆譯的合作方式一共譯出了英、法、美、俄、日、西班牙、比利時、挪威、希臘等國家百多二百種小說和劇本，所譯字數達一千二百萬，其中有愛情、家庭、社會、歷史、偵探、神怪、探險、政治、軍事、諷刺等，種類繁多。林氏譯書確實數目人言人殊，據鄭振鐸的統計，林氏所譯的說部大約有一百五十六種，出版了一百三十二種，未出版的有十四種，另有十種散見於《小說月報》（參見鄭振鐸：《中國文學論集》）。英國漢學家 Arthur Waley 說林紓在二十五年間，出版了大約一百六十本譯作。曾錦漳說包括未出版者約為一百七十部（見《新亞學報七卷二期》，1966）。韓迪厚以為總數應達一百七十七部（見《近代翻譯史話》，1969）。總之，林紓譯著之多，在中國翻譯史上是罕見的，就是在世界其他國家，恐怕也少見。

林紓譯作速度驚人，這與他在古文的深邃造詣是分不開的。據他自言能一天譯寫四小時，每小時一千五百多字，往往口譯還未完，他已譯寫輟筆。他用淺易的文言文翻譯西方說部，成績斐然。林氏的譯述方法，主要是意譯和撮譯，加上大量的增飾和刪削，還有夾註的運用。林氏譯筆醇雅，翻譯書名尤獨具匠心。茲舉林氏譯作一段，以見其翻譯特色的一斑。

下段取自 Charles Dickens 所作 *Nicloas Nickelby*，林譯書名《滑稽外史》第十七章：

原文

Miss Knag laughed, and after that cried. "fifteen years," exclaimed Miss Knag, sobbing in a most affecting manner, " for fifteen years have I been a credit and ornament of this room and the one upstairs. Thank God." said Miss Knag, stamping first her right foot and then her left with remarkable energy. I have never in all that time, till now, been exposed to the arts, the vile arts of a creature, who disgraces us with all her proceedings, and makes proper people blush for themselves. But I feel it, I do feel it, although I am disgusted."

譯文

　　那格小姐始笑而終哭，哭聲似帶謳歌。曰："嗟夫！吾來十五年，樓中咸謂我如名花之鮮妍。"歌時，頓其右足，曰："嗟夫天！"又頓其左足，曰："嗟夫天！十五年中未被人輕賤，竟有騷狐奔我前，辱我，令我肝腸顫！"

　　兩相比較，可見譯文與原文後段有許多不符之處。林氏譯書，有不合其心意或嫌與國情相違者，即予改動。此等情況，在其所譯小說中，歪曲脫漏，比比皆是。有人曾向林紓指出其譯書的種種錯誤和任意改作的弊病，但林自辯為本人不識外文，全靠他人口譯，又倉促為之，錯誤難免，始終無改其譯作風格。

　　林紓近三十年的譯作生涯，論者以為可分前後兩期，以 1913 年出版的 *Paul et Virginie*《離恨天》為分水嶺。前期作品多屬佳構，譯筆流暢，述說生動，讀來饒有興味，過此之後便漸走下坡。後期一來年事已高，失去譯書熱情，只以賺取稿費為目標，所譯小說已無足觀，與初期相比，幾疑是出於兩人之手。

無論前期與後期，林紓譯書最大的缺點是：	1. 選擇不精，許多西方作品，寓意不深，亦無文學價值。
	2. 以傳統古文翻譯，難以表達原書情意。
	3. 任意刪節，妄加己意，不忠實原文內容。

林紓的譯書，現已少人問津，但在當時所產生的影響卻很深遠。

第一，林紓介紹西洋文學最早，影響最大。中國文化界通過他的譯本而首先接觸到莎士比亞、狄更斯、大、小仲馬、雨果、托爾斯泰、易卜生、塞萬提斯等歐美小說名家。西洋作家的小說技巧和社會狀況與男女情事，都使國人大開眼界。不少新文學運動的先驅人物，如魯迅、周作人、郭沫若等人都受他的影響。

第二，林紓運用古文翻譯，替古文開闢了新天地。因在古文中，從未有長篇的敍事抒情文章。林譯古文章句整齊，富有古典風格之美，更且對原文之風趣幽默，亦有適當表達。難怪胡適說："古文的應用，自司馬遷以來，從沒有這種大的成績"（參見《五十年來之中國文學》）。

第三，林紓提升了小說在文學的地位，豐富了小說創作的題材。他以西洋小說比附《史記》，開小說作品為社會改革服務，達致國家富強的途徑。

商務印書館 📖 讀者回饋咭

　　請詳細填寫下列各項資料，傳真至 2565 1113，以便寄上本館門市優惠券，憑券前往商務印書館本港各大門市購書，可獲折扣優惠。

所購本館出版之書籍：＿＿＿＿＿＿＿＿＿＿＿＿＿＿＿＿＿＿＿＿＿＿＿＿

購書地點：＿＿＿＿＿＿＿＿＿＿＿＿　　姓名：＿＿＿＿＿＿＿＿＿＿＿＿

通訊地址：＿＿＿＿＿＿＿＿＿＿＿＿＿＿＿＿＿＿＿＿＿＿＿＿＿＿＿＿＿

電話：＿＿＿＿＿＿＿＿＿＿＿＿　　傳真：＿＿＿＿＿＿＿＿＿＿＿＿＿＿

電郵：＿＿＿＿＿＿＿＿＿＿＿＿＿＿＿＿＿＿＿＿＿＿＿＿＿＿＿＿＿＿＿

您是否想透過電郵或傳真收到商務新書資訊？　1□是　2□否

性別：1□男　2□女

出生年份：＿＿＿＿＿＿＿年

學歷：1□小學或以下　2□中學　3□預科　4□大專　5□研究院

每月家庭總收入：1□HK$6,000以下　2□HK$6,000-9,999
　　　　　　　　3□HK$10,000-14,999　4□HK$15,000-24,999
　　　　　　　　5□HK$25,000-34,999　6□HK$35,000或以上

子女人數（只適用於有子女人士）　1□1-2個　2□3-4個　3□5個以上

子女年齡（可多於一個選擇）　1□12歲以下　2□12-17歲　3□18歲以上

職業：1□僱主　2□經理級　3□專業人士　4□白領　5□藍領　6□教師　7□學生
　　　8□主婦　9□其他

最常前往的書店：＿＿＿＿＿＿＿＿＿＿＿＿＿＿＿＿＿＿＿＿＿＿＿＿＿＿

每月往書店次數：1□1次或以下　2□2-4次　3□5-7次　4□8次或以上

每月購書量：1□1本或以下　2□2-4本　3□5-7本　4□8本或以上

每月購書消費：1□HK$50以下　2□HK$50-199　3□HK$200-499　4□HK$500-999
　　　　　　　5□HK$1,000或以上

您從哪裏得知本書：1□書店　2□報章或雜誌廣告　3□電台　4□電視　5□書評/書介
　　　　　　　　　6□親友介紹　7□商務文化網站　8□其他(請註明：＿＿＿＿＿＿＿)

您對本書內容的意見：＿＿＿＿＿＿＿＿＿＿＿＿＿＿＿＿＿＿＿＿＿＿＿＿
＿＿＿＿＿＿＿＿＿＿＿＿＿＿＿＿＿＿＿＿＿＿＿＿＿＿＿＿＿＿＿＿＿＿

您有否進行過網上購書？　1□有 2□否

您有否瀏覽過商務出版網(網址：http://www.commercialpress.com.hk)？1□有　2□否

您希望本公司能加強出版的書籍：1□辭書　2□外語書籍　3□文學/語言　4□歷史文化
　　　5□自然科學　6□社會科學　7□醫學衛生　8□財經書籍　9□管理書籍
　　　10□兒童書籍　11□流行書　12□其他(請註明：＿＿＿＿＿＿＿＿＿)

根據個人資料「私隱」條例，讀者有權查閱及更改其個人資料。讀者如須查閱或更改其個人資料，請來函本館，信封上請註明「讀者回饋咭-更改個人資料」

請貼
郵票

香港筲箕灣

耀興道 3 號

東滙廣場 8 樓

商務印書館 (香港) 有限公司

顧客服務部收